H. G. WELLS

DIE ERSTEN MENSCHEN IM MOND

H. G. WELLS

DIE ERSTEN MENSCHEN IM MOND

Aus dem Englischen
von Ailin Konrad

NIKOL
VERLAG

Umschlag: Nele Schütz Design unter Verwendung
von shutterstock/solarseven (Landschaft), nienora (All),
Dario Lo Presti (Spheres), Vadim Sadowski (Erde),
Durch DM7 (Alien)
Druck: CPI Moravia Books s.r.o.
Printed in the Czech Republic
ISBN: 978-3-86820-458-2

www.nikol-verlag.de

INHALT

KAPITEL 1

Mr. Bedford trifft Mr. Cavor in Lympne

Als ich mich mitten im Schatten des Weinlaubs unter dem blauen Himmel Süditaliens zum Schreiben niederlasse, kommt es mir mit einer gewissen Verwunderung in den Sinn, dass meine Teilnahme an diesen erstaunlichen Abenteuern von Mr. Cavor im Grunde genommen das Ergebnis eines bloßen Zufalls war. Es hätte jeden treffen können. Ich geriet zu einer Zeit in diese Ereignisse, als ich der Meinung war, mich der geringsten Möglichkeit störender Erfahrungen entzogen zu haben. Ich war nach Lympne gekommen, weil ich ihn für den ereignislosesten Ort auf der Welt gehalten hatte. »Hier werde ich auf jeden Fall Frieden finden und eine Möglichkeit zu arbeiten!«, sagte ich mir.

Und dieses Buch ist die Folge davon. So vollkommen bricht das Schicksal mit all den kleinen Plänen der Menschen. Ich mag vielleicht an dieser Stelle erwähnen, dass ich vor kurzem einen hässlichen Reinfall bei gewissen geschäftlichen Unternehmungen erlitten hatte. Jetzt, wo ich hier sitze, umgeben von all den Gegebenheiten des Wohlstands, ist es ein Luxus meine äußerste Not zuzugeben. Ich kann sogar eingestehen, dass ein gewisses Ausmaß meines Unglücks eventuell mir selbst geschuldet ist. Es mag Richtungen geben, in denen ich einiges vermag, doch die Führung geschäftlicher Unternehmungen gehört nicht dazu. Aber in jenen Tagen war ich jung und meine Jugend besaß neben anderen verwerflichen Formen, einen Stolz auf meine geschäftlichen Fähigkeiten. Ich bin immer noch jung an Jahren, doch die Dinge, die mir widerfahren sind, haben etwas von der Jugend aus meinem Geist vertrieben. Ob sie darunter irgendeine Weisheit ans Tageslicht gebracht haben, ist eine unwahrscheinlichere Sache.

Es ist kaum notwendig auf die Einzelheiten der Spekulationen in Kent einzugehen, die mich nach Lympne brachten. Heutzutage umgibt sogar geschäftliche Unternehmungen ein starker Duft von Abenteuer. Ich nahm Risiken auf mich. Bei solchen Dingen besteht ausnahmslos eine bestimmte Menge aus Geben und Nehmen und letztendlich fiel mir das Geben zu, was ich mit ausreichend Widerwillen erfüllte. Sogar als ich aus allem herausgekommen war, hielt ein streitsüchtiger Gläubiger es für angebracht, sich böswillig zu verhalten. Vielleicht ist Ihnen dieser flammende Sinn entrüsteter Tugendhaftigkeit begegnet, oder vielleicht haben Sie ihn nur verspürt. Er erwischte mich heftig. Schließlich schien es mir, dass mir nichts anderes übrigbliebe, außer ein Theaterstück zu schreiben, wenn ich mich nicht als Angestellter für meinen Lebensunterhalt abrackern wollte. Ich besitze eine gewisse Vorstellung und verschwenderische Geschmäcker, und es bedeutete für mich heftig darum zu kämpfen, bevor mich jenes Schicksal ereilte. Zusätzlich zu meinem Glauben an meine Talente als Geschäftsmann, hegte ich in jenen Tagen stets die Vorstellung, dass ich in der Lage wäre, ein sehr gutes Theaterstück zu verfassen. Ich glaube nicht, dass es eine sehr ungewöhnliche Überzeugung ist. Ich wusste außerhalb zulässiger geschäftlicher Unternehmungen gab es für einen Mann nichts, das solch üppige Möglichkeiten bereithielt, und sehr wahrscheinlich beeinflusste es meine Meinung. In der Tat pflegte ich dieses ungeschriebene Drama als eine bequeme kleine Reserve zu betrachten, die man sich für einen Regentag aufsparte. Nun war der Regentag gekommen und ich machte mich an die Arbeit.

Ich entdeckte bald, dass das Schreiben eines Theaterstücks ein längeres Unterfangen war, als ich angenommen hatte. Zuerst hatte ich mit zehn Tagen gerechnet, und ich bemühte mich um eine Zweitwohnung, während es in Arbeit war, weshalb ich nach Lympne kam. Ich schätzte mich glücklich ein kleines Sommerhaus zu bekommen und bekam einen Dreijahresvertrag. Ich möblierte es ein wenig und während das Theaterstück in Arbeit war, kochte ich selbst für mich. Meine Kochweise hätte Mrs. Bond schockiert. Und doch, wissen Sie, hatte es Geschmack. Ich besaß eine Kaffeekanne, einen Kochtopf für Eier und einen für Kartoffeln, und eine Pfanne für Würste und Speck – das war die einfache Ausrüstung, die mir Behaglichkeit verschaffte. Man kann nicht immer im Luxus schwelgen, doch Einfachheit ist immer eine mögliche Alternative. Ansonsten hatte ich mir auf Kredit ein Achtzehn-Gallonen-Fass Bier beschafft und ein argloser Bäcker kam jeden Tag vorbei. Es war vielleicht nicht im Stil von Sybaris, aber habe schon schlechtere Zeiten erlebt. Es tat mir ein bisschen Leid für den Bäcker, der in der Tat ein sehr anständiger Mann war, doch ich hatte auch für ihn Hoffnung.

Wenn irgendjemand Einsamkeit sucht, ist Lympne sicher der richtige Ort. Es befindet sich im lehmhaltigen Teil von Kent und mein Sommerhaus stand auf dem Rand einer alten Meeresklippe und blickte über die Marschebene Romneys aufs Meer hinaus. Bei sehr nassem Wetter ist der Ort fast unzugänglich, und ich habe gehört, dass der Postbote die feuchteren Teile seiner Route bisweilen mit Brettern unter seinen Füßen zurücklegt. Ich habe es nie gesehen, aber ich kann es mir gut vorstellen. Vor den Türen der wenigen Hütten und Häuser, die das derzeitige Dorf ausmachen, stehen große Besen aus Birkenruten, um den schlimmsten Lehm abzukehren, was eine ungefähre Beschaffenheit der Gegend vermittelt. Ich zweifele, ob der Ort immer noch vorhanden sein würde, wenn er keine verblassende Erinnerung an Dinge wäre, die für immer verschwunden waren. Es war der große Hafen Englands zu römischen Zeiten gewesen, Portus Lemanis, und jetzt ist das Meer vier Meilen entfernt. Am ganzen Abhang des steilen Hügels liegen Felsblöcke und Massen römischer Ziegel, und von ihm aus entspringt die alte Watling Street, immer noch stellenweise gepflastert, wie ein Pfeil nach Norden. Ich pflegte auf dem Hügel zu stehen und an all das zu denken, an die Galeeren und Legionen, an die Gefangenen und Amtspersonen, an die Frauen und Händler, an die Spekulanten wie mich, und an das ganze Gewimmel und den Aufruhr, der in den Hafen hinein- und wieder hinausschepperte. Und jetzt nur ein paar Geröllhaufen auf einem grasbedeckten Abhang, ein oder zwei Schafe – und ich. Und wo der Hafen gewesen war, befand sich das Marschland, das sich in einer weiten Kurve zum entfernten Dungeness hin erstreckte, und hier und dort mit Baumgruppen und den Kirchtürmen der mittelalterlichen Städte gesprenkelt war, die jetzt Lemanis in den Untergang folgten.

Dieser Ausblick auf das Marschland war in der Tat einer der schönsten Aussichten, die ich je zu Gesicht bekommen habe. Ich vermute Dungeness lag in fünfzehn Meilen Entfernung wie ein Floß auf dem Meer, und weiter westlich befanden sich die Hügel von Hastings unter der untergehenden Sonne. Manchmal hingen sie nah und deutlich am Horizont, manchmal erschienen sie blass und niedrig und oftmals verbarg sie das dahintreibende Wetter vollständig vor dem Auge des Betrachters. Und all die näherliegenden Gebiete der Marsch waren von Gräben und Kanälen durchzogen und erhellt.

Das Fenster hinter dem ich arbeitete, überblickte die Silhouette jenes Hügelkamms und von diesem Fenster blickte ich zuerst auf Cavor. Es geschah gerade, als ich mit meinem Szenario rang, und meinen Verstand gänzlich auf die harte Arbeit konzentrierte, und natürlich fesselte es hinreichend meine Aufmerksamkeit.

Die Sonne war untergegangen, der Himmel ruhte klar in grün und gelb, und dagegen hob er sich schwarz ab – die merkwürdigste kleine Gestalt.

Er war ein kleiner, rundleibiger Mann mit dünnen Beinen, der sich ruckartig bewegte und für sich beschlossen hatte, seinen außerordentlichen Verstand in eine Cricketmütze, einen Überrock, eine Kniebundhose zum Fahrradfahren und Strümpfe zu hüllen. Warum er das tat, weiß ich nicht, denn er fuhr niemals Fahrrad oder spielte Cricket. Es war ein zufälliges Zusammentreffen von Kleidungsstücken, von dem ich nicht weiß, wie es sich ergeben hat. Er gestikulierte mit seinen Händen und Armen, nickte mit dem Kopf und summte vor sich hin. Es klang wie ein elektrisches Summen. Solch ein Summen hatte man nie zuvor gehört. Und hin und wieder räusperte er sich mit einem ziemlich merkwürdigen Geräusch.

Es hatte geregnet und sein verkrampfter Gang war dem außerordentlich rutschigen Fußweg geschuldet. Als er sich genau vor der untergehenden Sonne befand, blieb er stehen, holte eine Uhr hervor und zögerte. Dann machte er mit einer krampfhaften Bewegung kehrt und trat in außerordentlicher Hast den Rückzug an, wobei er nicht länger gestikulierte, sondern weite Schritte machte, die zeigten, dass er relativ große Füße besaß, die ihm zum bestmöglichen Vorteil gereichten – wie ich mich erinnere, waren sie durch den klebrigen Lehm grotesk vergrößert.

Dies trug sich am ersten Tag meines Aufenthalts zu, als sich meine schriftstellerische Schaffenskraft für das Theaterstück auf ihrem Höhepunkt befand, und ich betrachtete den Zwischenfall einfach als eine lästige Störung – die Verschwendung von fünf Minuten. Ich kehrte zu meinem Szenario zurück. Doch als sich die Erscheinung am nächsten Abend mit bemerkenswerter Genauigkeit wiederholte, und auch am darauffolgenden Abend, und in der Tat an jedem Abend an dem es nicht regnete, kostete es beachtliche Mühe, sich auf das Szenario zu konzentrieren. »Zum Teufel mit dem Mann«, sagte ich, »man könnte denken, er wolle es erlernen eine Marionette zu sein!«, und mehrere Abende verfluchte ich ihn aus ganzem Herzen. Dann wich meine Verärgerung Verwunderung und Neugier. Warum in der Welt sollte man sich so verhalten? Am vierzehnten Abend konnte ich nicht länger widerstehen, und sobald er auftauchte, öffnete ich die Verandatür, überquerte die Veranda und begab mich zu der Stelle an der er unweigerlich stehenblieb.

Als ich ihn erreichte, hatte er seine Uhr hervorgeholt. Er besaß ein pausbäckiges gerötetes Gesicht mit rötlichbraunen Augen – bislang hatte ich ihn nur gegen das Licht gesehen. »Einen Augenblick, Sir«, sagte ich, als er kehrtmachte. Er starrte. »Einen Augenblick«, entgegnete er, »gewiss. Oder wenn Sie länger mit mir sprechen möchten, und es nicht zu viel verlangt ist – Ihr Augenblick ist vorbei – würde es Ihnen etwas ausmachen, mich zu begleiten?«

»Nicht im Geringsten«, sagte ich und begab mich an seine Seite.

»Meine Gewohnheiten sind regelmäßig. Meine Zeit für sozialen Umgang begrenzt.«

»Dies, so nehme ich an, ist Ihre Zeit für körperliche Ertüchtigung?«

»Ganz recht, Ich komme hierher, um den Sonnenuntergang zu genießen.«

»Das ist nicht wahr.«

»Sir?«

»Sie sehen ihn sich niemals an.«

»Ich sehe ihn mir niemals an?«

»Nein. Ich habe Sie dreizehn Abende beobachtet und Sie haben sich nicht einmal den Sonnenuntergang angesehen – nicht einmal.«

Er runzelte die Stirn, wie jemand, der auf ein Problem stößt.

»Nun, ich genieße das Sonnenlicht – die Atmosphäre – ich gehe diesen Weg entlang durch dieses Tor« – er wies mit dem Kopf über seine Schulter – »und herum – «

»Das tun Sie nicht. Sie haben es niemals getan. Es ist alles Unsinn. Es gibt dort keinen Weg. Heute Abend beispielsweise – «

»Oh! Heute Abend! Lassen Sie mich sehen. Ah! Ich sah gerade auf meine Uhr, bemerkte, dass ich schon drei Minuten über die exakte halbe Stunde hinaus war, beschloß, dass keine Zeit mehr war, die Runde zu vollenden, drehte mich um – «

»Das tun Sie immer.«

Er blickte mich an – dachte nach. »Vielleicht tue ich das, jetzt wo ich darüber nachdenke. Aber worüber wollten Sie mit mir sprechen?«

»Nun, über genau das!«

»Genau das?«

»Ja. Warum machen Sie das? Jeden Abend kommen Sie

und machen ein Geräusch – «

»Ich mache ein Geräusch?«

»Ungefähr so.« Ich ahmte sein Summen nach. Er sah mich an und offensichtlich weckte das Summen Abscheu.

»Jeden verflixten Abend.«

»Ich hatte keine Ahnung.«

Er verharrte regungslos und sah mich ernst an. »Kann es sein«, fragte er, »dass ich mir eine Marotte zugelegt habe?«

»Nun, es sieht danach aus. Nicht wahr?«

Er zog mit Daumen und Zeigerfinger an seiner Unterlippe. Er betrachtete eine Pfütze zu seinen Füßen.

»Mein Geist ist sehr beschäftigt«, sagte er. »Und Sie möchten wissen warum! Nun, Sir, ich kann Ihnen versichern, dass ich nicht nur unwissend bin, warum ich diese Dinge tue, sondern ich weiß nicht einmal, dass ich sie tat. Wo ich darüber nachdenke, es ist so, wie sie sagen: Ich bin niemals jenseits dieses Feldes gewesen … Und diese Dinge stören Sie?«

Aus irgendeinem Grund wurde ich ihm gegenüber versöhnlicher. »Nicht stören«, sagte ich. »Aber – stellen Sie sich vor, Sie würden ein Theaterstück schreiben!«

»Könnte ich nicht.«

»Gut, dann irgendetwas das Konzentration erfordert.«

»Ah!«, machte er, »natürlich«, und dachte nach. Sein Gesichtsausdruck zeigte so deutlich seinen Kummer, dass ich noch versöhnlicher wurde. Immerhin war es etwas aggressiv einen Mann, den man nicht kennt, zu fragen, warum er auf einem öffentlichen Fußweg summt.

»Sie sehen«, sagte er schwach, »es ist eine Marotte.«

»Oh, das erkenne ich.«

»Ich muss damit aufhören.«

»Aber nicht, wenn es Ihnen Umstände bereitet.

Schließlich war es nicht meine Angelegenheit – ich habe mir die Freiheit genommen.«

»Keineswegs, Sir«, sagte er, »keineswegs. Ich bin Ihnen zu großem Dank verpflichtet. Ich sollte mich vor solchen Dingen hüten. In Zukunft werde ich es. Könnte ich Sie – noch einmal – bemühen? Dieses Geräusch?«

»Ungefähr so«, sagte ich. »Susuu, susuu. Aber wirklich, wissen Sie – «

»Ich bin Ihnen zu großem Dank verpflichtet. Eigentlich weiß ich, dass ich absurd geistesabwesend werde. Sie haben ganz Recht, Sir – vollkommen Recht. In der Tat stehe ich in Ihrer Schuld. Die Sache wird aufhören. Und nun, Sir, habe ich Sie bereits weiter mitgenommen, als ich es hätte tun sollen.«

»Ich hoffe meine Dreistigkeit – «

»Überhaupt nicht, Sir, überhaupt nicht.«

Wir sahen uns für einen Augenblick an. Ich zog meinen Hut und wünschte ihm einen schönen Abend. Er antwortete krampfhaft, und so gingen wir unserer Wege.

Am Zaunübertritt blickte ich zurück auf seine schwindende Gestalt. Sein Verhalten hatte sich auffällig verändert, er schien schlaff und zusammengeschrumpft zu sein. Der Kontrast zu seinem früheren gestikulierenden, summenden Selbst berührte mich auf eine unsinnige Art und Weise. Ich sah ihm nach, bis er außer Sicht war. Von ganzem Herzen wünschend, dass ich mich um meine eigenen Angelegenheiten gekümmert hätte, kehrte ich in mein Sommerhaus und zu meinem Theaterstück zurück.

Weder am nächsten noch am übernächsten Abend sah ich etwas von ihm. Doch er beschäftigte meine Gedanken sehr und mir war in den Sinn gekommen, dass er als tragikomischer Charakter eine nützliche Rolle in der Handlungsentwicklung meines Theaterstücks spielen könne.

Am dritten Tag stattete er mir einen Besuch ab.

Eine Zeitlang rätselte ich, was ihn zu mir geführt hatte. Er begann auf sehr höfliche Weise eine gleichgültige Unterhaltung und kam dann unvermittelt zum Geschäftlichen. Er wollte mich aus meinem Sommerhaus herauskaufen.

»Sie sehen«, sagte er, »dass ich Ihnen nicht im Geringsten Vorwürfe mache, aber Sie haben eine Gewohnheit zerstört und das bringt meinen Tag durcheinander. Ich bin hier jahrelang vorbeigegangen – jahrelang. Zweifellos habe ich gesummt … Sie haben das alles unmöglich gemacht!«

Ich schlug vor, er solle es in irgendeiner anderen Richtung versuchen.

»Nein. Es gibt keine andere Richtung. Dies ist die einzige. Ich habe nachgeforscht. Und jetzt – jeden Nachtmittag gegen vier – stoße ich auf eine unzugängliche Mauer.«

»Aber, mein lieber Herr, wenn die Sache für Sie so bedeutsam ist – «

»Sie ist unerlässlich. Sehen Sie, ich bin – ich bin ein Forscher – ich bin mit einer wissenschaftlichen Forschung beschäftigt. Ich lebe – «, er hielt inne und schien zu überlegen. »Genau dort drüben«, sagte er und deutete plötzlich gefährlich nah neben mein Auge. »Das Haus mit den weißen Schornsteinen, die Sie genau dort über den Bäumen sehen. Und meine Lebensumstände sind ungewöhnlich – ungewöhnlich. Ich stehe kurz davor, einen der bedeutendsten – Beweise – zu erbringen, ich kann Ihnen versichern, dass es einer der wichtigsten Beweise ist, die je erbracht worden sind. Es erfordert beständiges Denken, unaufhörliche geistige Leichtigkeit und Leistung. Und der Nachmittag war meine vielversprechendste Zeit – überschäumend vor neuen Ideen – neuen Blickwinkeln.«

»Aber warum gehen Sie nicht trotzdem vorbei?«

»Es wäre alles anders. Ich wäre gehemmt. Ich würde an Sie bei Ihrem Theaterstück denken – während Sie mich verärgert beobachten – anstatt an meine Arbeit zu denken. Nein! Ich muss das Sommerhaus haben.«

Ich überlegte. Natürlich wollte ich über die Angelegenheit gründlich nachdenken, bevor irgendetwas Entscheidendes gesagt wurde. Ich war im Allgemeinen bereit genug für ein Geschäft in diesen Tagen, und ein Verkauf hatte mich immer gereizt. Doch erstens war es nicht mein Sommerhaus, und auch wenn ich es ihm zu einem guten Preis veräußert hätte, könnte ich bei der Warenübergabe in Schwierigkeiten geraten, wenn der derzeitige Besitzer Wind von dem Geschäft bekommen würde, und zweitens war ich, nun – nicht schuldenfrei. Es war eindeutig ein Geschäft, das eine feinfühlige Abwicklung erforderte. Außerdem interessierte mich auch die Möglichkeit, dass er einer wertvollen Erfindung auf der Spur war. Mir kam der Gedanke, dass ich mehr über diese Forschung wissen wollte, nicht mit einer unredlichen Absicht, sondern einfach eine Ahnung zu bekommen, was es war, um mir das Schreiben meines Theaterstücks zu erleichtern. Ich fühlte vorsichtig vor.

Er war sehr bereit Auskunft zu geben. Als er einmal ziemlich in Fahrt war, wurde die Unterhaltung in der Tat zum Monolog. Er sprach wie ein Mann, in dem sich alles eine lange Zeit aufgestaut hatte, was er immer wieder mit sich selbst besprochen hatte. Er sprach fast eine Stunde lang und ich muss gestehen, dass es ziemlich schwierig war ihm zuzuhören. Aber in allem was er sagte, schwang dieser selbstgefällige Unterton mit, wenn jemand die Arbeit vernachlässigte, die man sich zur Aufgabe gemacht hatte.

Während dieser ersten Unterredung erhielt ich nur einen sehr geringen Einblick in seine Arbeit. Die Hälfte seiner Worte bestand aus Fachausdrücken, die mir vollkommen fremd waren, und er veranschaulichte ein oder zwei Punkte anhand dessen, was er befriedigt grundlegende Mathematik nannte, in dem er auf einem Briefumschlag mit einem Tintenstift Berechnungen auf solche Art und Weise anstellte, dass es sogar schwierig war, den Anschein zu erwecken, dass man es verstanden hätte. »Ja«, sagte ich, »ja. Fahren Sie fort!« Dennoch fand ich genug heraus, was mich überzeugte, dass er kein bloßer Spinner war, der Entdeckungen vorspielte. Trotz seines Auftretens als Sonderling, umgab ihn eine Macht, die das unmöglich machte. Was immer es war, es hatte mit mechanischen Möglichkeiten zu tun. Er erzählte mir von einem Werkschuppen, den er besaß und von drei Gehilfen – ursprünglich Gelegenheitsarbeiten verrichtende Zimmerer – die er angelernt hatte. Jetzt ist es vom Werkschuppen zum Patentamt sicherlich nur noch ein Schritt. Er lud mich ein, mir diese Sachen anzusehen. Ich stimmte bereitwillig zu, und achtete darauf, dies durch eine Art Bemerkung zu unterstreichen. Der geplante Verkauf des Sommerhäuschens blieb praktischerweise in der Schwebe.

Schließlich stand er auf, um zu gehen, und entschuldigte sich für die Länge seines Besuchs. Über seine Arbeit zu sprechen, war für ihn, so sagte er, ein Vergnügen, das er nur zu selten genoss. Nicht oft fand er einen solch intelligenten Zuhörer wie mich, verkehrte er doch sehr selten mit sachkundigen Wissenschaftlern.

»So viel Belanglosigkeit«, erklärte er, »so viel Intrige! Und wahrlich, wenn man eine Idee hat – eine neuartige, befruchtende Idee – ich will nicht lieblos klingen, aber – «

Ich bin ein Mann, der an Impulse glaubt. Ich machte

wohl vielleicht ein voreiliges Angebot. Aber man muss bedenken, dass ich seit vierzehn Tagen allein mein Theaterstück in Lympne schrieb, und meine Schuldgefühle bezüglich seines verdorbenen Spaziergangs lasteten immer noch auf mir.

»Warum machen Sie dies nicht zu Ihrer neuen Gewohnheit?«, sagte ich. »Anstatt der, die ich Ihnen verdorben habe? Wenigstens bis wir uns über das Sommerhaus einig geworden sind. Sie wünschen sich Ihre Arbeit im Geiste durchgehen zu können. Das, was Sie immer während Ihres Nachmittagsspaziergangs getan haben. Bedauerlicherweise ist das vorbei – Sie können die Dinge nicht ungeschehen machen. Aber warum kommen Sie nicht vorbei und sprechen mit mir über Ihre Arbeit, nutzen mich als eine Art Mauer, gegen die Sie Ihre Gedanken werfen und sie wieder auffangen? Es ist gewiss, dass ich nicht genug weiß, um Ihre Ideen zu stehlen – und ich kenne keine Wissenschaftler – «

Ich hielt inne. Er überlegte. Offenbar weckte der Vorschlag seine Aufmerksamkeit. »Aber ich fürchte, ich würde Sie langweilen«, sagte er.

»Sie denken ich bin zu einfältig?«

»Oh, nein, aber die Fachausdrücke – «

»Wie immer es auch sei, Sie haben mich an diesem Nachmittag ungeheuer interessiert.«

»Natürlich wäre es eine große Hilfe für mich. Nichts entwirrt einem die Ideen besser, als sie zu erklären. Bisher – «

»Mein lieber Herr, sagen Sie nichts mehr.«

»Aber können Sie wirklich die Zeit entbehren?«

»Es gibt keine Erholung, die dem Wechsel einer Beschäftigung gleichkommt«, sagte ich mit tiefreichender Überzeugung.

Die Angelegenheit war vorbei. Auf den Stufen meiner Veranda drehte er sich um. »Ich stehe bereits sehr in Ihrer Schuld«, sagte er.

Ich gab einen fragenden Laut von mir.

»Sie haben mich vollständig geheilt von meiner lächerlichen Angewohnheit zu summen«, erklärte er.

Ich glaube, ich sagte, dass ich mich freute, ihm behilflich gewesen zu sein, und er wandte sich ab.

Der Gedankengang, der unsere Unterhaltung angeregt hatte, musste unmittelbar wieder seinen Einfluss geltend machen. Seine Arme begannen auf die altbekannte Weise zu schlenkern. Der Windhauch trug mir das schwache Echo seines »Susuu« zu.

Nun, das war schließlich nicht meine Angelegenheit …

Er kam am nächsten Tag und am Tag darauf wieder und hielt zwei Vorträge über Physik zu unserer beiderseitigen Befriedigung. Er sprach mit außerordentlicher Klarheit über »Äther«, »Triebkraftröhren«, »Gravitationspotential« und ähnliche Dinge, und ich saß auf meinem zweiten Klappstuhl und sagte »Ja«, »Fahren Sie fort« und »Ich verstehe Sie«, damit er weitersprach. Es war furchtbar kompliziertes Zeug, aber ich denke nicht, dass er jemals ahnte, wie viel ich nicht verstand. Es gab Momente in denen ich daran zweifelte, ob es die richtige Beschäftigung war, doch ich konnte mich auf jeden Fall von diesem verdammten Theaterstück ausruhen. Hin und wieder schimmerten Dinge für eine Zeitlang klar, nur um gerade dann zu verschwinden, wenn ich gerade dachte, sie erfasst zu haben. Manchmal versagte meine Aufmerksamkeit gänzlich und ich resignierte und saß da und starrte ihn an, während ich mich fragte, ob es am Ende nicht doch besser wäre, ihn als Leitfigur in einem guten Possenspiel zu nutzen und all das andere Zeug fallen zu lassen. Und dann würde ich vielleicht für eine Weile wieder folgen können.

Bei der ersten Gelegenheit ging ich hin, um mir sein Haus anzusehen. Es war groß und lieblos eingerichtet, es gab keine Bediensteten außer seinen drei Gehilfen und seine Ernährung und sein Privatleben waren durch eine philosophische Einfachheit gekennzeichnet. Er trank Wasser, war Vegetarier und folgte all diesen logischen disziplinarischen Dingen. Aber der Anblick seiner Einrichtung bereinigte viele Zweifel. Vom Keller bis zum Dachboden sah es nach Arbeit aus – ein aufregender kleiner Ort in einem abgelegenen Dorf. Die Räume im Erdgeschoß enthielten Werkbänke und Apparaturen, die Heizkessel der Backstube und der Waschküche waren zu beachtlichen Schmelzöfen entwickelt worden, Dynamos nahmen den Platz im Keller ein, und im Garten gab es einen Gasometer. Er zeigte es mir mit der ganzen vertrauensvollen Freude eines Mannes, der zu lang allein gelebt hat. Seine Einsamkeit ging nun in einem Übermaß in Vertrauen über, und ich hatte das Glück, dass es sich auf mich richtete.

Die drei Gehilfen waren achtbare Mitglieder der Handwerkerklasse, aus der sie entstammten. Gewissenhaft, wenn auch nicht intelligent, stark, höflich und bereitwillig. Der eine, Spargus, der kochte und alle Metallarbeiten erledigte, war ein Seemann gewesen, der zweite, Gibbs, war ein Schreiner und der dritte war ein ehemaliger Aushilfsgärtner und jetzt Hauptgehilfe. Sie waren bloße Hilfsarbeiter. Die ganze intelligente Arbeit wurde von Cavor gemacht. Sogar im Vergleich zu meinem verworrenen Eindruck waren sie von finsterster Unwissenheit.

Und jetzt zur Art dieser Recherchen. Hier kommt leider eine große Problematik. Ich bin kein wissenschaftlicher Fachmann und wenn ich in der hochwissenschaftlichen Sprache, die Mr. Cavor verwendete, versuchen würde das Ziel auf das seine Forschungen gerichtet waren, zu beschreiben, so fürchte ich, würde ich nicht nur den Leser, sondern auch mich verwirren, und ziemlich sicher würde ich irgendeinen Fehler begehen, der den Spott eines jeden fortschrittlichen Studenten der mathematischen Physik des Landes über mich bringen würde. Ich denke das Beste, das ich tun kann, ist die Wiedergabe meiner Eindrücke in meiner eigenen ungenauen Sprache, ohne jeglichen Versuch mich in Wissen zu hüllen, worauf ich keinen Anspruch habe.

Der Gegenstand von Mr. Cavors Untersuchung war eine Substanz, die »undurchlässig« für »alle Arten der Strahlungsenergie sein sollte – er verwendete ein anderes Wort, das ich vergessen habe, aber »undurchlässig« trifft es am besten. »Strahlungsenergie«, macht er mir begreiflich, war alles wie Licht oder Wärme oder diese Röntgenstrahlen, von denen man vor ungefähr einem Jahr so viel gesprochen hatte, oder Marconis elektrische Wellen oder die Erdanziehungskraft. All diese Dinge, sagte er, *strahlen* aus einer Mitte heraus und wirken auf entfernte Körper, woher der Begriff »Strahlungsenergie« stammt. Nun sind beinahe alle Stoffe gegenüber der einen oder anderen Form der Strahlungsenergie undurchlässig. Glas ist beispielsweise lichtdurchlässig, aber weniger durchlässig für Wärme, so dass es als Ofenschirm dienlich ist, und Alaun ist lichtdurchlässig, lässt aber gar keine Wärme durch. Auf der anderen Seite lässt eine Jodlösung in Kohlenstoffbisulfit keinerlei Licht durch, ist aber wärmedurchlässig. Sie wird ein Feuer vor einem verbergen, aber erlaubt es jeglicher Wärme zu einem durchzudringen. Metalle sind nicht nur für Licht und Wärme undurchlässig, sondern für elektrische Energie, die sowohl durch die Jodlösung als auch Glas fast so hindurchgeht, als ob sie nicht zwischengeschaltet wären. Und so weiter.

Nun sind alle bekannten Stoffe für die Erdanziehungskraft »durchlässig«. Man kann verschiedene Arten von Schirmen verwenden, um Licht oder Wärme oder den elektrischen Einfluss der Sonne oder die Erdwärme von irgendetwas abzuschneiden. Man kann Dinge durch Metallplatten vor Marconis Strahlen abschirmen, aber nichts wird die Anziehungskraft der Sonne oder der Erde unterbrechen. Doch warum es nichts geben sollte, ist schwierig zu sagen. Cavor verstand nicht, warum es einen solchen Stoff nicht geben sollte, und gewiss konnte ich es ihm nicht sagen. Ich hatte niemals zuvor über solch eine Möglichkeit nachgedacht. Mittels Berechnungen, die er zu Papier brachte – welche Lord Kelvin oder Professor Lodge oder Professor Karl Pearson oder irgendeiner jener großartigen Wissenschaftler zweifellos verstanden hätten, mich aber hoffnungslos verwirrten – zeigte er, dass solch ein Stoff nicht nur möglich wäre, sondern bestimmte Bedingungen erfüllen müsse. Es war ein erstaunlicher Gedankengang. So sehr es mich zu diesem Zeitpunkt erstaunte und beschäftigte, würde es unmöglich sein, es hier wiederzugeben. »Ja«, sagte ich zu allem, »ja, fahren Sie fort!« Für diese Geschichte genügt es zu sagen, dass er glaubte in der Lage zu sein, diesen möglichen Stoff, der undurchlässig für die Anziehungskraft ist, herzustellen aus einer komplizierten Metalllegierung und etwas Neuem – einem neuen Element, meine ich – das, so glaube ich, *Helium* genannt wird und ihm in versiegelten Steingefäßen aus London geschickt wurde. An dieser Einzelheit wird gezweifelt, aber ich bin mir ziemlich sicher, dass es *Helium* war, das ihm in versiegelten Steingefäßen zugesandt wurde. Gewiss war es etwas sehr Gasförmiges und Dünnes. Wenn ich mir nur Notizen gemacht hätte …

Wie hätte ich andererseits die Notwendigkeit Notizen zu machen, vorhersehen können?

Jeder, der auch nur das geringste Bisschen Vorstellungskraft besitzt, wird die außerordentlichen Möglichkeiten eines solchen Stoffs verstehen und ein wenig Verständnis für das Gefühl aufbringen, das ich verspürte, als diese Erkenntnis aus dem Nebel verworrener Phrasen emporstieg, mit denen sich Cavor ausdrückte. Wirklich eine komische Befreiung von einem Theaterstück! Es dauerte einige Zeit, bis ich glauben wollte, dass ich ihn richtig verstanden hätte, und ich war sehr darauf bedacht keine Fragen zu stellen, die es ihm erlaubt hätten, den Abgrund des Missverstehens abzuschätzen, in den er seine tägliche Erläuterung warf. Aber niemand, der diese Geschichte darüber liest, wird vollkommen mitfühlen, weil es unmöglich ist meiner inhaltsleeren Erzählung die Kraft meiner Überzeugung zu entnehmen, dass dieser erstaunliche Stoff eindeutig im Begriff stand hergestellt zu werden.

Ich erinnere mich nicht, dass ich meinem Theaterstück irgendwann eine Stunde fortlaufender Arbeit daran eingeräumt hätte, nachdem ich sein Haus besucht hatte. Meine Vorstellungskraft war mit anderen Dingen beschäftigt. Die Möglichkeiten des Stoffs schienen grenzenlos zu sein, was immer ich auch versuchte, ich stieß auf Wunder und Umbrüche. Wenn man zum Beispiel ein Gewicht anheben wollte, wie gewaltig es auch sei, man brauchte nur eine Platte dieser Substanz darunter zu legen und man könnte es mit einem Strohhalm emporheben. Mein erster unbefangener Impuls lag darin, dieses Prinzip auf Geschütze und Panzerschiffe und alle anderen Materialien und Methoden des Krieges anzuwenden, und dann auf die Schifffahrt, Fortbewegungsmittel, den Bausektor und jede erdenkliche Form der menschlichen Industrie. Der Zufall, der mich gerade in die wirkliche Geburtskammer dieser neuen Zeit gebracht hatte – es war nichts weniger als eine Epoche – war eine jener Gelegenheiten, die einmal in tausend Jahren geschehen. Die Sache breitete sich aus und dehnte sich immer weiter aus. Zwischen anderen Dingen sah ich meine Rehabilitation als Geschäftsmann. Ich sah ein Gründerunternehmen und Tochterfirmen, Einsatzgebiete zu unserer Rechten und Linken, Kartelle und Treuhandgesellschaften, Sonderrechte und Konzessionen, die sich immer weiter ausbreiteten, bis ein ausgedehntes gewaltiges Cavorit-Unternehmen die Erde umgab und beherrschte.

Und ich war mittendrin!

Ich schlug sogleich einen neuen Kurs ein. Ich wusste, dass ich alles aufs Spiel setzte, aber ich wagte den Absprung sofort.

»Wir sind wirklich der größten Sache auf der Spur, die je erfunden worden ist«, sagte ich und legte die Betonung dabei auf das Wort »wir«. »Wenn Sie mich aus dieser Sache raushalten möchten, werden Sie das mit Waffengewalt tun müssen. Morgen werde ich zu Ihnen hinuntergehen, um ihr vierter Arbeiter zu werden.«

Er schien von meinem Enthusiasmus überrascht zu sein, war aber kein Bisschen misstrauisch oder abweisend. Vielmehr zeigte er Selbstgeringschätzung. Er sah mich zweifelnd an. »Aber meinen Sie wirklich –?« sagte er. »Und Ihr Theaterstück! Was ist mit diesem Theaterstück?«

»Es ist verschwunden!«, rief ich. »Mein lieber Herr, sehen Sie nicht, was Sie da haben? Sehen Sie nicht, was Sie im Begriff sind zu tun?«

Das war bloß eine rhetorische Frage, aber er sah es bestimmt nicht. Zuerst konnte ich es nicht glauben. Er hatte nicht die geringste Ahnung einer Idee. Dieser erstaunliche kleine Mann hatte die ganze Zeit über auf bloßen theoretischen Grundlagen gearbeitet! Als er sagte, es wäre die »bedeutendste« Forschungsarbeit, die die Welt je gesehen hatte, meinte er einfach, dass sie so viele Theorien berichtige, vieles entschied, was zweifelhaft war, und er hatte sich nicht länger mit der Anwendung des Stoffs beschäftigt, den er im Begriff war zu produzieren, gleichsam einer Maschine, die Waffen herstellte. Dies war eine realisierbare Substanz und er war dabei sie zu produzieren! *V'la tout*, wie der Franzose sagt.

Darüber hinaus war er kindisch! Wenn er den Stoff herstellte, würde es als Cavorit oder Cavorine der Nachwelt bekannt sein, und er würde ein Mitglied der Königlichen Gesellschaft werden, sein Porträt würde als ein wissenschaftlicher Verdienst um die Natur vergeben werden und solche Dinge. Und das war alles, was er sah! Er hätte diese Bombe in der Welt platzen lassen, als ob er eine neue Stechmückenart entdeckt hätte, wenn mich der Zufall nicht vorbeigeführt hätte. Und sie hätte dagelegen und gezischt, wie ein oder zwei andere kleine Dinge, die jene Wissenschaftler anzündeten und platzen ließen.

Als mir das klar wurde, übernahm ich das Reden und es war Cavor, der sagte »Fahren Sie fort!«. Ich sprang auf. Ich durchschritt den Raum, während ich wie ein junger Mann von zwanzig Jahren gestikulierte. Ich versuchte ihm seine Pflichten und Verantwortlichkeiten in der Angelegenheit verständlich zu machen – *unsere* Pflichten und Verantwortlichkeiten in der Angelegenheit. Ich versicherte ihm, wir könnten zu ausreichend Wohlstand gelangen, um jegliche Art einer gesellschaftlichen Revolution, die wir uns einbildeten, durchzuführen, wir könnten die ganze Welt besitzen und neu ordnen. Ich erzählte ihm von Gesellschaften und Patenten und hielt ein Plädoyer für geheime Prozesse. All diese Dinge schienen ihn sehr zu beschäftigen, wie mich seine Mathematik beschäftigt hatte. Ratlosigkeit spiegelte sich auf seinem geröteten kleinen Gesicht. Er stammelte etwas von Desinteresse gegenüber Wohlstand, aber ich fegte das alles beiseite. Er hatte reich zu werden und sein Gestammel nützte nichts. Ich gab ihm zu verstehen, welche Sorte Mensch ich war und dass ich sehr beachtliche Geschäftserfahrung besaß. Ich erzählte ihm nicht, dass ich derzeitig ein nicht rehabilitierter Konkursschuldner war, denn das war nur vorübergehend, aber ich denke, ich brachte meine offensichtliche Not mit meinen finanziellen Ansprüchen in Einklang. Und ganz unmerklich, wie solche Projekte wachsen, reifte die Erkenntnis eines Cavorit-Monopols zwischen uns. Er stellte das Zeug her und ich sorgte für den Aufschwung.

Ich klammerte mich wie eine Klette an das »wir« – »Sie« und »ich« existierte für mich nicht.

Es war seine Idee, dass die Gewinne von denen ich sprach, die Forschung unterstützen könnten, aber das war natürlich eine Angelegenheit, die wir später abklären mussten. »Es ist schon in Ordnung«, rief ich, »es ist schon in Ordnung.« Die Hauptsache war das Zeug herzustellen, beharrte ich.

»Hier gibt es einen Stoff«, rief ich, »kein Haus, keine Fabrik, keine Festung und kein Schiff kann riskieren es nicht zu besitzen – sogar noch universaler einsetzbar als eine Patentmedizin. Es gibt keinen einzigen Aspekt, nicht eine seiner zehntausend Verwendungsmöglichkeiten, die uns nicht reicher machen wird, Cavor, als es sich die Habsucht erträumen kann!«

»Nein!«, sagte er. »Ich fange an zu erkennen. Es ist außergewöhnlich wie man neue Blickpunkte erhält, wenn man über die Dinge spricht!«

»Und wie es der Zufall will, haben Sie gerade mit dem richtigen Mann gesprochen!«

»Ich glaube«, sagte er, »niemand ist enormem Wohlstand absolut *abgeneigt.* Natürlich gibt es eine Sache – «

Er hielt inne. Ich stand still.

»Es ist nur möglich, wissen Sie, dass wir es nach allem nicht herstellen können! Es kann eines jener Dinge sein, die theoretisch möglich aber praktisch unsinnig sind. Oder es gibt irgendein kleines Problem bei der Herstellung!«

»Wir werden das Problem angehen, wenn es auftritt«, sagte ich.

KAPITEL 2

Die erste Herstellung von Cavorit

Aber Cavors Befürchtungen waren grundlos, soweit es die tatsächliche Herstellung betraf. Am 14. Oktober 1899 wurde dieser unglaubliche Stoff hergestellt!

Seltsamerweise entstand er letztlich durch einen Zufall, als Mr. Cavor es am wenigsten erwartete. Er hatte mehrere Metalle und bestimmte andere Dinge miteinander verschmolzen – ich wünschte ich wüsste jetzt die Einzelheiten – und er beabsichtigte die Mischung eine Woche stehenzulassen und sie dann langsam abzukühlen. Falls er sich nicht verrechnet hatte, würde die letzte Verbindungsstufe eintreten, wenn der Stoff auf eine Temperatur von 60° Fahrenheit abgekühlt wäre. Aber es trug sich zu, dass ohne Cavors Wissen eine Meinungsverschiedenheit bezüglich des Schmelzofens entstanden war. Gibbs, der bislang danach gesehen hatte, hatte plötzlich versucht es dem Mann unterzuschieben, der ein Gärtner gewesen war, aus dem Grund, weil Kohle aus dem Boden stammte und ausgegraben werden musste, was möglicherweise nicht in den Zuständigkeitsbereich eines Schreiners fallen konnte, der Mann, der ein Aushilfsgärtner gewesen war, behauptete allerdings, dass Kohle ein metallischer oder Erz ähnlicher Stoff war, ganz abgesehen davon war er jetzt Koch. Doch Spargus bestand darauf, dass Gibbs sich um die Bekohlung kümmerte, insofern er ein Schreiner war und Kohle offenkundig fossiles Holz ist. Demzufolge hörte Gibbs auf den Schmelzofen zu befüllen und Cavor war zu sehr in gewisse interessante Probleme bezüglich einer Cavorit-Flugmaschine vertieft (wobei er den Luftwiderstand und ein oder zwei andere Punkte vernachlässigt), um zu bemerken, dass irgendetwas falsch war. Und die verfrühte Geburt seiner Erfindung fand gerade statt, als er das Feld auf dem Weg zu meinem Bungalow für unser Nachmittagsgespräch beim Tee überquerte.

Ich erinnere mich äußerst lebhaft an das Ereignis. Das Wasser kochte, alles war vorbereitet und das Geräusch seines »Susuu« hatte mich auf die Veranda gelockt. Seine geschäftige kleine Gestalt zeichnete sich schwarz gegen den herbstlichen Sonnenuntergang ab, und rechts von ihm erhoben sich die Schornsteine seines Hauses gerade so über eine prächtig gefärbte Baumgruppe. Weiter entfernt erhoben sich die Wealden Hills, blass und blau, während sich nach links hin das dunstige Marschland weit und ruhig erstreckte. Und dann –

Die Schornsteine zuckten gen Himmel, zerbarsten in eine Reihe von Ziegelsteinen als sie sich erhoben, und das Dach und eine Ansammlung von Hausrat folgten. Dann holte sie eine riesige weiße Flamme ein. Die Bäume um das Gebäude herum schwankten, wirbelten umher und rissen in Stücke, die in das Feuer sprangen. Meine Ohren ereilte ein Donnerschlag, der mich für den Rest meines Lebens auf einer Seite taub machte und überall um mich herum zersprangen unbeachtet die Fenster.

Ich machte von der Veranda drei Schritte in Richtung von Cavors Haus, als der Wind kam.

Sofort wehten meine Rockschöße über meinen Kopf und ich näherte ich mich ihm mit großen Schritten und Sätzen und gänzlich gegen meinen Willen. Im selben Moment wurde der Entdecker erfasst, herumgewirbelt und flog durch die aufkreischende Luft. Ich sah einen meiner

Schornsteine weniger als sechs Fuß von mir entfernt zu Boden gehen, sprang einige Fuß zur Seite und eilte mit großen Schritten auf den Mittelpunkt der Unruhe zu. Cavor, der um sich schlug und trat, fiel wieder zu Boden, überschlug sich ein paar Mal, kämpfte sich hoch, wurde angehoben und mit einer enormen Geschwindigkeit nach vorwärts getragen, bis er schließlich zwischen den wirbelnden, peitschenden Bäumen verschwand, die sich um sein Haus wanden.

Eine Menge Rauch und Asche und ein Strahl einer blau leuchtenden Substanz sausten zum Himmel empor. Ein großes Zaunstück kam an mir vorbeigesegelt, mit der Schmalseite voran, traf auf den Boden, kippte flach um und dann war das Schlimmste vorüber. Die tosende Luft beruhigte sich schnell, bis es nur noch ein starker Wind war, und ich bemerkte einmal mehr, dass ich Luft bekam und Füße besaß. Indem ich mich gegen den Wind stemmte, schaffte ich es stehenzubleiben und zur Besinnung zu kommen, so viel mir eben möglich war.

In diesem Augenblick hatte sich das ganze Angesicht der Erde gewandelt. Der ruhige Sonnenuntergang war verschwunden, der Himmel dunkel vor dahinhastenden Wolken, alles war flachgedrückt und schwankte im Wind. Ich blickte mich um, ob mein Sommerhaus überhaupt noch stand, dann stolperte ich vorwärts auf die Bäume zu, zwischen denen Cavor verschwunden war, und zwischen deren langen, blattlosen Ästen die Flammen seines brennenden Hauses schimmerten.

Ich trat in das Wäldchen, schleuderte von einem Baum zum anderen und klammerte mich an ihnen fest und eine Zeitlang suchte ich ihn vergebens. Dann erkannte ich, dass sich mitten in einem Haufen aus zerbrochenen Zweigen und Zaunteilen, die sich an einem Teil seiner Gartenmauer aufgehäuft hatten, etwas bewegte. Ich rannte darauf zu, doch bevor ich es erreichte, löste sich daraus ein braunes Etwas, erhob sich auf zwei schlammige Beine und streckte zwei schlaffe, blutende Hände aus. Einige abgerissene Fetzen seiner Kleidung flatterten aus seiner Körpermitte und wurden vom Wind davongetragen.

Einen Augenblick lang erkannte ich diesen Erdklumpen nicht, und dann sah ich, dass es Cavor war, verkrustet vom Schlamm in den er gerollt war. Er lehnte sich nach vorne gegen den Wind, während er sich den Dreck aus seinen Augen und dem Mund rieb.

Er streckte eine schlammverklumpte Hand aus und stolperte auf mich zu. Die Emotionen arbeiteten in seinem Gesicht, wobei kleine Schlammklumpen davon abfielen. Er sah so lädiert und bemitleidenswert aus, wie kein lebendes Wesen, das ich je zuvor gesehen hatte, und darum erstaunte mich seine Bemerkung außerordentlich.

»Gratulieren Sie mir«, keuchte er, »gratulieren Sie mir!«

»Ihnen gratulieren?«, fragte ich. »Ach, du liebe Zeit! Wofür?«

»Ich habe es geschafft.«

»*Haben* Sie. Was in aller Welt hat diese Explosion verursacht?«

Ein Windstoß wehte seine Worte hinfort. Ich verstand so viel, dass er sagte, es wäre überhaupt keine Explosion gewesen. Der Wind schleuderte mich derart, dass ich mit ihm zusammenstieß und so standen wir da und klammerten uns aneinander.

»Versuchen Sie zu meinem Sommerhaus zurückzugehen«, bellte ich in sein Ohr. Er hörte mich nicht und rief irgendetwas von »drei Märtyrern – Wissenschaft«, und auch etwas wie »taugt nicht viel«. Zu dem Zeitpunkt plagte er sich mit der Vermutung, dass seine drei Gehilfen in dem Wirbelsturm umgekommen seien. Glücklicherweise war das nicht richtig. Direkt nachdem er zu meinem Sommerhaus aufgebrochen war, waren sie ins Wirtshaus von Lympne eingekehrt, um die Frage der Schmelzöfen über einigen unbedeutenden Erfrischungen zu klären.

Ich wiederholte meinen Vorschlag, zurück zu meinem Sommerhaus zu gehen, und dieses Mal verstand er mich. Wir hakten uns unter und brachen auf und schafften es letztendlich Zuflucht unter dem zu finden, was von meinem Dach noch übrig war. Eine Weile saßen wir in Lehnstühlen und keuchten. Alle Fenster waren zerbrochen und die leichteren Einrichtungsgegenstände waren in großer Unordnung, aber es war kein unwiderruflicher Schaden entstanden. Zum Glück hatte die Küchentür der Druckwelle widerstanden, so dass all mein Geschirr und das Kücheninventar überlebt hatten. Der Ölofen brannte immer noch und ich setzte erneut Wasser für einen Tee auf. Und so vorbereitet, konnte ich mich Cavors Erklärung zuwenden.

»Ganz in Ordnung«, beharrte er, »ganz in Ordnung. Ich habe es geschafft und es ist alles fertig.«

»Aber«, protestierte ich. »In Ordnung! Warum steht dann keine Scheune mehr oder ein Zaun und kein strohgedecktes Dach ist im Umkreis von zwanzig Meilen unbeschädigt …«

»Es ist alles in Ordnung – *wirklich.* Natürlich habe ich diese kleine Aufregung nicht vorhergesehen. Mein Verstand war mit einem anderen Problem beschäftigt und ich habe ein Talent dafür, diese konkreten Randprobleme zu missachten. Aber es ist alles in Ordnung – «

»Mein lieber Herr«, rief ich, »sehen Sie nicht, dass Sie

einen Schaden von mehreren Tausend Pfund angerichtet haben?«

»Dahingehend baue ich auf Ihre Verschwiegenheit. Natürlich habe ich keine Erfahrung, aber meinen Sie nicht, man wird es als einen Wirbelsturm betrachten?«

»Aber die Explosion – «

»Es war keine Explosion. Es ist ganz einfach. Wie ich sagte, bin ich begabt darin, diese Kleinigkeiten zu übersehen. Es ist wie die Sache mit dem Summen, nur in einem größeren Ausmaß. Versehentlich habe ich diese meine Substanz, dieses Cavorit in einer dünnen, breiten Schicht ...«

Er unterbrach sich. »Ihnen ist durchaus klar, dass das Zeug für die Gravitation undurchlässig ist, dass es Dinge von ihrer gegenseitigen Anziehung beschneidet?«

»Ja«, sagte ich. »Ja«.

»Nun, sobald es eine Temperatur von 60° Fahrenheit erreichte, und sein Herstellungsvorgang vollendet war, hatten die Luft und die Teile von Dach, Decke und Boden darüber aufgehört ein Gewicht zu haben. Ich glaube Sie wissen – jeder weiß das heutzutage – dass die Luft, wie eine gewöhnliche Sache, Gewicht hat, dass Sie auf alles auf der Erdoberfläche Gewicht ausübt, in alle Richtungen drückt mit einem Druck von vierzehneinhalb Pfund pro Quadratzoll?«

»Das weiß ich«, sagte ich. »Fahren Sie fort.«

»Ich weiß das auch«, bemerkte er. »Das zeigt nur, wie nutzlos Wissen ist, falls man es nicht anwendet. Sie sehen, über unserem Cavorit hörte dieser Prozess auf, die Luft dort hörte auf irgendeinen Druck auszuüben, und die Umgebungsluft und nicht die über dem Cavorit, übte einen Druck von vierzehneinhalb Pfund im Quadrat auf diese plötzlich gewichtslose Luft aus. Ah, Sie fangen an zu verstehen! Die Luft um das Cavorit drängte mit unaufhaltsamer Kraft auf die darüberliegende Luft ein. Die Luft über dem Cavorit wurde heftig nach oben getrieben, die Luft, die hineinstürzte, um sie zu ersetzen, verlor umgehend ihr Gewicht, hörte auf irgendeinen Druck auszuüben, tat es der vorhergegangenen Luft nach, sprengte durch die Decke und wehte das Dach hinfort …«

»Sie verstehen«, sagte er, »sie bildete eine Art atmosphärischer Springbrunnen, so etwas wie einen Schornstein in der Atmosphäre. Und wenn sich das Cavorit nicht selbst gelöst hätte und so den Schornstein hinaufgesogen wurde, kommt Ihnen da in den Sinn, was passierte wäre?«

Ich dachte nach. »Ich vermute«, sagte ich, »die Luft würde jetzt immer noch nach oben drängen, über diesem höllischen Zeug.«

»Genau«, bestätigte er, »Ein riesiger Springbrunnen.«

»Der in das Weltall hinausspeit! Gütiger Himmel! Er hätte die ganze Atmosphäre der Erde fortgespritzt! Er hätte die Welt der Luft beraubt! Es wäre der Untergang der ganzen Menschheit gewesen! Dieser kleine Klumpen von dem Zeug!«

»Nicht gerade ins Weltall«, meinte Cavor, »aber genauso schlimm – eigentlich. Es hätte die Luft von der Welt abgezogen, wie jemand, der eine Banane schält und sie Tausende Meilen fortschleuderte. Sie wäre natürlich wieder hinabgefallen – aber auf eine erstickte Welt! Von unserem Standpunkt aus ein klein wenig besser, als wenn sie nie zurückkäme!«

Ich starrte vor mich hin. Bislang war ich zu aufgeregt, um zu erkennen, wie sich alle meine Erwartungen in Luft aufgelöst hatten. »Was gedenken Sie nun zu tun?«, fragte ich.

»Zuerst, wenn ich mir eine Gartenschaufel borgen kann, werde ich etwas von der Erde entfernen, die mich umhüllt, und wenn ich dann ihre häuslichen Annehmlichkeiten nutzen darf, werde ich ein Bad nehmen. Danach werden wir uns mit mehr Muße unterhalten. Es wird klug sein, denke ich« – er legte eine schlammige Hand auf meinen Arm – »wenn wir über diese Angelegenheit nichts verlauten lassen. Ich weiß, ich habe großen Schaden angerichtet – möglicherweise sind sogar hier und dort in der Gegend Wohnhäuser beschädigt. Aber andererseits kann ich für den begangenen Schaden unmöglich aufkommen, und wenn die wahre Ursache an die Öffentlichkeit kommt, wird es nur zu Magenschmerzen und der Behinderung meiner Arbeit kommen. Man kann nicht alles vorhersehen, wissen Sie, und ich kann es mir nicht erlauben, mir die Last praktischer Betrachtungen zusätzlich zu meiner theoretischen Arbeit aufzubürden. Später, wenn Sie sich mit ihrem praktischen Verstand beteiligen und das Cavorit in Umlauf kommt – in Umlauf kommt ist der richtige Begriff, oder – und es alles erreicht hat, was Sie erhoffen, können wir die Angelegenheiten mit diesen Personen berichtigen. Aber nicht jetzt – nicht jetzt. Wenn keine andere Erklärung dargeboten wird, werden es die Leute, bei dem derzeitig ungenügenden Stand der meteorologischen Wissenschaft, alles einem Wirbelsturm zuschreiben. Vielleicht gibt es eine öffentliche Subskription, und da mein Haus eingestürzt und ausgebrannt ist, sollte ich in diesem Fall einen beträchtlichen Anteil der Entschädigung erhalten, was für die Fortsetzung unserer Forschungen außerordentlich hilfreich wäre. Eigentlich würde ich nie mehr die Gelegenheit haben wieder in Frieden zu arbeiten. Meine drei Gehilfen können umgekommen sein oder auch nicht. Das ist eine Einzelheit. Wenn sie es nicht überlebt haben, ist es kein großer Verlust, sie waren mehr eifrig als fähig, und dieses verfrühte Ereignis muss größtenteils auf ihrer gemeinsamen Vernachlässigung des Schmelzofens beruhen. Wenn sie nicht umgekommen sind, zweifle ich daran, ob sie so intelligent sind, um die Angelegenheit zu erklären. Sie werden die Geschichte mit dem Wirbelsturm annehmen. Und wenn ich während der vorübergehenden Unbewohnbarkeit meines Hauses in einem der unbenutzten Zimmer Ihres Sommerhauses unterkommen darf – «

Er unterbrach sich und sah mich an.

Ein Mann von solchen Möglichkeiten, überlegte ich, ist kein gewöhnlicher Gast.

»Vielleicht«, sagte ich, während ich aufstand, »sollten wir besser anfangen uns nach einer Schaufel umzusehen«, und ich führte ihn zu den verstreut herumliegenden Überresten des Gewächshauses.

Und während er sein Bad nahm, durchdachte ich das ganze Problem allein. Es war deutlich, dass Mr. Cavors Gesellschaft Hindernisse aufwarf, die ich nicht vorhergesehen hatte. Die Geistesabwesenheit, die gerade beinahe den Erdball entvölkert hätte, könnte jeden Augenblick irgendeine andere Unannehmlichkeit zur Folge haben. Andererseits war ich jung, meine Geschäfte steckten in Schwierigkeiten und ich war gerade in der Stimmung für ein waghalsiges Abenteuer – mit der Aussicht auf etwas Gutes am Ende. Ich hatte mit mir selbst ausgemacht, dass ich mindestens zur Hälfte an diesem Aspekt der Angelegenheit beteiligt sein wollte. Zum Glück hatte ich für mein Sommerhaus einen Dreijahresvertrag, wie ich bereits erklärt habe, ohne für Reparaturarbeiten verantwortlich zu sein, und meine Einrichtung, wie sie dort stand, war eilig erworben worden, war unbezahlt, versichert und nicht gebunden. Schließlich entschied ich mich ihn dazubehalten und die Sache durchzuziehen.

Sicherlich hatte sich der Blickwinkel auf die Dinge sehr verändert. Ich zweifelte nicht länger an den ungeheuren Möglichkeiten der Substanz, aber ich fing an, Zweifel an der Lafette und den patentierten Stiefeln zu hegen. Wir machten uns umgehend an die Arbeit, um sein Laboratorium wiederherzustellen und unsere Experimente fortzusetzen. Cavor sprach mehr meinem Niveau entsprechend, als er es je zuvor getan hatte, wenn es um die Frage ging, wie wir das Zeug beim nächsten Mal herstellen sollten.

»Natürlich müssen wir es wieder herstellen«, sagte er mit einer gewissen Fröhlichkeit, die ich bei ihm nicht erwartet hatte, »natürlich müssen wir es wieder herstellen. Wir haben uns vielleicht etwas Übles eingehandelt, aber wir haben die Theorie ein für alle Mal hinter uns gelassen. Wenn wir es vermeiden können, diesen unsern Planeten zu zerstören, werden wir es tun. Aber – es muss Risiken geben! Es muss. Bei experimenteller Arbeit gibt es das immer. Und an dieser Stelle kommen *Sie* als Praktiker ins Spiel. Für meinen Teil scheint es, wir könnten es mit der Schmalseite voran und sehr dünn machen. Doch ich weiß es nicht. Ich habe eine bestimmte dunkle Vorstellung einer weiteren Methode. Ich kann sie bisher jedoch kaum erklären. Aber kurioserweise kam sie mir dann in den Sinn, als ich vor dem Wind im Schlamm herumrollte und sehr unsicher war, wie das ganze Abenteuer enden würde, als genau die Sache, die ich tun sollte.«

Sogar mit meiner Hilfe fanden wir einige kleine Schwierigkeiten und währenddessen arbeiteten wir an der Wiederherstellung des Laboratoriums. Es gab eine Menge zu tun, bevor es überhaupt notwendig wurde, sich für eine genaue Ausformung und Methode unseres zweiten Versuchs zu entscheiden. Unser einziges Problem war der Streik der drei Arbeiter, die gegen meine Tätigkeit als Vorarbeiter waren. Aber in dieser Sache einigten wir uns nach zwei Tagen Verzögerung.

KAPITEL 3

Der Bau der Kugel

Ich erinnere mich sehr deutlich an die Gelegenheit, als mir Cavor von seiner Idee der Kugel erzählte. Er hatte zuvor Andeutungen davon gemacht, aber zu der Zeit schien es wie ein Rausch über ihn zu kommen. Wir kehrten gerade zum Tee zum Sommerhaus zurück und auf dem Weg verfiel er in sein Summen. Plötzlich rief er: »Das ist es! Das vollendet es! Eine Art Rollvorhang!«

»Vollendet was?«, fragte ich.

»Weltraum – irgendwohin! Der Mond.«

»Was meinen Sie damit?«

»Meinen? Aber nein – es muss eine Kugel sein! Das meine ich!«

Ich sah ein, dass ich nicht mehr folgen konnte, und eine Zeitlang ließ ich ihn in seiner eigenen Manier reden. Ich hatte nicht die leiseste Idee, noch eine Ahnung, worauf er hinauswollte. Aber nachdem er seinen Tee getrunken hatte, verdeutlichte er es mir.

»Es ist so«, sagte er. »Beim letzten Mal ließ ich dieses Zeug, das die Gravitation bei Dingen unterbricht, in einen flachen Behälter mit einer Abdeckung, die es niederhielt, laufen. Und umgehend nachdem es abgekühlt und die Herstellung vollständig war, geschah der ganze Tumult, nichts darüber hatte noch ein Gewicht, die Luft spritzte auf, das Haus zerplatzte und wenn das Zeug nicht auch nach oben gesaugt worden wäre, weiß ich nicht, was geschehen wäre! Aber angenommen die Substanz ist ungebunden und vollkommen frei aufzusteigen?«

»Sie wird sofort aufsteigen!«

»Genau. Mit keinem größeren Tumult, als das Abfeuern eines Geschützes.«

»Aber was soll das nützen?«

»Ich werde mit hinauffliegen!«

Ich stellte meine Teetasse ab und starrte ihn an.

»Stellen Sie sich eine Kugel vor«, erklärte er, »die groß genug für zwei Personen und ihr Gepäck ist. Sie wird aus Stahl gebaut und mit dickem Glas ausgekleidet und wird einen angemessenen Vorrat verdichteter Luft, eingedickter Nahrung, einen Wasserdestillierapparat und so weiter enthalten. Und der außenliegende Stahl wird gleichsam überzogen mit – «

»Cavorit?«

»Ja.«

»Aber wie gelangen Sie ins Innere?«

»Es gab da ein ähnliches Problem mit einem Knödel.«

»Ja, ich weiß. Aber wie?«

»Das ist ganz einfach. Ein hermetisch verschlossener Einstieg ist alles was man benötigt. Das wird natürlich ein wenig kompliziert werden: es muss eine Klappe geben, so dass man, falls nötig, Dinge hinauswerfen kann ohne dabei viel Luft zu verlieren.«

»Wie das Ding bei Jules Verne in ›*Eine Reise zum Mond*‹.«

Aber Cavor las keine fiktionale Literatur.

»Ich fange an zu verstehen«, sagte ich langsam. »Und Sie würden hineinsteigen und von innen verschrauben, solange das Cavorit warm war, und sobald es abgekühlt wäre, würde es für die Gravitation undurchdringlich sein und Sie würden wegfliegen – «

»Ganz unvermittelt.«

»Sie würden sich auf einer Geraden entfernen – « , ich hielt plötzlich inne. »Was hält das Ding davon ab, nicht für immer geradewegs durch den Weltraum zu reisen?«, fragte ich. »Sie können sich nicht sicher sein, irgendwohin zu gelangen, und wenn es Ihnen gelingt – wie werden Sie wieder zurückkommen?«

»Ich habe gerade darüber nachgedacht«, sagte Cavor. »Das meinte ich, als ich sagte, das Ding ist vollendet. Die innere Glaskugel kann luftdicht und durchgehend sein, bis auf den Einstieg, und die Stahlkugel kann aus Teilstücken gefertigt sein, wobei jedes Teilstück wie ein Rollvorhang nach oben gezogen werden kann. Dies kann einfach mittels Federn umgesetzt werden und Auslösung und Umsetzung erfolgt mittels Elektrizität, die durch Platinleitungen geleitet wird, die im Glas eingeschmolzen sind. All das sind bloß Detailfragen. Sie sehen also, dass die Cavoritaußenhülle der Kugel, abgesehen von der Schicht der Rollvorrichtung, aus Fenstern oder Blenden bestehen wird, wie auch immer Sie sie nennen möchten. Nun, wenn all diese Fenster oder Blenden geschlossen sind, wird kein Licht, keine Wärme, keine Gravitation, keine Strahlungsenergie, welcher Art auch immer, in das Innere der Kugel gelangen, sie wird auf gerader Linie durch das Weltall fliegen, wie Sie sagen. Aber öffnen Sie ein Fenster, stellen Sie sich vor, dass eins der Fenster geöffnet ist. Dann wird uns sofort jeder schwere Körper anziehen, der sich zufällig auf unserem Kurs befindet –«

Ich saß da und nahm das in mich auf.

»Sie verstehen?«, fragte er.

»Oh, ich *verstehe.*«

»Wir werden praktisch in der Lage sein im Weltall zu kreuzen, wie es uns gefällt. Werden uns von diesem und jenem anziehen lassen.«

»Oh, ja. Das ist klar genug. Nur – «

»Ja?«

»Ich verstehe nicht ganz, warum wir es tun sollten! Es ist wirklich nur von der Welt abzuspringen und wieder zu landen.«

»Sicherlich! Man könnte beispielsweise zum Mond fliegen.«

»Und wenn man dorthin käme? Was würden Sie finden?«

»Wir würden sehen – oh, bedenken Sie das neue Wissen.«

»Gibt es dort Luft?«

»Vielleicht.«

»Es ist eine gute Idee«, sagte ich, »aber es macht trotzdem den Eindruck einer großen Sache. Der Mond! Ich würde viel eher ein paar kleinere Dinge zuerst ausprobieren.«

»Sie kommen wegen der Luftproblematik nicht in Frage.«

»Warum verwendet man nicht die Idee der gefederten Blenden – Cavoritblenden in stabilen Stahlbehältern – um Gewichte anzuheben?«

»Es würde nicht funktionieren«, widersprach er. »Immerhin ist es weniger schlimm in den Weltraum zu gelangen, wenn überhaupt, als eine Polarexpedition. Menschen begeben sich auf Polarexpeditionen.«

»Keine Geschäftsleute. Und außerdem werden sie für Polarexpeditionen bezahlt. Und wenn irgendetwas schief läuft, gibt es Hilfstruppen. Aber dies – wir schießen uns bloß selbst grundlos von der Welt.«

»Nennen Sie es eine Suche nach Bodenschätzen.«

»Sie werden es so bezeichnen müssen … Man könnte vielleicht ein Buch darüber schreiben«, sagte ich.

»Ich zweifle nicht, dass es dort Mineralien gibt«, sagte Cavor.

»Zum Beispiel?«

»Oh! Schwefel, Erze, vielleicht Gold, womöglich neue Elemente.«

»Transportkosten«, warf ich ein. »Sie wissen, dass Sie kein praktisch veranlagter Mensch sind. Der Mond ist eine Viertelmillion Meilen entfernt.«

»Mir scheint es würde nicht viel kosten, irgendein Gewicht irgendwohin abzutransportieren, wenn man es in einem Cavoritbehälter verpackt.«

Daran hatte ich nicht gedacht. »Kostenfreie Lieferung bis zum Kunden, hm?«

»Es ist ja auch nicht so, als ob wir auf den Mond beschränkt wären.«

»Sie meinen?«

»Da ist der Mars – klare Atmosphäre, ganz neue Umgebung, erhebendes Gefühl der Leichtigkeit. Es könnte angenehm sein dort hinzugehen.«

»Gibt es Luft auf dem Mars?«

»Oh, ja.«

»Scheint als könnte man ihn als Kurort verwenden. Im Übrigen, wie weit ist der Mars entfernt?«

»Derzeit zweihundert Millionen Meilen«, sagte Cavor leichthin, »und man kommt nah an der Sonne vorbei.«

Meine Vorstellungskraft kam wieder in Gang. »Im Grunde«, sagte ich, »ist was dran an diesen Sachen. Es gibt Reisen – «

Eine außergewöhnliche Möglichkeit schoss mir in den Sinn. Plötzlich sah ich, wie in einer Vision, das ganze Sonnensystem von Cavoritschiffen und luxuriösen Kugeln durchzogen. »Vorkaufsrechte«, fielen mir ein – planetarische Vorkaufsrechte. Ich erinnerte mich an das alte spanische Monopol auf amerikanisches Gold. Es war nicht, als ob es bloß dieser oder jener Planet wäre – es waren alle. Ich blickte auf Cavors rundliches Gesicht und plötzlich wallte meine Fantasie empor und wirbelte herum. Ich stand auf und ging auf und ab, meine Zunge war gelöst.

»Ich fange an es zu begreifen«, sagte ich, »ich fange an es zu begreifen.« Der Übergang von Zweifel zu Enthusiasmus schien wohl keine Zeit zu brauchen. »Aber das ist fantastisch!«, rief ich. »Das ist kaiserlich! Von solchen Dingen habe ich nicht einmal geträumt.«

Sobald das Eis meines Widerstands gebrochen war, ließ er seiner eigenen aufgestauten Aufgeregtheit freien Lauf. Er stand ebenfalls auf und ging hin und her. Er gestikulierte ebenfalls und schrie laut. Wir benahmen uns wie begeisterte Menschen. Wir waren begeisterte Menschen.

»Wir werden das alles regeln!«, gab er als Antwort auf irgendeine zufällige Schwierigkeit, die mich gehemmt hatte. »Wir werden das bald alles regeln! Wir werden noch diesen Abend die Zeichnungen für die Formteile anfertigen.«

»Wir werden jetzt damit beginnen«, erwiderte ich und wir eilten zum Laboratorium, um umgehend mit dieser Arbeit zu beginnen.

Die ganze Nacht lang war ich wie ein Kind in einem Wunderland. Die Morgendämmerung überraschte uns beide noch bei der Arbeit – wir ließen unser elektrisches Licht ungeachtet des Tages weiterbrennen. Ich erinnere mich jetzt noch genau, wie diese Zeichnungen aussahen. Während Cavor zeichnete, schattierte ich und machte daraus Tintenzeichnungen – jede Linie war unsauber und hastig hingekritzelt, doch auf wunderbare Art und Weise korrekt. Wir gaben die Bestellungen für die Stahlblenden und Rahmen auf, die wir nach dieser nächtlichen Arbeit benötigten, und die Glaskapsel wurde innerhalb einer Woche konstruiert. Wir gaben unsere nachmittäglichen Unterhaltungen und unsere sämtlichen alten Gewohnheiten auf. Wir arbeiteten und wir schliefen und aßen, wenn wir vor lauter Hunger und Erschöpfung nicht mehr arbeiten konnten. Unser Enthusiasmus steckte sogar unsere drei Gehilfen an, obwohl sie keine Ahnung hatten, für was die Kapsel war. In diesen Tagen gab Gibbs seinen normalen Schritt auf und wo er auch hinging, sogar wenn er einen Raum durchquerte, rannte er geschäftig umher.

Und sie wuchs – die Kapsel. Der Dezember ging vorbei, dann der Januar – ich verbrachte einen Tag damit, mit einem Besen einen Weg durch den Schnee vom Sommerhaus zum Laboratorium zu fegen – Februar und März. Gegen Ende März kam die Vollendung in Sicht. Im Januar war ein Pferdegespann mit einer riesigen Packkiste gekommen, und wir hatten unsere Kapsel aus dickem Glas jetzt fertig und in Position unter den Kran gebracht, den wir so ausgerichtet hatten, dass wir die Kapsel in die Stahlhülle einfügen konnten. All die Schienen und Blenden der Stahlhülle – es war keine wirklich runde Hülle, sondern hatte die Form eines Polyeders, mit einer verschiebbaren Blende auf jeder Fläche – war im Februar angekommen und die untere Hälfte war zusammengeschraubt. Das Cavorit war zur Hälfte im März fertig, die metallische Paste hatte zwei ihrer Fertigungsstufen durchlaufen und wir hatten ziemlich genau die Hälfte davon auf den Stahlschienen und Blenden verteilt. Es war erstaunlich, wie genau wir uns an die Strichführung von Cavors erster Eingebung hielten, als wir das Modell ausarbeiteten. Als die Kapsel fertig zusammengeschraubt war, schlug er vor, das provisorische Dach des vorläufigen Laboratoriums, in dem die Arbeit erfolgt war, zu entfernen und einen

Schmelzofen herum zu bauen. So wurde der letzte Schritt der Cavoritherstellung, bei dem die Paste mittels Heliumstrahl zu einem dumpfen Rotglühen gebracht wurde, vollzogen, wobei sich das Cavorit bereits auf der Kapsel befand.

Und dann mussten wir erörtern und festlegen, welche Vorräte mitgenommen werden sollten – eingedickte Nahrung, konzentrierte Essenzen, Stahlzylinder mit Sauerstoffvorrat, eine Vorrichtung zur Absaugung von Kohlendioxid und verschmutzter Luft und zur Sauerstoffwiederherstellung mittels Natriumperoxid, Wasserkondensatoren und so weiter. Ich erinnere mich noch an den kleinen Haufen, den sie in der Ecke bildeten –Blechdosen, Rollen und Kisten – glaubhaft und sachlich.

Es war eine anstrengende Zeit mit wenig Gelegenheit zum Nachdenken. Aber eines Tages, als wir uns dem Ende unserer Planung näherten, überkam mich eine seltsame Stimmung. Ich hatte den ganzen Morgen den Schmelzofen zugemauert und lies mich todmüde bei dessen Fundamenten nieder. Alles erschien dumm und unglaublich.

»Aber schauen Sie doch, Cavor«, sagte ich. »nach allem. Wofür ist das alles?«

Er lächelte. »Das Ding sollte jetzt funktionieren.«

»Der Mond«, überlegte ich. »Aber was erwarten Sie? Ich dachte der Mond wäre eine tote Welt.«

Er zuckte mit den Schultern.

»Wir werden sehen.«

»Werden wir?«, sagte ich und starrte vor mich hin.

»Sie sind müde«, bemerkte er. »Sie sollten heute Nachmittag besser einen Spaziergang machen.«

»Nein«, sagte ich stur, »ich werde dieses Mauerwerk heute fertigstellen.«

Und ich tat es und sicherte mir eine schlaflose Nacht.

Ich glaube nicht, dass ich je solch eine Nacht hatte. Vor der Pleite meines Geschäfts hatte ich ein paar schlimme Zeiten, aber die schlimmste jener Nächte war ein süßer Schlummer im Vergleich zu der unendlich schmerzhaften Schlaflosigkeit. Ich hatte plötzlich den größten Bammel vor der Sache, die wir vorhatten.

Ich erinnere mich nicht, dass ich vor dieser Nacht über all die Risiken nachgedacht hätte, die uns begegnen würden. Jetzt erschienen sie wie dieses Aufgebot von Schreckgespenstern, das einst Prag heimgesucht hatte und jetzt um mich herum sein Lager aufschlug. Die Merkwürdigkeit von dem, was wir zu tun gedachten, dessen Unweltlichkeit, übermannte mich. Ich war wie ein Mann der aus angenehmen Träumen in der schrecklichsten Umgebung erwacht. Ich lag mit offenen Augen da und die Kapsel schien immer blasser und schwächer zu werden, und Cavor immer unwirklicher und fantastischer, und das ganze Unterfangen mit jedem Augenblick immer verrückter.

Ich stieg aus dem Bett und wanderte umher. Ich setzte mich ans Fenster und starrte in die Grenzenlosigkeit des Raums. Zwischen den Sternen lag die leere, unergründliche Schwärze! Ich versuchte mir mein lückenhaftes Wissen der Astronomie wieder ins Gedächtnis zu rufen, das ich mir durch meine unregelmäßige Lektüre angeeignet hatte, aber es war alles zu ungenau, um eine Vorstellung der Dinge zu liefern, mit denen wir rechnen könnten. Letztendlich ging ich wieder zu Bett und bekam ein paar Momente Schlaf – eher Momente der Albträume – in denen ich auf ewig in den Abgrund des Himmels fiel und fiel und fiel.

Ich überraschte Cavor beim Frühstück. Ich teilte ihm kurz mit: »Ich werde nicht mit Ihnen in der Kapsel kommen.«

Ich begegnete all seinen Protesten mit einer verdrießlichen Beharrlichkeit. »Die Sache ist zu verrückt«, sagte ich, »und ich werde nicht mitkommen. Die Sache ist zu verrückt.«

Ich wollte nicht mit ihm ins Laboratorium gehen. Ich quälte mich eine Zeitlang in meinem Sommerhaus und dann nahm ich Hut und Spazierstock und machte mich ziellos auf den Weg. Es traf sich zufällig, dass es ein prächtiger Morgen war: ein warmer Wind und tiefblauer Himmel, das erste Frühlingsgrün draußen und Scharen von singenden Vögeln. Ich genehmigte mir mittags Rindfleisch und Bier in einem kleinen Wirtshaus nahe Elham und erschreckte den Gastwirt mit einer Bemerkung bezüglich des Wetters: »Ein Mann, der die Welt verlässt, wenn die Tage so sind wie heute, ist ein Narr!«

»Das sage ich auch, als ich es hörte!« sagte der Wirt und ich erkannte, dass sich zumindest für eine arme Seele diese Welt als zu maßlos erwiesen hatte und ein Kehlenschnitt gesetzt worden war. Ich ging mit einer neuen Verwindung meiner Gedanken weiter.

Am Nachmittag hielt ich ein angenehmes Nickerchen an einem sonnigen Ort und ging erfrischt meines Weges. Ich gelangte an ein behaglich aussehendes Gasthaus in Canterbury. Es wirkte hell durch die Kletterpflanzen und die Wirtin war eine ordentliche alte Dame, die meinen Blick auf sich zog. Ich stellte fest, dass ich genügend Geld dabei hatte, um bei ihr zu übernachten. Ich entschied mich, die Nacht dort zu verbringen. Sie war redselig und neben anderen Einzelheiten erfuhr ich, dass sie niemals in London gewesen war. »Weiter als Canterbury bin ich noch nie gewesen«, sagte sie. »Ich bin keiner von diesen Herumtreibern.«

»Wie würde Ihnen eine Reise zum Mond gefallen?«, rief ich.

»Ich hielt noch nie was von diesen Ballonfahrten«, sagte sie, offenbar in der Annahme, es würde sich um einen gewöhnlichen Ausflug handeln. »Ich würde in keinen einsteigen – um kein Geld der Welt.«

Dies kam mir komisch vor. Nach dem Abendessen setzte ich mich auf eine Bank neben der Tür des Gasthauses und tratschte mit zwei Arbeitern über Ziegelherstellung, elektrische Triebwägen und Kricket im letzten Jahr. Und am Himmel versank ein blasser junger Halbmond, blau und nebelhaft wie eine entfernte Alp, über der Sonne.

Am nächsten Tag kehrte ich zu Cavor zurück. »Ich komme mit«, sagte ich. »Ich bin ein bisschen aus der Bahn geworfen worden, das ist alles.«

Das war das einzige Mal, dass ich ernsthaften Zweifel an unserer Unternehmung hegte. Es waren bloß die Nerven! Danach arbeitete ich ein wenig umsichtiger und ging jeden Tag eine Stunde lang spazieren. Und schließlich kamen unsere Bemühungen, abgesehen vom Befeuern des Schmelzofens, zu einem Ende.

KAPITEL 4

In der Kapsel

»Nun machen Sie schon« sagte Cavor, als ich am Rand des Einstiegslochs saß und in das dunkle Innere der Kapsel blickte. Wir beide waren allein. Es war Abend, die Sonne war untergegangen und die Stille der Dämmerung lag über allem.

Ich zog mein anderes Bein in das Loch und rutschte das glatte Glas bis zum Boden der Kapsel hinunter, dann drehte ich mich um, und nahm die Dosen mit Lebensmitteln und andere Ausrüstungsgegenstände von Cavor in Empfang. Im Inneren der Kapsel war es warm, das Thermometer stand bei 26 Grad und da wir durch Strahlung nur wenig oder kaum etwas an Temperatur verlieren würden, trugen wir lediglich Schuhe und dünne Flanellkleidung. Wir hatten jedoch ein Bündel dicker Wollsachen und mehrere dicke Decken mitgenommen, um gegen unliebsame Vorfälle gewappnet zu sein.

Ich verstaute nach Cavors Anweisung die Pakete, die Sauerstoffflaschen und so weiter locker um meine Füße und schon bald hatten wir alles in der Kapsel untergebracht. Cavor ging eine Weile suchend in dem dachlosen Schuppen umher, um nachzuschauen, ob wir auch nichts vergessen hatten und kroch dann nach mir in die Kapsel. Ich bemerkte etwas in seiner Hand.

»Was haben Sie da?« fragte ich.

»Haben Sie sich nichts zu lesen mitgebracht?«

»Du lieber Himmel! Nein.«

»Ich vergaß es Ihnen zu sagen. Es gibt gewisse Unwägbarkeiten – die Reise könnte dauern – wir könnten Wochen unterwegs sein!«

»Aber …«

»Wir werden in dieser Kapsel ohne irgendeine Beschäftigung dahintreiben.«

»Wenn ich das doch nur gewusst hätte …«

»Er spähte aus dem Einstiegsloch. »Schauen Sie!« sagte er. Dort drüben ist etwas!«

»Ist noch genug Zeit?«

Wir haben noch ungefähr eine Stunde.

Ich sah nach draußen. Dort lag eine alte Ausgabe von *Tit Bits*, die wohl einer der Männer mitgebracht hatte. Etwas weiter hinten in der Ecke erblickte ich eine zerrissene *Lloyd News*. Ich krabbelte damit gerüstet wieder in die Kapsel zurück. »Und was haben Sie dabei!« fragte ich.

Ich nahm ihm das Buch aus der Hand und las: »Die Werke von William Shakespeare«.

Er errötete leicht. »Meine Ausbildung war so rein wissenschaftlich«, sagte er entschuldigend.

»Sie haben ihn nie gelesen?«

»Noch nie.«

»Er wusste, nun ja, von außergewöhnlichen Dingen.«

»Genau das hat man mir auch gesagt«, meinte Cavor.

Ich half ihm dabei den Glasdeckel über dem Einstiegsloch festzuschrauben und dann drückte er auf einen Knopf, um die entsprechenden Rollläden an der äußeren Hülle zu schließen. Das kleine Rechteck des Dämmerlichts verschwand. Wir befanden uns in völliger Dunkelheit. Eine Zeitlang sprach keiner von uns. Auch wenn unsere Kapsel nicht vollkommen schalldicht war, so war dennoch alles sehr still. Ich bemerkte, dass es nirgendwo einen Griff zum Festhalten gab, wenn die Erschütterung durch den Start einsetzte, und ich erkannte, dass ich mich ohne einen Stuhl unbehaglich fühlen würde.

»Wieso haben wir keine Stühle?« fragte ich.

»Ich habe das alles schon geregelt«, sagte Cavor. »Wir werden keine brauchen.«

»Wieso nicht?«

»Das werden Sie schon noch sehen«, erwiderte er in einem Tonfall, der deutlich machte, dass er keine Lust zum Reden hatte.

Ich verstummte. Und plötzlich stand mir klar und deutlich vor Augen, was für ein Narr ich gewesen war, mich in dieser Kapsel einzufinden. Ist es jetzt, so fragte ich mich, bereits zu spät, um mich noch zurückzuziehen? Die Welt außerhalb der Kapsel würde, dessen war ich mir bewusst, ziemlich kalt und ungastlich für mich sein – denn wochenlang hatte ich von der Unterstützung durch Cavor gelebt – doch würde sie nach allem so kalt wie die unendliche Null sein, so ungastlich wie der leere Raum? Hätte ich nicht als Feigling dagestanden, würde ich ihn dazu gebracht haben mich hinauszulassen. An diesem Punkt zögerte ich, und zögerte, wurde verdrießlich und ärgerlich und die Zeit verstrich.

Dann kamen ein kleiner Ruck, ein Geräusch wie von einer Champagnerflasche, die in einem anderen Raum entkorkt wurde und ein schwaches Pfeifen. Nur einen Augenblick lang verspürte ich ein Gefühl ungeheurer Spannung, war vorübergehend davon überzeugt, dass meine Füße mit der Kraft zahlloser Tonnen nach unten gedrückt wurden. Das dauerte jedoch nur einen Bruchteil einer Sekunde.

Doch ließ es mich handeln. »Cavor!« sagte ich in die Dunkelheit, »meine Nerven sind zerrüttet. Ich denke nicht ...«

Ich hielt inne. Er antwortete nicht.

»Zur Hölle mit Ihnen!« rief ich. »Ich bin ein Narr! Was habe ich hier zu suchen? Ich komme nicht mit, Cavor. Das ist mir zu riskant. Ich steige aus.«

»Das geht nicht«, sagte er.

»Das geht sehr wohl. Sie werden schon sehen!«

Zehn Sekunden lang sagte er nichts. »Es ist zu spät, sich darüber zu streiten, Bedford«, sagte er. »Dieser kleine Ruck war der Start. Wir fliegen bereits so geschwind wie ein Geschoß hinauf in die Abgründe des Alls.«

Ich ...«, sagte ich und dann schien alles, was eintrat, bedeutungslos zu sein. Eine Weile war ich wie benommen, ich hatte nichts zu sagen. Es war, als hätte ich nie zuvor von seiner Idee, die Welt zu verlassen, gehört. Dann bemerkte ich eine unerklärliche Veränderung meiner körperlichen Empfindungen. Es war ein Gefühl der Leichtigkeit, der Unwirklichkeit. Verbunden damit waren ein seltsames Gefühl im Kopf, geradezu eine apoplektische Wirkung, und ein Rasen der Blutgefäße bei den Ohren. Je weiter die Zeit fortschritt, desto weniger wurden diese Empfindungen und schließlich gewöhnte ich mich daran, so dass ich sie nicht mehr als unangenehm empfand.

Dann hörte ich ein Klicken und eine kleine Glühlampe leuchtete auf.

Ich sah Cavors Gesicht, das so weiß wie mein eigenes sein mochte. Wir sahen uns schweigend an. Die durchsichtige Schwärze des Glases dahinter bewirkte, als ob er in einer Leere schwebe.

»Nun sind wir gefangen«, sagte ich schließlich.

»Ja«, sagte er, »wir sind gefangen.«

»Bewegen Sie sich nicht«, rief er bei der Andeutung einer Geste aus. »Lassen Sie Ihre Muskeln ganz entspannt sein, als ob Sie im Bett lägen. Wir sind jetzt in unserem eigenen kleinen Universum. Schauen Sie sich die Dinge dort an!«

Er zeigte auf die losen Kisten und Bündel, die auf den Decken am Boden der Kapsel gelegen hatten. Ich war erstaunt, als ich sah, dass sie ungefähr einen Fuß von der Wand der Kapsel entfernt schwebten. Dann sah ich anhand seines Schattens, dass auch Cavor nicht länger am Glas lehnte. Ich streckte meine Hand hinter mich, und stellte fest, dass auch ich im Raum schwebte und vom Glas entfernt war.

Ich schrie weder auf noch gestikulierte ich, doch Furcht befiel mich. Es war als würde ich von etwas gehalten und hochgehoben, ohne zu wissen, was es war. Die bloße Berührung des Glases mit meiner Hand brachte mich in eine rasche Bewegung. Ich begriff, was geschehen war, aber das bewahrte mich nicht davor Angst zu haben. Wir waren von der gesamten äußeren Schwerkraft abgeschnitten und nur die Anziehung von Gegenständen innerhalb unserer Kapsel hatte noch Wirkung. Infolgedessen fiel alles, was nicht am Glas befestigt war – langsam, wegen des geringen Gewichts – in Richtung der Schwerkraftmitte unserer kleinen Welt, die sich irgendwo in der Mitte der Kapsel zu befinden schien, doch näher bei mir selbst als bei Cavor lag, was meinem höheren Gewicht zuzuschreiben war.

»Wir müssen uns umdrehen«, sagte Cavor, »und Rücken an Rücken mit den Gegenständen zwischen uns schweben.«

Es war die seltsamste Empfindung so frei im Raum zu schweben, und zuerst war es grauenhaft fremdartig, doch als der Schrecken vorüber war, empfand ich es überhaupt nicht als unangenehm, sondern überaus entspannend, ja tatsächlich kam es dem als irdische Erfahrung am nächsten in einem dicken weichen Federbett zu liegen. Doch diese vollkommene Losgelöstheit und Unabhängigkeit! Ich hatte nicht damit gerechnet. Ich hatte einen heftigen Ruck beim Start erwartet, eine rasende Geschwindigkeit. Stattdessen fühlte ich mich, als wäre ich entstofflicht. Es war nicht wie der Beginn einer Reise, sondern der Beginn eines Traums.

KAPITEL 5

Die Reise zum Mond

Augenblicklich löschte Cavor das Licht. Er sagte, dass wir nicht überaus viel Strom gespeichert hätten und dass wir damit sparsam umgehen müssten, um noch lesen zu können. Eine Zeit lang, ich weiß nicht mehr wie lange, war um uns nichts als schiere Dunkelheit.

Eine Frage entstieg sich der Leere. »Wie bestimmen wir die Richtung?« fragte ich. »In welche Richtung fliegen wir überhaupt?«

»Wir fliegen geradewegs von der Erde hinfort und da der Mond in seinem dritten Viertel ist, bewegen wir uns auf ihn zu. Ich werde einen Rollladen öffnen ...«

Es folgte ein Klick und ein Fenster in der äußeren Hülle gab den Blick frei. Der Himmel dort draußen war so schwarz wie die Dunkelheit in der Kapsel, doch die Form des offenen Fensters wurde von unendlich vielen Sternen gezeichnet.

Wer den Sternenhimmel nur von der Erde aus gesehen hat, kann ihn sich nicht vorstellen, wenn der verschwommene, halb leuchtende Schleier der Luft beiseite gezogen ist. Die Sterne, die wir auf Erden sehen, sind nichts als verstreute Überlebende, die unsere dunstige Atmosphäre durchdringen. Doch jetzt konnte ich die Bedeutung der himmlischen Heerscharen begreifen!

Wir sollten in Kürze noch seltsamere Dinge sehen, doch dieser luftlose, sternenübersäte Himmel! Von allen Dingen werde ich diesen Anblick als letzten vergessen.

Das kleine Fenster verschwand mit einem Klick und ein anderes daneben schnappte auf und schloss sich kurz darauf, und dann ein drittes, und einen Augenblick lang musste ich meine Augen schließen, weil mich der abnehmende Mond mit seinem Glanz blendete.

Ich starrte Cavor eine Weile und die weiß- erleuchteten Dinge um mich herum an, um meine Augen wieder an das Licht zu gewöhnen, bevor ich meinen Blick dem bleichen Glanz zuwenden konnte.

Vier Fenster waren offen, falls die Schwerkraft des Mondes sich auf alle Substanzen in unserer Kapsel auswirken mochte. Ich stellte fest, dass ich nicht länger frei im Raum schwebte, sondern dass meine Füße auf dem Glas in der Richtung des Mondes ruhten. Die Decken und Proviantkisten krochen ebenfalls langsam Richtung Glas und kamen kurz danach zur Ruhe, so dass sie einen Teil der Aussicht versperrten. Mir schien es natürlich, als blickte ich nach »unten«, wenn ich zum Mond sah. Auf der Erde bedeutet »unten« in Richtung Erdboden, so wie Dinge fallen und »oben« bedeutet die entgegengesetzte Richtung. Doch jetzt ging die Schwerkraft vom Mond aus und entgegen dem, was ich wusste, war die Erde über uns. Und wenn alle Blenden des Cavorits geschlossen waren, lag »unten«, dann in Richtung der Mitte unserer Kapsel und »oben« in Richtung der Außenwand.

Es war auch eine seltsame Erfahrung, dass das Licht, ganz anders als auf der Erde, von unten kam. Auf der Erde fällt das Licht von oben oder aber schräg von der Seite ein, doch hier kam es von unterhalb unserer Füße und wenn wir unsere Schatten sehen wollten, mussten wir nach oben schauen.

Anfangs bekam ich so etwas wie Höhenangst, als ich nur auf dem dicken Glas stand und auf den Mond durch zigtausende Meilen leeren Raums blickte, doch dieses Unwohlsein verging sehr rasch. Und dann – welch glanzvoller Anblick!

Der Leser kann es sich am besten vorstellen, wenn er in einer warmen Sommernacht auf dem Boden liegt, die Füße hochlegt und dann durch seine Füße zum Mond schaut, doch aus irgendeinem Grund, wahrscheinlich wegen der fehlenden Luft, schien der Mond mehr zu strahlen und beträchtlich größer zu sein als von der Erde aus gesehen. Die kleinsten Details auf seiner Oberfläche waren klar und deutlich. Und da wir ihn nicht durch die Luft sahen, war sein Umriss hell und scharf, es gab weder ein Leuchten noch einen Mondring und der Meteoritenstaub, der den Himmel bedeckte, kam bis an seinen Rand und markierte den Umriss des unbeleuchteten Teils. Und als ich so dastand und den Mond zwischen meinen Füßen betrachtete, kehrte die Wahrnehmung des Unmöglichen, die mich seit unserem Start immer wieder befallen hatte, mit zehnfacher Wucht zurück.

»Cavor«, sagte ich, »das verwundert mich jetzt. Diese Unternehmen, die wir eröffnen wollten und all das mit den Mineralien?«

»Und?«

»Ich sehe dort keine.«

»Nein«, sagte Cavor. »Aber Sie werden über all das hinwegkommen.«

»Ich nehme an, ich bin dazu geschaffen, die Dinge wieder ins richtige Lot zu bringen. Doch *das* …« Einen Augenblick lang konnte ich kaum glauben, dass es je eine Welt gegeben hat.

»Die Ausgabe der *Llyods News* wird vielleicht helfen.«

Ich starrte einen Augenblick lang auf die Zeitung, dann hielt ich sie über mein Gesicht hoch und fand, dass ich sie leicht lesen konnte. Ich stieß auf eine Spalte mit erbärmlichen kleinen Anzeigen. »Ein Gentleman mit privaten Mitteln ist bereit Geld zu verleihen«, las ich. Ich kannte diesen Herrn. Dann wollte ein Exzentriker ein Cutaway-Fahrrad verkaufen, »ganz neu und statt 15 Pfund für nur 5 Pfund« und eine Dame in Not wollte ihr Fischbesteck, »ein Hochzeitsgeschenk« unter großen Opfern veräußern. Zweifellos war eine einfache Seele damit beschäftigt die Fischmesser und Gabeln eingehend zu prüfen und ein anderer fuhr triumphierend auf dem Fahrrad davon und ein dritter fragte voller Vertrauen bei dem wohlwollenden Herrn mit den Mitteln an, noch während ich las. Ich lachte und ließ die Zeitung aus meiner Hand gleiten.

»Sind wir von der Erde aus zu sehen?« fragte ich.

»Warum?«

»Ich kannte jemanden, der sich für Astronomie interessiert hat. Es kam mir gerade in den Sinn, dass es ziemlich skurril sein würde, sollte mein Freund zufällig durch ein Teleskop blicken.«

»Das stärkste Teleskop auf Erden wäre dafür erforderlich, um uns jetzt noch als winzigsten Punkt zu sehen.«

Eine Weile starrte ich schweigend auf den Mond.

»Es ist eine Welt«, sagte ich, »man fühlt das unendlich stärker als jemals auf der Erde. Vielleicht sind Menschen …«

»Menschen!« rief er aus. »Nein! Verbannen Sie diesen Gedanken! Betrachten Sie sich als einen ultra-arktischen Reisenden, der öde Orte im All erforscht. Sehen Sie hin!«

Er winkte mit der Hand zu der glänzenden Weiße dort unten. »Er ist tot – tot! Riesige erloschene Vulkane, Lavawüsteneien, übereinandergetürmte Ödflächen aus Schnee oder gefrorener Kohlensäure oder gefrorener Luft und überall Gesteinsspalten von Erdrutschen und Rissen und

Abgründen. Nichts geschieht. Seit über zweihundert Jahren beobachten die Menschen diesen Planeten systematisch durch Teleskope. Wie viele Änderungen haben sie wohl gesehen, was glauben Sie?«

»Keine.«

»Sie haben zwei unstrittige Erdrutsche, einen zweifelhaften Riss und eine leichte periodische Farbänderung aufgespürt, das ist alles.

»Ich wusste nicht, dass sie das überhaupt verfolgt haben.«

»Oh ja. Aber Menschen ...!«

»Ach übrigens«, fragte ich, »wie groß muss etwas sein, damit es das größte Teleskop auf dem Mond ausmachen kann?«

»Man kann eine mittelgroße Kirche erkennen. Man könnte gewiss Städte oder Gebäude oder irgendetwas von Menschen Geschaffenes sehen. Es könnte vielleicht Insekten geben, etwas in der Art wie Ameisen beispielsweise, die sich in Bauten vor dem Mondlicht verstecken oder eine neue Art Geschöpfe, für die es auf der Erde kein Gegenstück gibt. Das ist am wahrscheinlichsten, falls wir dort überhaupt auf Leben stoßen. Bedenken Sie doch den Unterschied der Bedingungen! Das Leben müsste sich an einen Tag anpassen, der zwei Wochen lang andauert und an eine Nacht von gleicher Länge, die noch dazu immer kälter wird bis zum höchsten Tiefpunkt von 273 Grad Minus, weit unter dem Gefrierpunkt auf der Erde. Was für ein Leben sich auch dort befinden mag, es muss dort überwintern und jeden Tag wieder aufstehen.«

Er sann nach. »Man könnte sich etwas wie ein Wurmwesen vorstellen«, sagte er, »das die Luft in festem Zustand aufnimmt, wie ein Erdwurm Erde schluckt, oder dünnhäutige Ungeheuer ...«

»Ach übrigens«, sagte ich, »warum haben wir kein Gewehr mitgenommen?«

Er beantwortete diese Frage nicht. »Nein«, schloss er, »wir müssen einfach dorthin gehen und wenn wir da sind, werden wir schon sehen.«

Mir fiel etwas wieder ein. »Natürlich gibt es dort auf jeden Fall meine Mineralien«, sagte ich, »ganz gleich wie die Bedingungen sein mögen.«

Bald darauf teilte er mir mit, dass er unseren Kurs ein wenig ändern wolle, indem er die Erde für einen Augenblick uns anziehen ließ. Er wollte für dreißig Sekunden eine erdwärts gerichtete Blende öffnen. Er warnte mich, dass mir der Kopf schwirren würde und riet mir meine Hände gegen das Glas auszustrecken, um meinen Fall zu mindern. Ich tat, wie er mir geraten hatte und stemmte meine Füße gegen die Ballen mit Nahrungsmitteln und Luftzylinder, damit sie nicht auf mich fielen. Dann sprang das Fenster mit einem Klick auf. Ich fiel unbeholfen auf Hände und Gesicht und sah einen Augenblick durch meine ausgestreckten dunklen Finger unsere Mutter Erde – einen Planeten an einem Himmel unter mir.

Wir waren der Erde immer noch sehr nahe – Cavor teilte mir mit, dass die Entfernung vielleicht achthundert Meilen betrug und die riesige terrestrische Scheibe den ganzen Himmel füllte. Doch es war klar zu erkennen, dass die Welt eine Kugel war. Das Land unter uns war in Dämmerlicht getaucht und verschwommen, doch westlich schimmerte die riesige weite Fläche des Atlantiks wie geschmolzenes Silber unter dem schwindenden Tageslicht. Ich glaubte die von Wolken verdunkelte Küstenlinie von Frankreich und Spanien und den Süden von England zu erkennen, und dann, mit einem Klick schloss sich die Blende wieder und ich merkte, wie ich in einem Zustand höchster Verwirrung langsam über das glatte Glas glitt.

Als ich mich wieder gefasst hatte, schien es ganz außer Frage, dass der Mond »unten« und unter meinen Füßen war und dass die Erde irgendwo auf der Höhe des Horizonts lag – die Erde, die »unter« mir und meinesgleichen seit Urzeiten gewesen war.

So leicht waren die von ihm geforderten Anstrengungen, so einfach machte die praktische Aufhebung unseres Gewichts alles, was wir zu tun hatten, dass wir fast sechs Stunden (nach Cavors Chronometer) nach unserem Aufbruch nicht das Verlangen nach einer Erfrischung verspürten. Ich war erstaunt, wie die Zeit verstrichen war. Doch selbst dann war ich mit sehr wenig zufrieden. Cavor untersuchte den Apparat zur Absorption von Kohlensäure und Wasser und verkündete, dass er in einwandfreiem Zustand und unser Sauerstoffverbrauch außerordentlich gering sei. Nachdem wir nichts weiter zu besprechen oder zu tun hatten, überließen wir uns einer seltsamen Schläfrigkeit, die uns überkommen hatte und breiteten unsere Decken auf dem Boden der Kapsel so aus, dass sie das meiste Mondlicht aussperrten, wünschten einander gute Nacht und fielen fast unmittelbar danach in den Schlaf.

Und so fielen wir schlafend, mitunter plaudernd oder ein wenig lesend und hin und wieder essend, selbst wenn wir keinen besonderen Appetit hatten[1] in einen Zustand der Ruhe, in dem wir weder wach noch schlummernd

1 Es ist seltsam, dass wir, als wir uns in der Kapsel befanden, nicht das geringste Verlangen nach Nahrung hatten, noch einen Wunsch danach verspürten, wenn wir uns ihrer enthielten. Zuerst zwangen wir uns zu essen, doch danach fasteten wir fast vollständig. Insgesamt verzehrten wir nicht ein Hundertstel der komprimierten Vorräte, die wir mitgebracht hatten. Auch die Menge an Kohlensäure, die wir einatmeten war unnatürlich gering, doch warum das so war, kann ich nicht erklären.

waren, durch einen Zeitraum, der weder Tag noch Nacht war, schweigend, sanft und rasch hinunter in Richtung Mond.

KAPITEL 6

Die Landung auf dem Mond

Ich erinnere mich, wie Cavor eines Tages plötzlich sechs unserer Blenden öffnete, was mich derart blendete, dass ich ihn lauthals anschrie. Das ganze Gebiet war Mond, ein überwältigender Krummsäbel weißer Dämmerung, mit von der Dunkelheit ausgezackten Rändern, das sichelförmige Ufer einer schwindenden Flut der Dunkelheit, aus der Gipfel und Zinnen im Lodern der Sonne glitzernd auftauchten. Ich nehme an, dass der Leser Bilder oder Fotografien vom Mond gesehen hat und ich deshalb die Besonderheiten der Landschaft nicht weiter beschreiben muss, jene weiträumigen ringförmigen Ketten, die weiter als jegliche irdischen Berge waren, deren Gipfel in der Sonne schimmerten und die schroffe und tiefe Schatten warfen und das Grau der ungeordneten Ebenen, der Grate, Hügel und Kraterchen, die schließlich aus einer flammenden Ausleuchtung in ein gemeinsames Geheimnis des Dunkels übergingen. Wir flogen quer über diese Welt, kaum einhundert Meilen über ihren Gipfeln und Zinnen, und nun konnten wir sehen, was kein Auge auf Erden jemals erblicken wird, dass unter dem Leuchten des Tageslichts die schroffen Umrisse der Felsen und Schluchten der Ebenen und Kratersenken unter einem sich verdichtenden Nebel grau und unscharf wurden, dass das Weiß ihrer beschienenen Flächen in Klumpen und Flecken aufgebrochen und noch weiter zerbrochen wurde, schrumpfte und verschwand, und dass hier und da seltsame braune und olivfarbene Schattierungen entstanden und sich ausbreiteten.

Doch es blieb uns kaum Zeit zum Beobachten. Denn jetzt nahte die wirkliche Gefahr unserer Reise. Wir mussten dem Mond, während wir ihn umkreisten, immer näher kommen, unsere Geschwindigkeit verringern und die Gelegenheit abpassen, bis wir es schließlich wagen konnten, auf seiner Oberfläche aufzusetzen.

Für Cavor war dies eine Zeit intensiver Anstrengung, für mich eine Zeit ängstlichen Nichtstuns. Ich schien ihm ständig im Weg umzugehen. Er sprang in der Kapsel von einem Punkt zum anderen, mit einer solchen Beweglichkeit, die auf der Erde nie möglich gewesen wäre. Ständig öffnete und schloss er die Cavoritfenster, konsultierte seinen Chronometer mit Hilfe der Glühlampe während der letzten ereignisreichen Stunden. Lange Zeit hatten wir alle unsere Fenster geschlossen und verharrten schweigend in der Dunkelheit während wir durch das All jagten.

Schließlich tastete er nach den Knöpfen für die Blenden und plötzlich gingen vier Fenster auf. Ich stolperte und bedeckte meine Augen, überflutet, versengt und geblendet durch den ungewohnten Glanz der Sonne unter meinen Füßen. Dann schnappten die Blenden wieder zu und ließen mich mit wirrem Gehirn in einer Dunkelheit zurück, die gegen meine Augen drückte. Und danach schwebte ich in einer weiteren gewaltigen dunklen Stille.

Cavor schaltete daraufhin das elektrische Licht ein und teilte mir mit, unser gesamtes Gepäck zusammenzubinden und in die Decken zu packen, um es vor der Erschütterung unseres Abstiegs zu schützen. Wir taten dies bei geschlossenen Fenstern, da sich auf diese Weise all unser Hab und Gut von selbst ganz natürlich in der Mitte der Kapsel versammelt hatte. Es war ein seltsames Unterfangen: zwei Männer, die frei in diesem sphärischen Raum schwebten und packten und Stricke festzurrten. Stellen Sie sich das bloß einmal vor! Es gab kein oben oder unten, und jede Anstrengung endete in unerwarteten Bewegungen. Einmal wurde ich mit voller Wucht durch Cavors Stoß gegen das Glas gedrückt, mal stieß ich hilflos mit den Füßen in die Leere. Mal war der Schein des elektrischen Lichts über uns, mal unter unseren Füßen. Mal schwebten Cavors Füße vor meinen Augen, und mal lagen sie quer zueinander. Doch schließlich waren unsere Sachen sicher in einem weichen großen Ballen zusammengepackt mit Ausnahme von zwei Decken mit Knopflöchern, in die wir uns einwickeln konnten.

Für einen kurzen Moment öffnete Cavor ein Fenster Richtung Mond und wir sahen, dass wir in Richtung eines riesigen zentralen Kraters fielen, um den eine Anzahl kleinerer Krater in Form eines Kreuzes angeordnet waren. Und abermals öffnete Cavor unsere kleine Kapsel der sengenden blendenden Sonne. Ich glaubte er würde die Anziehungkraft der Sonne als Bremse nutzen. »Bedecken Sie sich mit einer Decke«, rief er, stieß sich von mir ab und einen Augenblick begriff ich nichts.

Ich beförderte die Decke unter meinen Füßen nach oben, wickelte mich ein und zog sie mir über Kopf und Augen. Unvermittelt schloss er die Blenden wieder, ließ eine aufspringen und schloss sie erneut und plötzlich ließ er sie alle sicher in ihren Stahlrollen aufspringen. Dann folgte ein Stoß, und wir überschlugen uns, rollten dahin, schlugen gegen das Glas und die großen Ballen unseres Gepäcks, klammerten uns aneinander und draußen spritzte eine weiße Masse auf, als ob wir einen Schneehang hinunterrollten …

Kopfüber, kopfunter, rums, rums …

Es folgte ein Aufprall, und ich wurde von dem Ballen unseres Besitzes begraben und eine Weile war alles still. Dann konnte ich Cavor schnauben und grunzen hören und das Einrasten einer Blende in ihrem Rahmen. Ich raffte mich auf, warf unser in Decken gehülltes Gepäck beiseite und tauchte darunter auf. Unsere offenen Fenster waren gerade mal als tieferes Schwarz mit Sternen besetzt zu erkennen.

Wir waren noch am Leben und lagen in der Dunkelheit im Schatten der Wand des großen Kraters, in den wir gefallen waren.

Da saßen wir nun nach Luft ringend und befühlten die Prellungen an unseren Gliedmaßen. Ich denke, keiner von uns hatte eine so raue Behandlung, wie sie uns widerfahren war, wirklich erwartet. Ich rappelte mich mühsam wieder auf. »Und jetzt«, sagte ich, »sehen Sie sich die Landschaft auf dem Mond an! Aber …! Es ist ungeheuer dunkel, Cavor!«

Die Scheibe war beschlagen und als ich sprach, wischte ich mit meiner Decke darüber. »Wir liegen noch eine halbe Stunde oder so hinter dem Tag«, sagte er. »Wir müssen warten.«

Es war unmöglich irgendetwas zu erkennen. Alles, was wir sehen konnten, war eine Kapsel aus Stahl. Durch das Reiben mit der Decke wurde das Glas nur verschmiert und so schnell ich auch wischte, es wurde undurchsichtig durch die neu kondensierte Feuchtigkeit, die mit einer zunehmenden Menge Haare aus der Decke vermischt war. Natürlich hätte ich keine Decke dazu verwenden sollen. Bei meinen Bemühungen, die Scheibe zu säubern, glitt ich nur über eine feuchte Oberfläche und stieß mir das Schienbein an einem der Sauerstoffzylinder an, der aus unserem Ballen herausragte.

Die Sache war ärgerlich – es war absurd. Da waren wir nun gerade auf dem Mond gelandet inmitten von unbekannten Wundern, und alles, was wir sehen konnten, war eine graue und tropfende Wand der Blase, in der wir gekommen waren.

»Verdammt nochmal!« sagte ich, »unter diesen Umständen hätten wir auch zu Hause bleiben können.« Ich kauerte mich zitternd auf den Ballen und zog die Decke enger um mich.

Unvermittelt wandelte sich die Feuchtigkeit in Eisblumen und Eiswedel. »Können Sie die elektrische Heizung erreichen?« sagte Cavor. »Ja – der schwarze Knopf. Oder wir müssen frieren.«

Das ließ ich mir nicht zweimal sagen. »Und nun«, sagte ich, »was machen wir jetzt?«

»Warten«, sagte er.

»Warten?«

»Natürlich. Wir werden warten müssen, bis unsere Luft wieder warm ist und dann wird das Glas auch wieder klar. Bis dahin können wir nichts tun. Es ist noch Nacht hier, wir müssen warten, bis uns der Tag einholt. Haben Sie inzwischen Hunger bekommen?«

Eine Weile antwortete ich ihm nicht, sondern saß verärgert da. Ich wandte mich widerwillig von dem verschmierten Rätsel auf dem Glas ab und starrte in sein Gesicht. »Ja«, sagte ich, »ich bin hungrig. Ich bin irgendwie maßlos enttäuscht. Ich hatte erwartet – ich weiß nicht, was ich erwartet hatte, aber nicht das.«

Ich berief mich auf meine Philosophie, drapierte meine Decke erneut um mich und setzte mich wieder auf den Ballen um mein erstes Mahl auf dem Mond einzunehmen. Ich weiß nicht, ob ich es aufaß – ich habe es vergessen. Augenblicklich wurde das Glas klarer, erst an einzelnen Stellen, dann in immer rascher zusammenlaufenden Flächen, zog sich der dunstige Schleier zurück, der den Mond vor unseren Augen verborgen hatte.

Wir spähten hinaus in die Mondlandschaft.

KAPITEL 7

Sonnenaufgang auf dem Mond

Als wir ihn zum ersten Mal erblickten, war es die wildeste und trostloseste Szenerie. Wir befanden uns in einem gewaltigen Amphitheater, einer riesigen runden Ebene, dem Boden des gigantischen Kraters. Seine klippenartigen Wände umschlossen uns von allen Seiten. Von Westen her fiel das Licht der unsichtbaren Sonne auf sie und reichte bis zum Fuß der Klippe hinab, wobei es einen unordentlichen Steilhang aus düsterem und grauem Fels enthüllte, hier und dort von Überhöhungen und Spalten voll Schnee durchzogen. Dies war vielleicht ein Dutzend Meilen entfernt, doch anfänglich verminderte keine sich dazwischen befindliche Atmosphäre den exakten detailgenauen Glanz mit dem uns diese Dinge anfunkelten. Sie stachen klar und grell vor einem Hintergrund sternenheller Schwärze hervor, der unseren Augen eher wie ein herrlicher, mit Pailletten besetzter Samtvorhang erschien, als wie die Weite des Himmels.

Die östliche Felswand war zunächst eine sternenlose Kante zur gestirnten Kuppel. Keine rosige Röte, keine schleichende Blässe verkündete den beginnenden Tag. Nur die Korona, das Zodiakallicht, ein überdimensionaler, kegelförmiger, leuchtender Dunstschleier, der zum Glanz des Morgensterns emporzeigte, warnte uns vor der drohenden Nähe zur Sonne.

Was auch immer an Licht uns umgab, wurde von den westlichen Felswänden reflektiert. Es zeigte eine riesige hügelige Ebene, kalt und grau, ein Grau, das sich nach Osten hin zur völlig rabenschwarzen Dunkelheit des Felswandschattens verdichtete. Unzählige gerundete graue Kuppen, geisterhafte kleine Hügel, Wogen einer schneeartigen Masse, erstreckten sich über einen Grat hinaus zum nächsten in die ferne Dunkelheit und vermittelten uns eine erste Andeutung der Entfernung der Kraterwand. Diese kleinen Hügel sahen wie Schnee aus. Zu dieser Zeit dachte ich, dass es sich um Schnee handelte. Aber das waren sie nicht – sie waren Hügel und Massen gefrorener Luft.

So war es zunächst, und dann begann plötzlich, rasch und verblüffend der Mondtag.

Das Sonnenlicht war die Felswand hinabgekrochen, berührte die Verwehungen an deren Fuß und näherte sich uns unmäßig mit Siebenmeilenstiefeln. Die ferne Felswand schien sich zu bewegen und zu beben, und bei der Berührung der Morgendämmerung stieg ein grauer Dunst als Rauch vom Kraterboden empor, Verwirbelungen, leichte Windstöße und dahintreibende Geister eines Grau, dicker, breiter und dichter, bis schließlich die ganze westliche Ebene wie ein nasses Stofftaschentuch dampfte, das vor ein Feuer gehalten wird, und die westlichen Felswände waren nicht mehr als ein jenseitiger gebrochener Glanz.

»Es ist Luft«, sagte Cavor. »Es muss Luft sein – oder es würde nicht so aufsteigen – bei der bloßen Berührung eines Sonnenstrahls. Und mit dieser Geschwindigkeit …«

Er spähte nach oben. »Sehen Sie!«, sagte er.

»Was?« fragte ich.

»Im Himmel. Endlich. Bei der Schwärze – ein kleines Bisschen Blau. Sehen Sie! Die Sterne wirken größer. Und die kleinen und all diese dunklen Nebel, die wir im leeren

Weltraum sahen – sie sind verborgen!«

Rasch und stetig näherte sich uns der Tag. Ein grauer Hügel nach dem anderen wurde vom Lodern erfasst und verwandelte sich in eine rauchende, weiße Helligkeit. Schließlich gab es westlich von uns nichts außer einer wogenden Nebelbank, der tosende Vorstoß und der Aufstieg wolkigen Dunstes. Die entfernte Felswand war immer weiter zurückgewichen, hatte sich durch den Nebel abgezeichnet und verändert, und ging schließlich in seinem Durcheinander unter und verschwand.

Näher rückte dieser Dampf, näher und näher, kam so schnell wie der Schatten einer Wolke vor dem Südwestwind. Um uns herum erhob sich ein dünner erwartender Dunst.

Cavor packte meinen Arm. »Was?« sagte ich.

»Sehen Sie! Der Sonnenaufgang! Die Sonne!«

Er drehte mich um und deutete auf die Bergkuppe der östlichen Felswand, die sich über dem uns umgebenden Dunst abzeichnete, kaum heller als der dunkle Himmel. Aber jetzt war ihre Linie durch seltsame rötliche Konturen gekennzeichnet, Zungen einer zinnoberroten Flamme, die sich wand und tanzte. Ich nahm an, es handelte sich um Dunstspiralen, die das Licht erfasst hatten und diese Kuppe feuriger Zungen gegen den Himmel bildeten, doch tatsächlich sah ich Sonnenprotuberanzen, eine Feuerkrone um die Sonne, die irdischen Augen aufgrund unseres atmosphärischen Schleiers auf ewig verborgen ist.

Und dann – die Sonne!

Stetig und unausweichlich entstand eine strahlende Linie, kam ein dünner Rand eines unerträglichen Glanzes, der eine kreisförmige Gestalt annahm, zu einem Bogen wurde, einem flammenden Zepter und einen Hitzestrahl auf uns entsandte, als ob es ein Speer wäre.

Er schien mir wahrhaftig die Augen auszustechen! Ich schrie laut auf und wandte mich geblendet ab, während ich nach meiner Decke unterhalb des Bündels griff.

Und mit diesem Glühen ging ein Ton einher, das erste Geräusch, das von außen zu uns drang, seitdem wir die Erde verließen, ein Zischen und Rauschen, die stürmische Schleppe des luftartigen Gewandes des aufziehenden Tages. Und unter dem aufziehenden Geräusch und dem Licht schlingerte die Kapsel und geblendet und orientierungslos stolperten wir hilflos gegeneinander. Sie schlingerte erneut und das Zischen wurde lauter. Ich hatte notgedrungen meine Augen geschlossen, während ich mich ungeschickt bemühte, meinen Kopf mit der Decke zu umhüllen, und dieser zweite Ruck holte mich hilflos von den Füßen. Ich fiel gegen das Bündel und da ich meine Augen öffnete, erhaschte ich einen flüchtigen Blick auf die Luft außerhalb unseres Glases. Sie verschwand – sie kochte – wie Schnee, in den ein weißglühender Eisenstab geworfen wird. Was feste Luft gewesen war, war plötzlich von der Berührung durch die Sonne zu einem Brei geworden, einem Schlick, einer matschigen Verflüssigung, die zu Gas verzischte und brodelte.

Es kam zu einem noch heftigeren Taumel der Kapsel und wir hatten uns aneinandergeklammert. Im nächsten Augenblick wurden wir wieder herumgeschleudert. Wir überschlugen uns und ich landete auf allen Vieren. Die Morgendämmerung des Mondes hatte uns fest im Griff. Sie beabsichtigte uns kleinen Menschen zu zeigen, was der Mond mit uns machen konnte.

Ich erhaschte einen zweiten Blick auf die Dinge draußen, Dampfwolken, halbflüssigen Matsch, der ausgehoben wurde, entlangglitt, hinabfiel und weiter glitt. Wir fielen ins Dunkle. Ich ging zu Boden mit Cavors Knien in meiner Brust. Dann schien er von mir wegzufliegen, und einen Augenblick lang lag ich ohne ein Quäntchen Luft in meinem Körper auf dem Rücken und starrte nach oben. Ein herabstürzender Fels aus der schmelzenden Masse war auf uns herabgespritzt, begrub uns, verlief jetzt und verkochte. Ich sah die Blasen auf dem Glas tanzen. Ich hörte Cavor schwach rufen.

Dann erfasste uns irgendeine Art riesiger Erdrutsch in der schmelzenden Luft und unter hervorgestoßenen Protesten begannen wir einen Abhang hinunterzurollen, schneller und schneller, sprangen über Gletscherspalten hinweg und prallten von Felsvorsprüngen ab, immer schneller Richtung Westen dem weißglühenden kochenden Aufruhr des Mondtages entgegen.

Aneinandergeklammert wirbelten wir herum, wurden hierhin und dorthin geschleudert, unsere Gepäckbündel stürzten auf uns, stießen uns. Wir prallten zusammen, wir griffen nacheinander, wurden auseinandergerissen – unsere Köpfe stießen zusammen und das gesamte Universum zerbarst in glühende Pfeile und Sterne! Auf der Erde hätten wir uns ein Dutzend Mal zerschmettert, doch auf dem Mond betrug unser Gewicht glücklicherweise nur ein Sechstel von dem auf der Erde und wir stürzten sehr gnädig. Ich erinnere mich an ein Gefühl völliger Übelkeit, ein Gefühl als ob sich mein Gehirn im Schädel umgekehrt hätte, und dann –

Etwas war auf meinem Gesicht zugange, ein paar dünne Fühler plagten meine Ohren. Dann entdeckte ich, dass die Helligkeit der Landschaft durch blaue Brillengläser abgeschwächt war. Cavor hatte sich über mich gebeugt und ich sah sein Gesicht verkehrt herum, und seine Augen waren ebenfalls durch eine gefärbte Schutzbrille geschützt. Sein Atem ging unregelmäßig und seine Lippe blutete aus einer Strieme. »Besser?«, fragte er, wobei er sich das Blut mit dem Handrücken vom Mund wischte.

Alles schien eine Zeitlang zu schwanken, doch das lag einfach an meinem Schwindelgefühl. Ich bemerkte, dass er einige der Blenden in der Außenkapsel geschlossen hatte, um mich vor den direkten Sonnenstrahlen zu schützen. Mir war bewusst, dass alles um uns herum sehr blendete.

»Gott!«, japste ich. »Aber dies – «

Ich reckte meinen Hals, um mich umzusehen. Mir fiel der blendende Glanz draußen auf, ein vollkommener Wechsel von der düsteren Dunkelheit unserer ersten Eindrücke. »War ich lange bewusstlos?«, fragte ich.

»Ich weiß es nicht – das Chronometer ist kaputtgegangen. Ein wenig Zeit … Mein lieber Kerl! Ich habe mir Sorgen gemacht …«

Eine Weile lag ich da, um zu begreifen. Ich sah, dass sich auf seinem Gesicht immer noch die Gefühlsregungen abzeichneten. Eine Zeitlang sagte ich nichts. Ich ließ neugierig eine Hand über meine Prellungen gleiten und untersuchte sein Gesicht auf ähnliche Schäden. Mein rechter Handrücken hatte am meisten gelitten, die Haut war abgeschürft und wund. Meine Stirn war zerschrammt und hatte geblutet. Er reichte mir ein kleines Gefäß mit etwas von dem Stärkungsmittel – dessen Name ich vergessen habe – das er mitgenommen hatte. Nach einiger Zeit fühlte ich mich ein wenig besser. Ich begann vorsichtig meine Glieder zu strecken. Bald konnte ich sprechen.

»Das hätte es nicht gebraucht«, sagte ich, als ob keinerlei Zeit verstrichen wäre.

»Nein, hätte es nicht.«

Er dachte nach, wobei seine Hände über die Knie herabhingen. Er spähte durch das Glas und dann starrte er mich an.

»Guter Gott!«, sagte er. »Nein!«

»Was ist geschehen?«, fragte ich nach einer Unterbrechung. »Sind wir in die Tropen gesprungen?«

»Es war, wie ich es erwartete. Diese Luft ist verdunstet – wenn es denn Luft ist. Auf jeden Fall ist sie verdunstet und die Mondoberfläche ist zum Vorschein gekommen. Wir liegen auf einer Böschung aus erdartigem Fels. Hier und da liegt der nackte Boden frei. Ein eigenartiger Boden!«

Es kam ihm in den Sinn, dass eine Erklärung unnötig war. Er half mir in eine sitzende Position und ich konnte es mit meinen eigenen Augen sehen.

KAPITEL 8

Ein Mondmorgen

Der scharfe Kontrast, die gnadenlos schwarz-weiße Landschaft war vollkommen verschwunden. Der Glanz der Sonne hatte eine schwache bernsteinfarbene Tönung angenommen und die Schatten auf den Klippen der Kraterwand waren ein dunkler Purpur. Im Osten lauerte noch immer eine dunkle Nebelbank und suchte Schutz vor dem Sonnenaufgang, aber Richtung Westen war der Himmel blau und klar. Ich fing an die Länge meiner Gefühllosigkeit zu erkennen.

Wir befanden uns nicht länger in einer Leere. Um uns war eine Atmosphäre aufgestiegen. Die Umrisse hatten an Charakter gewonnen und waren scharf und mannigfaltig geworden, mit Ausnahme vereinzelter schattiger Stellen weißer Substanz hier und da, einer weißen Substanz, die nicht länger Luft, sondern Schnee war, und das arktische Erscheinungsbild war insgesamt verschwunden. Überall streckten sich breite rostigbraune Stelle nackter und herabgefallener Erde unter der Glut der Sonne aus. Hier und da befanden sich am Rande der Schneewehen kleine Tümpel und Wasserwirbel, das einzige, was sich in dieser weiten Kargheit bewegte. Das Sonnenlicht überflutete die beiden Blenden unserer Kapsel und verwandelte unser Klima in Hochsommer, doch unsere Füße waren immer noch im Schatten, da die Kapsel auf einer Schneewehe lag.

Und hier und da lagen auf dem Abhang verstreut, und von kleinen weißen Streifen unaufgetauten Schnees betont, Formen, die wie Stöcke aussahen, verdrehte, trockene Stöcke, die den gleichen rostigen Farbton aufwiesen wie die Felsen, auf denen sie lagen. Dieser Anblick erweckte meine volle Aufmerksamkeit. Stöcke! In einer Welt ohne Leben? Als sich meine Augen mehr an die Beschaffenheit ihrer Substanz gewöhnt hatten, bemerkte ich, dass fast die gesamte Fläche faserige Beschaffenheit aufwies, wie ein Teppich aus braunen Nadeln, wie man ihn unter Pinien findet.

»Cavor!« sagte ich.

»Ja.«

»Es mag jetzt eine tote Welt sein – aber einstmals –«

Etwas hatte meine Aufmerksamkeit gefesselt. Ich hatte unter diesen Nadeln eine Anzahl kleiner runder Objekte entdeckt. Und es schien mir, dass sich eines davon bewegt hatte. »Cavor,« flüsterte ich.

»Was?«

Aber ich antwortete nicht sofort. Ich starrte ungläubig hinaus. Einen Augenblick lang konnte ich meinen Augen nicht trauen. Ich stieß einen unartikulierten Schrei aus. Ich packte ihn am Arm und zeigte hinaus. »Sehen Sie nur!« rief ich, als ich die Sprache wiedergefunden hatte. »Da! Ja! Und dort!«

Sein Blick folgte meinem ausgestreckten Finger. »Hä?« sagte er.

Wie sollte ich das Ding beschreiben, das ich sah? Es war so belanglos eine Beschreibung abzugeben und dennoch schien es so wunderbar, so voller Emotion zu sein. Ich hatte gesagt, dass inmitten der stockähnlichen Gebilde rundliche Gegenstände waren, und dass diese kleinen ovalen Dinger als sehr kleine Kiesel hätten durchgehen können. Und jetzt bewegte sich eines und dann noch eines, rollte herum und platzte dann auf und während es aufplatzte, wies jedes von ihnen eine winzige Linie gelblichen Grüns auf, die nach außen schoss, um auf die heiße Umgebung der gerade aufgegangenen Sonne zu stoßen. Einen Augenblick lang war das alles, und dann sah ich eine erneute Bewegung und ein drittes platzte auf!

»Das ist ein Samen«, sagte Cavor. Und dann hörte ich ihn ganz leise flüstern: »Leben!«

»Leben!« Und wie ein Blitzschlag kam es uns, dass wir diese Reise nicht umsonst gemacht hatten, dass wir nicht in eine trockene Wüstenei aus Mineralien gekommen waren, sondern zu einer Welt, die lebte und sich bewegte! Wir sahen gebannt hinaus. Ich erinnere mich, dass ich weiter über das Glas vor mir mit meinem Ärmel wischte, eifrig bedacht auch nur den leisesten Hauch eines Nebels zu entfernen.

Das Bild war nur in der Mitte des Blickfelds klar und lebendig. Das ganze Zentrum aus toten Fasern und Samen wurde durch die Wölbung des Glases vergrößert und verzerrt. Aber wir konnten genug sehen! Auf dem ganzen sonnenbeschienenen Abhang platzten diese wundersamen kleinen braunen Körper auf und klafften auseinander, wie Fruchtstände, öffneten begierige Münder, die die Hitze und das Licht aufsogen, das sich von der gerade aufgegangenen Sonne ergoss.

Von Minute zu Minute barsten immer mehr Samenkapseln und kaum hatten sie es getan, überfluteten die anschwellenden Vorläufer bereits ihre verlassenen Samenhüllen und gingen in das zweite Stadium des Wachstums über. Mit stetiger Zuversicht und in schneller Absicht stießen diese erstaunlichen Samen ein Würzelchen in die Erde und ein seltsames kleines Knospenbüschel in die Luft. Nach kurzer Zeit war der ganze Abhang mit winzigen Pflanzen übersät, die voll Erwartung auf die Sonnenglut dort standen.

Doch standen sie dort nicht lange. Die büschelartigen Knospen öffneten sich mit einem Ruck, spien eine Krone kleiner scharfer Spitzen aus, breiteten einen Quirl winziger stacheliger brauner Blätter aus, die rasch länger wurden, sichtlich länger wurden, während wir sie beobachteten. Die Bewegung war langsamer als bei einem Tier, aber schneller als wir es je bei einer Pflanze gesehen hatten. Die Blattspitzen wuchsen nach oben, während wir ihnen dabei zusahen. Die braune Samenhülle schrumpfte und wurde genauso rasch absorbiert. Haben Sie je an einem kalten Tag ein Thermometer in Ihrer warmen Hand gehalten und beobachtet, wie die kleine Quecksilbersäule langsam nach oben in ihrem Röhrchen steigt? Diese Mondpflanzen wuchsen in einer vergleichbaren Art.

Nach wenigen Minuten, so schien es, waren die Knospen der bereits weiter entwickelten Pflanzen zu einem Stiel emporgewachsen und ein zweiter Quirl Blätter kam zum Vorschein, und der ganze Hang, der noch vor kurzem ein lebloser Streifen Abfall zu sein schien, war jetzt dunkel durch das verkümmerte olivgrüne Laub sich sträubender Stacheln, die unter dem Schwung ihres Wachsens schwankten.

Ich wandte mich um, siehe da! Entlang des oberen Grats eines Felsens im Osten schwankte und bog sich ein ähnlicher Saum in einem kaum weniger entwickelten Zustand und hob sich dunkel gegen den blendenden Glanz der Sonne ab. Und hinter diesem Saum zeichnete sich die Silhouette einer Pflanzenansammlung ab, die sich plump wie ein Kaktus verzweigte und sichtbar anschwoll, wie eine Blase anschwoll, die sich mit Luft füllt.

Dann entdeckte ich im Westen ebenfalls eine weitere aufgetriebene Form, die sich über das Gestrüpp erhob. Doch hier fiel das Licht auf dessen schlanke Seiten und ich konnte erkennen, dass die Farbe einen lebhaften Orangeton hatte. Während ich es beobachtete, erhob es sich und wenn man nur eine Minute lang den Blick abwandte und dann wieder hinsah, hatte sich dessen Umriss verändert, es streckte stumpfe gedrungene Zweige aus, bis es nach einer Weile eine Korallenform von mehreren Fuß Höhe emporwachsen ließ. Verglichen mit einem solchen Wachstum war das des irdischen Bovists, der manchmal über Nacht einen Fuß im Durchmesser zunimmt, geradezu hoffnungslos langsam. Doch der Bovist wächst unter einer Schwerkraft, die sechsmal höher ist als die des Mondes. Jenseits davon tauchte vor uns aus Senken und Niederungen, die uns verborgen geblieben waren, nicht aber der beflügelnden Sonne, auf Felsen und Böschungen eines schimmernden Felsbrockens ein stacheliger Bart einer dornigen und fleischigen Vegetation auf, die sich überstürzt beeilte den kurzen Tag zu nutzen, an dem sie blühen, Früchte tragen, Samen aussäen und sterben musste. Dieses Wachstum war wie ein Wunder. So musste man sich die Schöpfung vorstellen, nach der Bäume und Pflanzen erwuchsen und die Ödnis der neu geschaffenen Erde bedeckten.

Stellen Sie sich das vor! Stellen Sie sich diese Morgendämmerung vor! Wie die gefrorene Luft aufsteigt, sich die Erde bewegt und belebt, und still die Vegetation emporwächst, wie sich unwirklich Leben und Stacheln emporheben. Ein Anblick, der von einer Glut erleuchtet wird, die selbst das intensivste Sonnenlicht auf Erden als schwach und dünn in den Schatten stellt. Und rundherum dieser sich regende Dschungel, und überall dort, wo noch Schatten herrschte, verharrten Streifen bläulichen Schnees. Und um das Bild unseres Eindrucks abzurunden, muss man sich vorstellen, dass wir das alles durch ein dickes gekrümmtes Glas sahen, das alles wie eine Linse verzerrte und nur in der Mitte scharf und sehr hell war, während die Ränder vergrößert und unwirklich schienen.

KAPITEL 9

Beginn der Erkundung

Wir hörten auf, starr in eine Richtung zu blicken. Wir wandten uns einander zu, denselben Gedanken, dieselbe Frage in unseren Augen. Weil diese Pflanzen wachsen, muss es Luft geben, allerdings verdünnt, aber Luft, die wir atmen können würden.

»Die Einstiegsluke?«, fragte ich.

»Ja«, sagte Cavor, »wir werden sehen, wenn es Luft ist!«

»Bald«, sagte ich, »werden diese Pflanzen genauso groß wie wir sein. Vorausgesetzt – vorausgesetzt nach allem – ist es gewiss? Woher wissen Sie, dass das Zeug Luft *ist*? Es mag Stickstoff sein – es mag sogar Kohlensäure sein!«

»Das ist einfach«, sagte er und machte Anstalten es zu überprüfen. Er zog ein großes Stück zerknittertes Papier aus dem Bündel, zündete es an und warf es rasch durch die Klappe der Einstiegsluke nach draußen. Ich beugte mich vor und spähte durch das dicke Glas, um das Auftauchen jener kleinen Flamme zu sehen, von deren Anzeichen so viel abhing!

Ich sah das Papier hinausfallen und leicht auf dem Schnee liegen. An der Stelle an der es brannte, verschwand die rosarote Flamme. Sie schien unmittelbar gelöscht zu sein. Und dann sah ich eine kleine blaue Zunge am Rand des Papiers, die zitterte, weiterkroch und sich ausbreitete!

Still verkohlte und schrumpfte das ganze Blatt Papier, außer dort, wo es unmittelbar Schnee berührte, und sandte einen zitternden Rauchfaden empor. Ich hegte keinen Zweifel mehr, die Atmosphäre des Mondes bestand entweder aus reinem Sauerstoff oder Luft und war deshalb in der Lage – außer sie war übermäßig verdünnt – unser außerirdisches Leben zu erhalten. Wir könnten herauskommen – und leben!

Ich setzte mich mit einem Bein auf jeder Seite der Einstiegsluke hin und bereitete mich darauf vor, sie aufzuschrauben, doch Cavor hielt mich auf. »Zuerst gibt es eine kleine Vorsorgemaßnahme«, sagte er. Er betonte, dass obwohl sicher draußen eine sauerstoffreiche Atmosphäre herrschte, sie trotzdem so dünn sein könnte, um lebensgefährliche Verletzungen zu verursachen. Er erinnerte mich an die Höhenkrankheit und die Blutung, die oftmals Luftfahrer befällt, die zu rasch aufgestiegen sind, und er verbrachte einige Zeit mit der Zubereitung eines widerlich schmeckenden Getränks, und bestand darauf, dass ich es zu mir nahm. Es machte mich ein wenig benommen, hatte aber sonst keine Wirkung auf mich. Dann erlaubte er mir, mit dem Aufschrauben zu beginnen.

Bald war der Glasstopfen des Einstiegslochs so weit gelöst, dass die dichtere Luft innerhalb unserer Kapsel anfing entlang des Schraubgewindes zu entweichen, wobei es wie ein Wasserkessel beim Kochen pfiff. Daraufhin ließ er mich aufhören. Es wurde schnell deutlich, dass der Außendruck sehr viel geringer war als der innere. Wie viel geringer er war, konnten wir nicht sagen.

Ich saß da, den Stopfen mit beiden Händen gepackt, bereit ihn wieder zu verschließen, wenn sich entgegen unserer starken Hoffnung, die Mondatmosphäre nach allem als zu dünn herausstellen sollte, und Cavor saß mit einer griffbereiten Gasflasche komprimierten Sauerstoffs da, um unseren Druck wiederherzustellen. Wir blickten uns schweigend an und dann auf die fantastische Vegetation, die sich wiegte und sichtbar und geräuschlos außen wuchs. Und das schrille Pfeifen hielt immer noch an.

Meine Adern in den Ohren begannen zu pochen und das Geräusch von Cavors Bewegungen wurde leiser. Mir fiel auf, wie still alles aufgrund der verdünnten Luft geworden war.

Als unsere Luft aus dem Schraubgewinde herauszischte, kondensierte ihre Feuchtigkeit zu kleinen Dampfwolken.

Bald bemerkte ich eine merkwürdige Kurzatmigkeit, die tatsächlich während der gesamten Zeit, die wir der Außenatmosphäre des Mondes ausgesetzt waren, anhielt, und ein ziemlich unangenehmes Gefühl um die Ohren, die Fingernägel und hinter der Kehle weckte meine Aufmerksamkeit und verging bald wieder.

Aber dann setzten Schwindel und Übelkeit ein, die die Beschaffenheit meines Muts jäh änderten. Ich drehte den Deckel des Einstieglochs um eine halbe Umdrehung zu und gab Cavor eine hastige Erklärung, doch er war jetzt der optimistischere von uns beiden. Er antwortete mir mit einer Stimme, die außerordentlich dünn und entfernt zu sein schien, weil die Luft, die den Klang trug, so dünn war. Er empfahl mir einen Schluck Branntwein, ging mit gutem Beispiel voran und ich fühlte mich bald besser. Ich drehte den Stopfen des Ausstieges wieder auf. Das Pochen in meinen Ohren wurde lauter und dann bemerkte ich, dass das Pfeifen der ausströmenden Luft aufgehört hatte. Eine Weile war ich mir unsicher, dass es aufgehört hatte.

»Nun?«, fragte Cavor mit leiser Stimme.

»Nun?«, meinte ich.

»Sollen wir weitermachen?«

Ich überlegte. »Ist das alles?«

»Wenn Sie es ertragen können.«

Als Antwort setzte ich das Aufschrauben fort. Ich hob den runden Deckel von seinem Platz und legte ihn vorsichtig auf das Bündel. Schätzungsweise eine Schneeflocke wirbelte und verschwand, als die dünne und ungewohnte Luft unsere Kapsel in Besitz nahm. Ich kniete mich hin und setzte mich dann auf den Rand des Einstiegslochs, während ich hinausspähte. Unten, weniger als einen Yard von meinem Gesicht entfernt lag der unberührte Schnee des Mondes.

Es folgte eine kleine Pause. Unsere Blicke trafen sich.

»Es erschöpft Ihre Lungen nicht zu sehr?«, fragte Cavor.

»Nein«, sagte ich. »Ich kann es ertragen.«

Er streckte seine Hand nach seiner Decke aus, steckte seinen Kopf durch ihr Mittelloch und wickelte sie um sich. Er setzte sich auf den Rand des Einstiegslochs und ließ seine Füße so weit hinab, bis sie weniger als sechs Zoll über dem Mondboden waren. Er zögerte einen Augenblick, dann schob er sich nach vorn, sprang die letzten paar Zoll hinab und stand auf dem unberührten Boden des Mondes.

Als er nach vorne trat, wurde er grotesk durch den Glasrand verzerrt. Er stand einen Moment da und blickte sich um. Dann spannte er sich an und sprang.

Das Glas verzerrte alles, aber es schien mir sogar dann ein überaus großer Sprung zu sein. Er war mit einem Sprung weit entfernt. Er schien zwanzig oder dreißig Fuß weit weg zu sein. Er stand hoch oben auf einer Felsmasse und gestikulierte in meine Richtung. Vielleicht rief er etwas – doch der Schall erreichte mich nicht. Aber wie zum Teufel hatte er dies gemacht? Ich fühlte mich wie jemand, der gerade einen neuen Zaubertrick gesehen hat.

In meiner verdutzten Gefühlslage sprang ich ebenfalls durch die Einstiegsluke. Ich erhob mich. Direkt vor mir war eine Schneeverwehung zusammengesunken und bildete eine Art Graben. Ich machte einen Schritt und sprang.

Ich fand mich wieder, als ich durch die Luft flog, sah den Fels auf dem er stand, auf mich zukommen, packte ihn und klammerte mich in einem Zustand unendlicher Verwunderung daran.

Ich keuchte ein gequältes Lachen hervor. Ich war außerordentlich verwirrt. Cavor bückte sich und rief mir mit piepsender Stimme zu, vorsichtig zu sein.

Ich hatte vergessen, dass mein Gewicht auf dem Mond, der nur ein Achtel der Erdmasse und ein Viertel ihres Durchmessers besaß, kaum ein Sechstel dessen war, was es auf der Erde betrug.

»Wir hängen jetzt nicht mehr am Gängelband von Mutter Erde«, sagte er.

Mit verhaltener Anstrengung zog ich mich zum Gipfel hoch, wobei ich mich so vorsichtig wie ein rheumatischer Patient bewegte, und stand neben ihm unter der lodernden Sonne. Die Kapsel lag hinter uns auf ihrer schwindenden Schneeverwehung, dreißig Fuß entfernt.

So weit man über das ungeheure Durcheinander aus Felsen blicken konnte, die den Kraterboden bildeten, wuchs das gleiche stachlige Gestrüpp, das uns umgab, und sich hier und da mit wulstigen Massen einer Kakteenart und scharlachroten und violetten Flechten abwechselte, die so schnell wuchsen, dass sie über die Felsen zu kriechen schienen. Die ganze Kraterfläche schien mir bis zum äußersten Fuß der umgebenden Felswand eine einzige artgleiche Wildnis zu sein.

Diese Felswand war offensichtlich unbewachsen, bis

auf ihren Fuß, und mit Vorsprüngen, Terrassen und Plattformen versehen, und zu diesem Zeitpunkt unsere Aufmerksamkeit kaum weckte. Sie war in jede Richtung viele Meilen von uns entfernt. Wir schienen fast in der Kratermitte zu sein und wir sahen sie durch eine bestimmte Dunstigkeit, die vor dem Wind hertrieb. Denn jetzt ging sogar ein Wind in der dünnen Luft, ein schneller doch schwacher Wind, der außerordentlich kühl war, aber nur wenig Druck ausübte. Wie es schien, blies er um den Krater herum von der nebligen Dunkelheit unter der sonnenwärts gerichteten Wand zu der heiß erleuchteten Seite. Es war schwer in jenen Nebel im Osten zu blicken, wir mussten mit halbgeschlossenen Augen unter unserem Handschatten angestrengt schauen, aufgrund der glühenden Leuchtkraft der regungslosen Sonne.

»Es scheint verlassen zu sein«, sagte Cavor, »vollkommen trostlos.«

Ich sah mich erneut um. Ich bewahrte mir sogar dann eine schwache Hoffnung auf irgendein gleichsam menschliches Anzeichen, eine Gebäudespitze, ein Haus oder eine Maschine, aber überall wo man hinblickte, breiteten sich die umgestürzten Felsen zu Gipfeln und Kämmen und das emporschnellende Gestrüpp und jene wulstigen Kakteen aus, die immer mehr anschwollen, eine glatte Verneinung all solcher Hoffnung, wie es schien.

»Es sieht aus, als ob die Pflanzen für sich selbst wären«, sagte ich. »Ich sehe keine Spur von irgendeinem anderen Lebewesen.«

»Keine Insekten – keine Vögel, nein! Keine Spur, kein Fetzen noch ein Partikel tierischen Lebens. Gäbe es etwas – was würden sie in der Nacht anfangen? … Nein, das sind nur diese Pflanzen allein.«

Ich beschatte meine Augen mit der Hand. »Es ist wie

eine Traumlandschaft. Diese Dinger sind weniger wie irdische Pflanzen an Land, als wie die, die man sich zwischen den Felsen am Meeresgrund vorstellt. Schauen Sie dort drüben! Man könnte sich vorstellen, es sei eine Echse, die sich in eine Pflanze verwandelt hat. Und das grelle Licht!«

»Dies ist nur der frische Morgen«, sagte Cavor.

Er seufzte und blickte sich um. »Dies ist keine Welt für Menschen«, meinte er. »Und doch übt sie gewissermaßen einen Reiz aus.«

Er schwieg eine Zeitlang, dann begann er mit seinem nachdenklichen Summen.

Ich schreckte bei einer sanften Berührung zusammen und sah ein dünnes Blatt einer fahlen Flechte, das mir gegen den Schuh schlug. Ich trat danach und es zerfiel zu Staub, und jedes Körnchen begann zu wachsen.

Ich hörte Cavor spitz aufschreien und bemerkte, dass ihn einer der starren Stacheln des Gestrüpps gestochen hatte. Er zögerte, seine Augen suchten zwischen den Felsen um uns herum. Ein plötzlicher rosafarbener Lichtschein war über eine zerklüftete Felssäule gekrochen. Es war ein ganz außergewöhnliches Rosa, ein fahles Magenta.

»Sehen Sie!«, sagte ich, drehte mich um und sah, dass Cavor verschwunden war.

Einen Moment stand ich wie gelähmt da. Dann machte ich einen hastigen Schritt, um über den Felsrand zu schauen. Aber in meiner Überraschung über sein Verschwinden, vergaß ich erneut, dass wir auf dem Mond waren. Der Druck, den ich mit meinem Fuß während meines Schritts machte, hätte mich auf der Erde ein Yard weit befördert, auf dem Mond waren es sechs – gut fünf Yards über den Rand hinaus. Für den Moment hatte das etwas von der Wirkung jener Alpträume, in denen man unendlich fällt. Denn während man in der ersten Sekunde eines Falls auf der Erde sechzehn Fuß zurücklegt, sind es auf dem Mond zwei und das mit nur einem Sechstel seines Gewichts. Ich fiel, oder vielmehr sprang ich zehn Yards hinab, denke ich. Ich glitt durch die Luft und fiel wie eine Feder knietief in eine Schneeverwehung am Boden einer Rinne aus blaugrauem, weißgeädertem Fels.

Ich sah mich um. »Cavor!«, rief ich, aber Cavor war nicht zu sehen.

»Cavor!«, rief ich lauter, und die Felsen hallten wider.

Ich wandte mich wie wild zu den Felsen und kletterte auf ihren Gipfel. »Cavor!«, schrie ich. Meine Stimme klang wie die Stimme eines verlorenen Lamms.

Auch die Kapsel war nicht in Sichtweite und einen Augenblick bedrückte ein furchtbares Gefühl der Trostlosigkeit mein Herz.

Dann sah ich ihn. Er lachte und gestikulierte, um meine Aufmerksamkeit zu erlangen. Er war auf einem nackten Stück Fels zwanzig oder dreißig Yards entfernt. Ich konnte seine Stimme nicht hören, aber seine Gesten deuteten mir »zu springen«. Ich zögerte, denn die Entfernung schien gewaltig. Doch ich überlegte, dass ich sicherlich in der Lage sein muss, eine größere Entfernung als Cavor zu überwinden.

Ich tat einen Schritt zurück, spannte mich an und sprang mit aller Macht. Ich schien geradewegs in die Luft hinaufzuschießen, als ob ich niemals mehr herunterkommen würde.

Es war entsetzlich und herrlich und so wild wie ein Alptraum, auf diese Weise davonzufliegen. Ich erkannte, dass mein Sprung insgesamt zu heftig gewesen war. Ich flog geradewegs über Cavors Kopf und erblickte ein stachliges Gewirr in einem Graben, welches sich meinem

Fall entgegenreckte. Ich stieß einen Angstschrei aus. Ich streckte meine Hände aus und streckte die Beine.

Ich traf eine pilzartige Masse, die überall um mich herum aufplatzte, eine Unmenge orangefarbener Sporen in jede Richtung zerstreute und mich mit orangem Staub bedeckte. Ich überschlug mich prustend und kam verkrampft vor atemlosen Lachen zur Ruhe.

Ich wurde auf Cavors kleines rundes Gesicht aufmerksam, während er über eine stachelige Hecke spähte. Er rief irgendeine Frage, die erstarb. »Hä?« Ich versuchte zu rufen, aber der Wunsch zu atmen war stärker. Er bahnte sich einen Weg zu mir, indem er behutsam durch die Büsche kam.

»Wir müssen vorsichtig sein«, sagte er. »Dieser Mond hat keinen Anstand. Er wird uns niederschmettern.«

Er half mir auf die Füße. »Sie haben sich zu sehr angestrengt«, meinte er, während er mit seiner Hand auf das gelbe Zeug klopfte, um es von meiner Kleidung zu entfernen.

Ich stand duldsam und keuchend da, und ließ zu, dass er die Gallertmasse von meinen Knien und Ellbogen schlug und mir eine Standpauke über mein Missgeschick hielt. »Wir berücksichtigen die Anziehungskraft nicht wirklich. Unsere Muskeln sind noch zu ausgebildet. Wir müssen ein wenig üben, wenn Sie wieder zu Atem gekommen sind.«

Ich zog zwei oder drei Dornen aus meiner Hand und setzte mich eine Zeitlang auf einen Felsbrocken. Meine Muskeln zitterten und ich hatte das Gefühl persönlicher Ernüchterung, das einen auf der Erde befällt, wenn man das Radfahren erlernt und zum ersten Mal stürzt.

Plötzlich kam es Cavor in den Sinn, dass die kalte Luft in dem Graben, nach der Leuchtkraft der Sonne Fieber bei mir verursachen könnte. So kletterten wir in den Sonnenschein zurück. Wir stellten fest, dass ich außer ein paar Abschürfungen keine schweren Verletzungen von meinem Sturz davongetragen hatte, und auf Cavors Vorschlag hin, suchten wir sogleich nach irgendeinem sicheren und leichten Landeplatz für meinen nächsten Sprung. Wir wählten eine Felsplatte in ungefähr zehn Yard Entfernung, die durch ein kleines Dickicht aus olivgrünen Dornen von uns getrennt war.

»Stellen Sie sich es hier vor!«, sagte Cavor, der das Gehabe eines Trainers angenommen hatte, und er zeigte auf eine Stelle, die ungefähr vier Fuß von meinen Zehen entfernt war. Diesen Sprung bewältigte ich ohne Schwierigkeiten, und ich muss zugeben, dass ich eine gewisse Befriedigung verspürte, dass Cavor einen Fuß oder so zu kurz sprang und in den Genuss des Dornengestrüpps kam. »Sie sehen, man muss vorsichtig sein«, sagte er, während er sich die Dornen herauszog, und damit hörte er auf mein Mentor zu sein und wurde mein Lerngefährte in der Kunst sich auf dem Mond zu bewegen.

Wir wählten einen noch einfacheren Sprung, schafften ihn problemlos und sprangen dann wieder zurück, und das mehrere Male, um unsere Muskeln an den neuen Maßstab zu gewöhnen. Ich hätte es niemals geglaubt, wenn ich es nicht am eigenen Leib erfahren hätte, wie schnell diese Anpassung erfolgte. In einer in der Tat sehr kurzen Zeit, sicherlich nach weniger als dreißig Sprüngen, konnten wir den für eine Entfernung benötigten Aufwand mit beinahe irdischer Sicherheit beurteilen.

Und während dieser ganzen Zeit wuchsen die Mondpflanzen um uns herum, höher, dichter und verschlungener, jeden Augenblick dicker und höher, dornige Pflanzen, grüne Kaktusmassen, Pilze, fleischige und flechtenartige Dinge, sehr seltsam strahlende und gewundene Formen. Aber wir waren so auf unsere Sprünge konzentriert, dass wir nicht auf ihre unaufhaltsame Ausbreitung achteten.

Ein außerordentliches Hochgefühl hatte uns ergriffen. Teilweise, denke ich, war es unser Befreiungsgefühl nach der Gefangenschaft in der Kapsel. Allerdings war es hauptsächlich die dünne Lieblichkeit der Luft, die, wie ich mir sicher bin, einen viel höheren Sauerstoffanteil als unsere irdische Atmosphäre enthielt. Trotz der Fremdartigkeit, die uns überall umgab, fühlte ich mich so abenteuerlustig und wagemutig, wie ein Urlondoner, der das erste Mal inmitten von Bergen stand, und ich glaube nicht, dass es einem von uns in den Sinn kam, sich sehr zu fürchten, wenn wir auch dem Unbekannten von Angesicht zu Angesicht gegenüber standen.

Uns hatte ein Unternehmungsgeist erfasst. Wir wählten einen flechtenbedeckten kleinen Hügel, der vielleicht fünfzehn Yards entfernt war und landeten geschickt nacheinander auf seinem Gipfel. »Gut«, riefen wir einander zu, »gut!«, und Cavor machte drei Schritte und sprang zu einem einladenden Schneehang, der gut zwanzig Yards und mehr dahinter lag. Einen Moment blieb ich aufgrund der grotesken Wirkung seiner aufsteigenden Gestalt gebannt stehen – seiner schmutzigen Cricketmütze und den borstigen Haaren, seinem kleinen runden Körper, seinen Armen und seinen Beinen in den eng hochgekrempelten Kniebundhosen – vor der sonderbaren Weitläufigkeit der Mondkulisse. Ein Drang zu lachen ergriff mich, und dann stieß ich mich ab, um ihm zu folgen. Plumps! ich fiel neben ihm zu Boden.

Wir machten ein paar gewaltige Schritte, sprangen noch drei- oder viermal und ließen uns schließlich in einer flechtenbewachsenen Mulde nieder. Unsere Lungen schmerzten. Wir saßen da, hielten uns die Seiten und versuchten wieder zu Atem zu kommen, während wir uns anerkennende Blicke zuwarfen. Cavor keuchte etwas über »erstaunliche Empfindungen«. Und dann kam mir ein Gedanke in den Sinn. Für den Augenblick schien es kein besonders beängstigender Gedanke zu sein, einfach nur eine selbstverständliche Frage, die sich aus der Situation ergab.

»Nebenbei«, sagte ich, »wo genau ist die Kapsel?«

Cavor sah mich an. »Hä?«

Die volle Bedeutung dessen, was wir aussprachen, traf mich scharf.

»Cavor!«, rief ich, wobei ich eine Hand auf seinen Arm legte, »wo ist die Kapsel?«

KAPITEL 10

Verschollene Menschen auf dem Mond

Sein Gesicht nahm etwas von meiner Bestürzung an. Er stand auf und starrte um sich herum auf das Gebüsch, das uns umgab und sich um uns erhob, während es leidenschaftlich in die Höhe wuchs. Er legte sich fragend eine Hand an die Lippen. Er sprach mit einem plötzlichen Mangel an Zuversicht. »Ich denke«, sagte er langsam, »wir ließen sie … irgendwo … *dort.*«

Er deutete mit einem zögernden Finger, der eine Kreisbewegung beschrieb.

»Ich bin mir nicht sicher.« Seine bestürzte Miene vertiefte sich. »Dennoch«, sagte er, den Blick auf mich gerichtet, »sie kann nicht weit weg sein.«

Wir waren beide aufgestanden. Wir sandten nichtssagende Stoßgebete aus und unsere Blicke suchten in dem verschlungenen, dichter werdenden Urwald um uns herum.

Überall um uns herum auf den sonnenbeschienenen Abhängen schäumte und schwankte das hervorschnellende Gestrüpp, die bauchigen Kakteen, die kriechenden Flechten, und wo immer sich der Schatten hielt, bestanden die Schneeverwehungen fort. Nach Norden, Süden, Osten und Westen erstreckte sich eine gleichförmige Eintönigkeit unbekannter Formen. Und irgendwo, bereits unter diesem verschlungenen Durcheinander begraben, lag unsere Kapsel, unser Zuhause, unser einziger Proviant und unsere einzige Hoffnung aus dieser fantastischen Wildnis kurzlebigen Wachstums zu entkommen, in das wir geraten waren.

»Ich denke doch«, sagte er und deutete plötzlich, »sie muss dort drüben sein.«

»Nein«, entgegnete ich. »Wir haben uns in einer Kurve gedreht. Sehen Sie, hier ist die Spur meiner Absätze. Es ist klar, sie muss östlicher liegen, viel östlicher. Nein – die Kapsel muss dort drüben sein.«

»Ich *denke*«, sagte Cavor, »ich habe die Sonne die ganze Zeit zu meiner Rechten gehabt.«

»Bei jedem Sprung scheint mir«, sagte ich, »mein Schatten vorausgeflogen zu sein.«

Wir starrten uns gegenseitig in die Augen. Das Kratergebiet war in unserer Vorstellung ungeheuer weit geworden und das wachsende Dickicht schon undurchdringbar dicht.

»Gütiger Himmel! Was sind wir für Narren gewesen!«

»Es ist offensichtlich, dass wir sie wiederfinden müssen«, sagte Cavor, »und das bald. Die Sonne wird stärker. Wir würden bereits vor Hitze ohnmächtig werden, wenn es nicht so trocken wäre. Und … ich bin hungrig.«

Ich starrte ihn an. Diese Seite der Angelegenheit hatte ich bisher nicht geahnt. »Ja«, sagte ich mit Nachdruck. »Ich bin auch hungrig.«

Er stand mit einer rege entschlossenen Miene auf. »Allerdings müssen wir die Kapsel finden.«

So ruhig wie möglich betrachteten wir die endlosen Felsen und das Dickicht, die den Kraterboden bildeten, während jeder von uns im Stillen die Chancen abwog, unsere Kapsel zu finden, bevor wir von Hitze und Hunger übermannt würden.

»Sie kann keine fünfzig Yards von hier entfernt sein«, meinte Cavor unschlüssig gestikulierend. »Die einzige Sache ist, alles abzusuchen, bis wir auf sie stoßen.«

»Das ist alles was wir tun können«, sagte ich ohne jeglichen Eifer mit der Jagd zu beginnen. »Ich wünschte dieses verdammte Dornengebüsch würde nicht so schnell wachsen!«

»Genau das ist es«, sagte Cavor. »Aber sie lag auf einem Schneewall.«

Ich starrte in der vergeblichen Hoffnung umher, irgendeinen Hügel oder Busch, der sich in der Nähe der Kapsel befunden hatte, wiederzuerkennen. Aber überall war eine verwirrende Gleichheit, überall die emporstrebenden Büsche, die aufgeblähten Pilze, die schwindenden Schneehaufen, die sich stetig und unweigerlich veränderten. Die Sonne brannte und stach, die Schwäche eines unerklärlichen Hungers mischte sich mit unserer unendlichen Verwirrung. Und gerade als wir dort standen, verwirrt und verloren inmitten unerwarteter Dinge, wurden wir zum ersten Mal auf ein Geräusch auf dem Mond aufmerksam, das etwas anderes war, als das der wachsenden Pflanzen, des schwachen Seufzen des Windes oder denen, die wir selbst verursachten.

Bumm … Bumm … Bumm.

Es kam von unterhalb unserer Füße, ein Geräusch aus dem Inneren. Wir schienen es mit unseren Füßen genauso wie mit unseren Ohren wahrzunehmen. Sein dumpfes Echo war durch die Entfernung gedämpft, undeutlich durch das dazwischen befindliche Material. Kein Ton, den ich mir vorstellen kann, hätte uns mehr erstaunen können, oder die Natur der uns umgebenden Dinge vollständiger verändern können. Denn dieses satte, langsame und bedächtige Geräusch schien uns nichts anderes sein zu können, als der Schlag einer gewaltigen verborgenen Uhr.

Bumm … Bumm … Bumm.

Ein Geräusch, das an ruhige Klöster erinnerte, an schlaflose Nächte in überfüllten Städten, an das Wachsein und der Stunde harren, an alles was im Leben geordnet und planmäßig ist, dröhnte bedeutungsvoll und mysteriös in diese fantastische Wüste! Für das Auge war alles unverändert: die Trostlosigkeit aus Büschen und Kakteen, die schweigend im Wind schwankten, erstreckte sich ohne Unterbrechung zu den fernen Felswänden, der immer noch dunkle Himmel über uns war leer und die heiße Sonne hing am Himmel und brannte. Und durch all das hindurch pochte eine Warnung, eine Drohung, jenes rätselhafte Geräusch.

Bumm … Bumm … Bumm …

Wir fragten uns gegenseitig mit schwachen und schwindenden Stimmen.

»Eine Uhr?«

»Wie eine Uhr!«

»Was ist es?«

»Was kann es sein?«

»Zählen Sie«, lautete Cavors verspäteter Vorschlag und bei diesem Wort endete das Schlagen.

Die Stille, die rhythmische Nichterfüllung der Stille kam als erneute Erschütterung. Einen Augenblick könnte man zweifeln, ob man jemals einen Ton gehört hatte. Oder ob er sich nicht immer noch fortsetzte. Hatte ich wirklich ein Geräusch vernommen?

Ich spürte den Druck von Cavors Hand auf meinem Arm. Er sprach halblaut, als ob er fürchtete, irgendein schlafendes Etwas zu wecken. »Lassen Sie uns zusammenbleiben«, flüsterte er, »und nach der Kapsel suchen. Wir müssen zurück zur Kapsel. Dies geht über unser Verständnis hinaus.«

»Welchen Weg sollen wir einschlagen?«

Er zögerte. Eine heftige Überzeugung von Wesenheiten, von unsichtbaren Dingen um uns herum und in unserer Nähe beherrschte unseren Verstand. Was konnten sie sein? Wo mochten sie sein? War diese ausgetrocknete Einöde, die abwechselnd gefror und verbrannte, nur die äußere Schale und Maske einer unterirdischen Welt? Und wenn, welche Art von Welt war es? Welche Bewohner könnte sie nicht bald auf uns speien?

Und dann durchzuckte die schmerzhafte Stille, wie ein heftiger und unerwarteter Donnerschlag, ein Klirren und Rasseln, als ob große Metalltore plötzlich aufgestoßen worden wären.

Es unterbrach unsere Schritte. Wir standen hilflos starrend da. Dann schlich Cavor auf mich zu.

»Ich verstehe nicht!«, flüsterte er nah an meinem Gesicht. Er winkte mit seiner Hand ungenau himmelwärts, die ungenaue Andeutung noch undeutlicherer Gedanken.

»Ein Versteck«, wenn irgendetwas käme …

Ich sah mich um. Ich nickte mit dem Kopf zustimmend.

Wir bewegten uns verstohlen weiter mit äußerst übertriebenen Vorsichtsmaßnahmen zur Lärmvermeidung. Wir gingen auf ein Unterholzdickicht zu. Ein Getöse wie von Hämmern, die auf einen Kessel prallen, beschleunigte unsere Schritte. »Wir müssen kriechen«, flüsterte Cavor.

Die unteren Blätter der bajonettförmigen Pflanzen, die bereits von den jüngeren Pflanzen überschattet wurden, begannen zu welken und zu schrumpfen, so dass wir uns unseren Weg zwischen den dickeren Stängeln ohne ernsthafte Verletzungen bahnen konnten. Auf einen Stich ins Gesicht oder in den Arm achteten wir nicht. Im Innersten des Dickichts hielt ich an und starrte keuchend in Cavors Gesicht.

»Unterirdisch«, flüsterte er. »Unterhalb.«

»Sie könnten herauskommen.«

»Wir müssen die Kapsel finden!«

»Ja«, meinte ich, »aber wie?«

»Wir kriechen, bis wir auf sie stoßen.«

»Aber wenn nicht?«

»Verborgen bleiben. Sehen was sie sind.«

»Wir werden zusammenbleiben«, sagte ich.

Er überlegte. »Welchen Weg sollen wir nehmen?«

»Wir müssen das Risiko eingehen.«

Wir spähten hierhin und dorthin. Dann begannen wir sehr vorsichtig durch das untere Gestrüpp zu kriechen, soweit wir es beurteilen konnten in einem Kreis, und hielten bei jedem schwankenden Pilzgewächs und jedem Geräusch inne, nur auf die Kapsel konzentriert, aus der wir törichterweise herausgekommen waren. Immer wieder drangen aus der Erde unter uns Erschütterungen, Hämmern und seltsame, unerklärliche, mechanische Geräusche herauf, und dann dachten wir erneut, ein schwaches Klappern und Unruhe gehört zu haben, dessen Schall durch die Luft zu uns getragen wurde. Aber ängstlich wie wir waren, wagten wir uns nicht auf einen Aussichtspunkt, um den Krater zu überblicken. Lange Zeit sahen wir nichts von den Wesenheiten, deren Geräusche so mächtig und beharrlich waren. Wären wir nicht matt vor Hunger gewesen und hätten keine ausgetrockneten Kehlen gehabt, hätte das Kriechen etwas von einem sehr lebhaften Traum gehabt. Es war so vollkommen unwirklich. Das einzige Element mit einem Wirklichkeitsbezug waren diese Geräusche.

Stellen Sie es sich vor! Um uns herum der traumähnliche Urwald mit den stillen bajonettförmigen Blättern, die über uns zuckten, und den lautlosen, lebhaften von der Sonne gesprenkelten Flechten unter unseren Händen und Knien, die durch ihre Wachstumskraft wogten, wie ein Teppich durch den der Wind fährt. Immer wieder türmte sich einer der blasenartigen Pilze vor uns auf, der sich unter der Sonne aufblähte und ausdehnte. Immer wieder drängte sich uns irgendeine neuartige Gestalt in lebhafter Farbe auf. Die äußersten Zellen, die diese Pflanzen bildeten, waren so groß wie mein Daumen, wie bunte Glasperlen. Und all diese Dinge wurden im vollkommenen Sonnenlicht gesättigt und hoben sich gegen einen bläulich schwarzen und noch mit ein paar überlebenden Sternen gesprenkelten Himmel ab. Befremdlich! Die bloßen Formen und die Struktur der Steine waren fremdartig. Es war alles fremdartig, das noch nie dagewesene Körpergefühl bei dem jede Bewegung in einer Überraschung endete. Die dünne Luft ließ sich schwer einatmen, das Blut floss in einem hämmernden Strom durch die Ohren – bumm, bumm. bumm. bumm …

Und immer wieder trug uns der Wind Tumult, Hämmern, das Klirren und Stampfen von Maschinen zu, und bald – das Gebrüll großer Tiere!

KAPITEL 11

Die Mondkalbweiden

So krochen wir, zwei arme Schiffbrüchige von der Erde, verloren in diesem wild wuchernden Urwald des Mondes, ängstlich vor den Geräuschen davon, die uns erreicht hatten. Wie es aussah, krochen wir eine lange Zeit dahin, bevor wir entweder den Seleniten oder das Mondkalb sahen, obwohl wir das Gebrüll und die grunzenden Geräusche des letztgenannten beständig näherkommen hörten. Wir krabbelten durch felsige Schluchten, über Schneehänge, zwischen Pilzen hindurch, die bei Berührung wie dünne Blasen aufrissen und eine wässrige Flüssigkeit absonderten, über einen vollständigen Bodenbelag aus bovistähnlichen Pilzen und unter nicht enden wollendem Gestrüppdickicht hindurch. Und immer hilfloser suchten unsere Blicke nach unserer verlassenen Kapsel. Der Lärm der Mondkälber war manchmal ein lauter, flacher, kalbähnlicher Ton, manchmal schwoll er zu einem aufgeregten und wütenden Gebrüll an, und dann wurde er wieder zu einem gehemmten Tierlaut, als ob diese unsichtbaren Wesen gleichzeitig versuchten zu fressen und zu brüllen.

Als wir sie zum ersten Mal sahen, erhaschten wir nur einen ungenügenden, flüchtigen Blick, der aber nicht weniger beunruhigend war, da er unvollständig war. Cavor kroch zu der Zeit vor und bemerkte ihre Nähe zuerst. Er hielt plötzlich inne, während er mich mit einer einzigen Geste aufhielt.

Ein Krachen und Bersten des Gestrüpps schien sich uns direkt zu nähern, und dann, als wir uns dicht zusammenkauerten und uns bemühten die Nähe und Richtung dieses Lärms zu bestimmen, erklang ein fürchterliches Gebrüll hinter uns, so nah und heftig, dass die Spitzen der Bajonettpflanzen davor abknickten und man dessen heißen und feuchten Atem spürte. Und als wir uns umdrehten, sahen wir durch einen Wald schwankender Stängel hindurch die leuchtenden Flanken des Mondkalbs, und die lange Rückenlinie zeichnete sich gegen den Himmel ab.

Natürlich ist es jetzt schwer für mich zu sagen, wie viel ich zu diesem Zeitpunkt sah, weil meine Eindrücke durch spätere Beobachtung korrigiert wurden. Der allererste Eindruck war seine gewaltige Größe, der Körperumfang betrug einige achtzig Fuß, seine Länge vielleicht zweihundert Fuß. Seine Flanken hoben und senkten sich mit seiner mühsamen Atmung. Ich bemerkte, dass sein gigantischer, schlaffer Körper auf dem Boden lag und dass seine Haut runzlig weiß war, entlang der Wirbelsäule schwarz gesprenkelt. Aber von seinen Füßen sahen wir nichts. Ich denke auch, dass wir mindestens das Profil des fast hirnlosen Kopfes sahen, mit seinem fettgepolsterten Nacken, seinem geifernden allesfressenden Maul, seinen kleinen Nüstern und den fest geschlossenen Augen. (Denn das Mondkalb schließt in Gegenwart der Sonne immer die Augen.) Wir erhaschten einen Blick auf eine riesige rote Vertiefung, als es sein Maul öffnete, um erneut zu blöken und zu brüllen. Ein Atemzug aus der Vertiefung streifte uns, und dann krängte das Ungeheuer wie ein Schiff zu einer Seite, schleppte sich am Boden vorwärts, wobei sich seine ganze ledrige Haut zusammenfaltete, rollte erneut herum und wälzte sich so an uns vorbei, brach einen Weg mitten durch das Gestrüpp und war rasch durch das jenseitige dichte Gewirr vor unseren Blicken verborgen. Ein weiteres erschien weiter entfernt, und dann noch eines, und dann kam kurzzeitig ein Selenit in unser Sichtfeld, als ob er diese lebendigen Fressmassen zum Weiden führen würde. Mein Griff um Cavors Fuß verkrampfte sich bei seinem Anblick, und wir verharrten regungslos und starrten, lange nachdem er aus unserer Reichweite verschwunden war.

Im Gegensatz zu den Mondkälbern schien er ein gewöhnliches Wesen zu sein, eine bloße Ameise, kaum fünf Fuß groß. Er trug Kleidung aus irgendeinem lederartigen Material, so dass kein Teil seines tatsächlichen Körpers zu sehen war, aber davon verstanden wir natürlich kaum etwas. Somit zeigte er sich als ein gedrungenes, borstiges Wesen, das viel von einem komplexen Insekt an sich hatte, mit peitschenartigen Tentakeln und einem klappernden Arm, der aus seinem glänzenden, zylinderförmigen Körpergehäuse herausragte. Seine Kopfform wurde von einem gewaltigen mit vielen Spitzen versehenen Helm verdeckt – wir fanden später heraus, dass er die Spitzen dafür einsetzte, um widerspenstige Mondkälber zu stoßen – und einer Brille mit abgedunkelten Gläsern, die sehr seitlich positioniert waren, was der metallischen Vorrichtung, die sein Gesicht bedeckte, ein vogelartiges Aussehen verlieh. Seine Arme standen nicht über sein Gehäuse hinaus und er bewegte sich auf kurzen Beinen, die, obwohl sie in wärmende Schichten gehüllt waren, für unsere irdischen Augen übermäßig dünn schienen. Sie bestanden aus sehr kurzen Oberschenkeln, sehr langen Unterschenkeln und kleinen Füßen.

Trotz seiner schwer aussehenden Kleidung ging er mit, aus irdischer Sicht, sehr beträchtlichen Schritten voran, und sein klappernder Arm war rege. Die Art seiner Bewegung während er uns unmittelbar passierte, deutete auf Eile und einen gewissen Zorn hin, und kurz nachdem wir ihn aus den Augen verloren hatten, hörten wir, wie sich das Gebrüll eines Mondkalbs plötzlich in ein kurzes, gellendes Kreischen verwandelte, gefolgt vom Schlurfen seiner Beschleunigung. Und allmählich verebbte das Gebrüll und erstarb schließlich, als wären die gesuchten Weiden erreicht worden.

Wir lauschten. Eine Zeitlang war die Mondwelt still. Aber es verstrich einige Zeit, bevor wir kriechend unsere Suche nach der verschwundenen Kapsel fortsetzten.

Als wir das nächste Mal Mondkälber sahen, waren sie in einiger Entfernung zu uns an einer Stelle mit umgestürzten Felsen. Die weniger hohen Felsoberflächen waren dick mit einer gefleckten grünen Pflanze bedeckt, die in dichten moosigen Klumpen wuchs, die diese Geschöpfe abweideten. Bei ihrem Anblick hielten wir am Rande des Dickichts, durch das wir krochen, an, spähten hinaus und blickten uns um, um einen zweiten Blick auf den Seleniten zu erhaschen. Sie lagen vor ihrem Futter wie gewaltige Schnecken, riesige schleimige Rümpfe, die gierig und geräuschvoll schmatzend fraßen. Sie schienen bloße fettleibige Ungeheuer zu sein, plump und von ihrer Masse überwältigt, was einen Smithfield-Ochsen wie ein Vorbild an Beweglichkeit wirken ließ. Ihre regen, sich verziehenden, kauenden Mäuler und die geschlossenen Augen, zusammen mit dem appetitanregenden Kaugeräusch, schufen ein Bild tierischen Genusses, das unsere leeren Mägen seltsam anregte.

»Schweine!«, sagte Cavor mit ungewöhnlicher Leidenschaft. »Widerwärtige Schweine!«, und nach einem verärgert neidischen Seitenblick kroch er durch die Büsche zu unserer Rechten. Ich blieb lang genug, um zu sehen, dass die fleckige Pflanze überhaupt nicht für die menschliche Ernährung taugte, dann krabbelte ich ihm nach, während ich auf einer Pflanzenfaser zwischen meinen Zähnen herumkaute.

Bald wurden wir erneut durch die Nähe eines Seleniten aufgehalten, und dieses Mal hatten wir die Möglichkeit ihn genauer zu beobachten. Jetzt konnten wir sehen, dass der Selenit wirklich mit Kleidung bedeckt war und es keine schalentierähnliche Haut war. In seiner Aufmachung ähnelte er ziemlich dem ersten, den wir gesehen hatten, außer dass ihm die Enden einer Art Wattierung aus dem Nacken ragten, und er stand auf einem vorspringenden Fels, bewegte seinen Kopf hierhin und dorthin, als ob er den Krater überblicken wollte. Wir lagen ganz still, da wir uns fürchteten seine Aufmerksamkeit zu erregen, wenn wir uns bewegten, und nach einiger Zeit wandte er sich um und verschwand.

Wir stießen auf eine weitere Herde Mondkälber, die in einer Schlucht brüllten, und kamen an einem geräuschvollen Ort vorbei mit dem Lärm stampfender Maschinen, als ob dort eine riesige Industriehalle kurz unter der Oberfläche wäre. Und während uns diese Geräusche noch umgaben, gelangten wir an den Rand einer großen Freifläche mit vielleicht zweihundert Yards im Durchmesser und vollkommen eben. Außer ein paar Flechten, die vom Rand hereinwuchsen, war diese Fläche leer und besaß eine pulvrige staubig gelbe Oberfläche. Wir fürchteten uns diese Fläche zu überqueren, aber da sie unser Kriechen weniger behinderte als das Gestrüpp, stiegen wir hinab und begannen vorsichtig ihren Rand zu umrunden.

Eine Zeitlang verstummten die Geräusche von unten und alles, abgesehen von der wachsenden Vegetation, die sich regte, war sehr still. Dann plötzlich erhob sich ein Tumult, lauter, heftiger und näher als irgendetwas, das wir bisher gehört hatten. Mit Sicherheit kam es von unten. Instinktiv kauerten wir uns so flach zusammen, wie wir konnten, bereit in das Dickicht neben uns unterzutauchen. Jeder Schlag und jedes Pochen schien durch unsere Körper zu vibrieren. Das Pochen und die Schläge wurden lauter und diese unregelmäßige Vibration schwoll an, bis die ganze Mondwelt zu zucken und zu pulsieren schien.

»Verstecken«, flüsterte Cavor und ich drehte mich zu den Büschen.

In dem Moment erklang ein Donnern wie von einem Geschütz und dann geschah etwas – was mich immer noch in meinen Träumen verfolgt. Ich wandte meinen Kopf um Cavors Gesicht zu sehen und streckte dabei meine Hand vor mir aus. Und meine Hand traf auf nichts! Ich stürzte plötzlich in ein bodenloses Loch!

Meine Brust traf etwas Hartes und ich fand mich mit dem Kinn am Rand eines unermesslichen Abgrunds wieder, der plötzlich unter mir gähnte, meine Hand ragte steif ins Nichts. Die gesamte kreisrunde Fläche war nichts weiter als ein riesengroßer Deckel, der jetzt seitlich von der Grube in einen dafür vorbereiteten Spalt glitt.

Wäre Cavor nicht dagewesen, so denke ich, wäre ich starr über diesem Rand gehangen und hätte dabei in diesen ungeheuren Abgrund unter mir gestarrt, bis mich schließlich die Spaltränder erwischt und in seine Tiefen geschleudert hätten. Aber Cavor hatte nicht den Schock erlitten, der mich lähmte. Er war ein wenig weiter vom Rand entfernt gewesen, als sich der Deckel zunächst öffnete, und als er die Gefahr sah, die mich hilflos machte, packte er meine Beine und zog mich nach hinten. Ich kam in eine sitzende Position, kroch auf allen Vieren ein Stück vom Rand weg, stolperte dann auf die Füße und setzte ihm dann nach, quer über die donnernde und bebende Metallplatte. Sie schien sich mit stetig zunehmender Geschwindigkeit aufzuschwingen und die Büsche vor mir schoben sich zur Seite als ich auf sie zulief.

Ich war keinen Moment zu früh. Cavors Rücken verschwand im dornigen Dickicht und als ich ihm nachkletterte, glitt die riesige Klappe dröhnend in ihre Endposition. Lange Zeit lagen wir keuchend da und wagten es nicht, uns der Grube zu nähern.

Doch letztendlich krochen wir sehr vorsichtig und Stück für Stück an eine Stelle, von der wir hinabspähen konnten. Die Büsche um uns herum knarrten und bogen sich unter einem kräftigen Wind, der in den Schacht hinabwehte. Anfangs konnten wir nichts sehen außer glatten, senkrechten Wänden, die schließlich in undurchdringlicher Schwärze versanken. Und dann bemerkten wir allmählich eine Anzahl sehr schwacher und kleiner Lichter, die sich hin- und herbewegten.

Eine Zeitlang zog uns diese enorme geheimnisvolle Kluft in ihren Bann, so dass wir sogar unsere Kapsel vergaßen. Als wir uns mit der Zeit mehr an die Dunkelheit gewöhnt hatten, konnten wir sehr kleine, dunkle und schwer definierbare Gestalten ausmachen, die sich zwischen den stecknadelförmigen Lichtern bewegten. Erstaunt und ungläubig starrten wir hinab, wobei wir so wenig begriffen, dass uns die Worte fehlten. Wir konnten nichts ausmachen, das uns einen Hinweis auf die Bedeutung der undeutlichen Gestalten geben konnte, die wir sahen.

»Was kann es sein?«, fragte ich, »was kann es sein?«

»Die Maschinerie! … Sie müssen während der Nacht in solchen Höhlen leben und tagsüber kommen sie an die Oberfläche.«

»Cavor!«, sagte ich. »Können Sie – so – etwas wie – Menschen sein?«

»*Das* war kein Mensch.«

»Wir dürfen kein Risiko eingehen!«

»Wir unternehmen nichts, bis wir die Kapsel gefunden haben!«

»Wir *können* nichts tun, bis wir die Kapsel gefunden haben.«

Er stimmte mir seufzend zu und setzte zu einer Bewegung an. Er sah sich eine Zeitlang um, seufzte und wies in eine Richtung. Wir schlugen uns durch den Urwald. Eine Weile krochen wir entschlossen vorwärts, dann mit nachlassendem Elan. Bald erhob sich zwischen den großen, schlaffen, purpurfarbenen Umrissen der Lärm von Getrampel und Geschrei um uns herum. Wir lagen eng beieinander und eine lange Zeit bewegten sich die Geräusche hin und her und waren ganz nah. Aber dieses Mal sahen wir nichts. Ich versuchte Cavor zuzuflüstern, dass ich ohne Essen kaum noch viel weiter gehen könne, aber mein Mund war zu ausgetrocknet, um zu flüstern.

»Cavor«, sagte ich, »ich muss etwas essen.«

Mit vollkommen entsetzter Miene drehte er sich zu mir. »Die Umstände erfordern es auszuharren«, sagte er.

»Aber ich *muss*«, sagte ich, »und sehen Sie sich meine Lippen an!«

»Ich bin seit einiger Zeit durstig.«

»Wenn nur etwas vom Schnee übriggeblieben wäre!«

»Er ist komplett weg! Wir bewegen uns von der Arktis in die Tropen bei einer Geschwindigkeit von einem Grad pro Minute ...«

Ich biss mir auf die Hand.

»Die Kapsel!«, sagte er. »Es gibt nichts außer der Kapsel.«

Wir erhoben uns, um erneut schnell weiter zu kriechen. Meine Gedanken drehten sich ganz um essbare Dinge, um die zischende Nachhaltigkeit sommerlicher Getränke, insbesondere verlangte ich nach Bier. Ich wurde von der Erinnerung an ein sechzehn Gallonenfass heimgesucht, das in meinem Keller in Lympne geprotzt hatte. Ich dachte an die angrenzende Speisekammer und vor allem an »Steak and Kidney Pie« – butterweiches Steak und viel Niere und dazu köstliche, dickflüssige Bratensauce. Immer wieder musste ich vor Hunger gähnen. Wir kamen an flache Orte, die mit fleischigen roten Dingen überwuchert waren, riesige, korallenartige Gewächse, und als wir gegen sie stießen, knickten sie um und brachen ab. Ich bemerkte die Struktur der Bruchkanten. Das verdammte Zeug sah aus, als ob man es kauen könnte. Dann schien es mir, als ob es ziemlich gut röche.

Ich hob ein Stück auf und roch daran.

»Cavor«, sagte ich in heiserem Flüsterton.

Er sah mich an, wobei er sein Gesicht nach oben drehte. »Nicht!«, sagte er. Ich warf das Stück zu Boden und wir krochen eine Weile weiter durch die verführerische Fleischigkeit.

»Cavor«, fragte ich, »warum nicht?«

»Gift«, hörte ich ihn sagen, aber er drehte sich nicht um.

Wir krochen etwas weiter, ehe ich eine Entscheidung traf.

»Ich werde es wagen«, sagte ich.

Mit einer verspäteten Geste versuchte er mich aufzuhalten. Ich stopfte mir den Mund voll. Er hockte sich hin, während er mein Gesicht beobachtete, wobei sich seines mit dem merkwürdigsten Gesichtsausdruck verzerrte. »Es ist gut«, sagte ich.

»Oh Gott!«, rief er.

Er beobachtete mich beim Kauen, sein Gesichtsausdruck wechselte zwischen Verlangen und Missbilligung, dann erlag er dem Appetit und begann große Bissen abzureißen. Eine Weile taten wir nichts als zu essen.

Das Zeug war einem irdischen Pilz nicht unähnlich, die Konsistenz war nur lockerer und als ich einen schluckte, wärmte er meinen Rachen. Zuerst empfanden wir eine bloße mechanische Befriedigung beim Essen, dann erwärmte sich unser Blutkreislauf und unsere Lippen und Finger prickelten, und schließlich sprudelten neue und leicht zusammenhanglose Gedanken in unserem Verstand empor.

»Es ist gut«, sagte ich. »Verdammt gut! Was für eine Heimat für unsere überschüssige Bevölkerung! Unsere arme überschüssige Bevölkerung«, und ich brach ein weiteres großes Stück ab. Es erfüllte mich mit einer sonderbar wohlwollenden Genugtuung, dass es auf dem Mond solch gute Nahrung gab. Mein Hungertief wich einem absurden Hochgefühl. Die Furcht und das Unbehagen in dem ich gelebt hatte, verschwanden vollständig. Ich nahm den Mond nicht länger als einen Planeten wahr, den ich ernsthaft zu verlassen suchte, sondern als einen möglichen Zufluchtsort vom menschlichen Elend. Ich glaube, ich vergaß die Seleniten, die Mondkälber, die Klappe und die Geräusche vollständig, sobald ich diesen Pilz verzehrt hatte.

Cavor antwortete mir auf meine dritte Wiederholung der Äußerung über den »Bevölkerungsüberschuss« mit ähnlich zustimmenden Worten. Ich spürte, dass mein Kopf schwammig war, aber ich schob es auf die anregende Wirkung des Essens nach einer langen Fastenzeit. »Aus'zeichnte Ent'ckung von Ihnen, Cavor«, sagte ich.

»Di'ekt nach der 'toffel.«

»Was meinense?«, fragte Cavor. »'deckung vom Mond – di'ekt nach der 'toffel?«

Ich sah ihn an, entsetzt über seine plötzlich heisere Stimme und die schlechte Aussprache. Mich durchzuckte der Gedanke, dass er möglicherweise durch den Pilz berauscht war. Mir kam auch in den Sinn, dass er sich irrte, wenn er sich einbildete, den Mond entdeckt zu haben – er hatte ihn nicht entdeckt, nur erreicht. Ich versuchte meine Hand auf seinen Arm zu legen und ihm dies zu erklären, aber die Angelegenheit war zu raffiniert für sein Gehirn. Sie war unerwartet schwierig in Worte zu fassen. Nach einem flüchtigen Versuch mich zu verstehen – ich erinnere mich, dass ich mich fragte, ob der Pilz meine Augen genauso wie seine getrübt hatte – machte er sich daran auf eigene Faust Beobachtungen anzustellen.

»Wir sind«, verkündete er mit feierlichem Schluckauf, »die Geschöffe von'em was wir essen und trinken.«

Er wiederholte dies, und da ich gerade in spitzfindiger Laune war, beschloß ich es anzufechten. Vielleicht schweifte ich ein wenig von der Sache ab. Aber auf jeden Fall war Cavor überhaupt nicht aufmerksam. Er erhob sich, so gut er konnte, legte eine Hand auf meinen Kopf, um sein Gleichgewicht zu halten, was respektlos war, und stand vor sich hinstarrend da, ohne jegliche Furcht vor den Mondwesen.

Ich versuchte darauf hinzuweisen, dass dies aus irgendeinem Grund, der mir nicht ganz einleuchtete, gefährlich sei, aber das Wort »gefährlich« mischte sich irgendwie mit »unvorsichtig« und das Ergebnis klang eigentlich mehr wie »schädlich« als eines der beiden anderen, und nach einem Versuch sie zu entwirren, setzte ich meine Diskussion fort, wobei ich mich in erster Linie an die unbekannten aber aufmerksamen Korallengewächse zu beiden Seiten wandte. Ich spürte, dass es erforderlich war, diese Verwechslung zwischen dem Mond und einer Kartoffel unverzüglich aufzuklären – ich erging mich in einer langen Zwischenbemerkung über die Wichtigkeit einer genauen Definition in einer Auseinandersetzung. Ich tat mein Bestes, die Tatsache zu ignorieren, dass meine Körperwahrnehmung nicht länger angenehm war.

Auf irgendeinem Weg, den ich jetzt vergessen habe, gingen meine Gedanken zurück zu den Kolonialisierungsplänen. »Wir müssen diesen Mond annektieren«, sagte ich.« Da darf man nicht lange fackeln. Dies ist Teil der Bürde des weißen Mannes. Cavor – wir sind – hicks – Satapen – ich meine Satrapen! 'N Reich von dem Cäsar nie geträumt hat. In allen Zeitungen. Cavorezia. Bedfordezia. Begrenztes – hicks – Bedfordezia. Meine – unbegrenzt! Praktisch.«

Gewiss war ich berauscht.

Ich versteifte mich auf ein Argument, um die unendlichen Wohltaten aufzuzeigen, die unsere Ankunft dem Mond verleihen würde. Ich verstrickte mich in einem ziemlich komplizierten Beweis, dass Kolumbus' Ankunft im Großen und Ganzen vorteilhaft war. Ich stellte fest, dass ich die Beweisführung, die ich verfolgen wollte, vergessen hatte, und so wiederholte ich »wie Kol'mbus«, um die Zeit zu füllen.

An diesem Punkt wird meine Erinnerung an die Wirkung dieses entsetzlichen Pilzes verworren. Ich erinnere mich undeutlich, dass wir unseren Plan verkündeten, keinen Unsinn von irgendwelchen verdammten Kerbtieren anzunehmen, dass wir beschlossen, es sei übel für Menschen, sich auf einem bloßen Satelliten zu verstecken, dass wir uns mit gewaltigen Pilzvorräten beluden – um sie als

Geschoß zu verwenden oder nicht, das weiß ich nicht – und ungeachtet der Stiche des bajonettartigen Gestrüpps, stürzten wir hinaus in den Sonnenschein.

Beinahe sofort müssen wir auf die Seleniten gestoßen sein. Es waren sechs von ihnen und sie marschierten in einer Reihe über eine felsige Fläche, wobei sie äußerst bemerkenswerte pfeifende und winselnde Töne von sich gaben. Sie schienen uns alle gleichzeitig zu bemerken, alle schwiegen augenblicklich und standen bewegungslos wie Tiere da, ihre Gesichter waren uns zugewandt.

Für einen Augenblick war ich ernüchtert.

»Insekten«, murmelte Cavor, »Kerbtiere! Und sie meinen, dass ich auf meinem Bauch herumkrieche – dem Bauch eines Wirbeltiers!«

»Bauch«, wiederholte er langsam, als ob er die Erniedrigung im Mund zergehen lassen wollte.

Dann plötzlich machte er in einer Art Raserei drei große Schritte und sprang auf sie zu. Er sprang nicht gut, überschlug sich mehrere Male in der Luft, wirbelte direkt über sie hinweg und verschwand mit einem gewaltigen Platschen inmitten der blasenförmigen Kakteen. Was die Seleniten von diesem verwunderlichen und meiner Meinung nach würdelosen Einfall von einem anderen Planeten hielten, kann ich mitnichten vermuten. Ich scheine mich an ihre Rückansicht zu erinnern, als sie in alle Richtungen davonliefen, aber ich bin mir nicht sicher. Alle diese letzten Geschehnisse bevor das Vergessen kam, sind in meinem Verstand undeutlich und schwach. Ich weiß, dass ich einen Schritt tat, um Cavor zu folgen, stolperte und der Länge nach zwischen die Felsen stürzte. Mir war, da bin ich mir sicher, plötzlich und heftig übel. Ich meine mich an einen brutalen Kampf zu erinnern und wie ich von Metallklammern gepackt wurde …

Meine nächste klare Erinnerung ist, dass wir in unbekannten Untiefen unter der Mondoberfläche gefangen waren. Wir befanden uns in der Dunkelheit inmitten merkwürdiger verwirrender Geräusche, unsere Körper waren mit Schrammen und Prellungen bedeckt und unsere Köpfe schmerzerfüllt.

KAPITEL 12

Das Gesicht des Seleniten

Ich fand mich zusammengekauert in der lärmenden Dunkelheit wieder. Lange Zeit konnte ich nicht begreifen wo ich war, noch wie ich in diese Verlegenheit gekommen war. Ich dachte an den Schrank, in den ich als Kind manchmal gesteckt worden war, und dann an ein sehr dunkles und unruhiges Schlafzimmer, in dem ich während einer Erkrankung geschlafen hatte. Aber diese Geräusche, die mich umgaben, waren mir nicht bekannt, und in der Luft hing ein schwacher Geruch wie von einem Stall. Dann vermutete ich, dass wir immer noch an der Kapsel arbeiteten und dass ich irgendwie in den Keller von Cavors Haus gelangt war. Ich erinnerte mich, dass wir die Kapsel vollendet hatten und dann bildete ich mir ein, noch immer in ihr zu sein und durch den Raum zu reisen.

»Cavor«, sagte ich, »können wir nicht etwas Licht anmachen?«

Es kam keine Antwort.

»Cavor!«, beharrte ich.

Ich bekam ein Stöhnen als Antwort. »Mein Kopf!«, hörte ich ihn sagen, »mein Kopf!«

Ich versuchte meine Hände gegen die Stirn zu drücken, die schmerzte, und erkannte, dass sie zusammengefesselt waren. Das erschreckte mich sehr. Ich führte sie an meinen Mund und spürte kaltes glattes Metall. Sie waren aneinander gekettet. Ich versuchte meine Beine zu spreizen und stellte fest, dass sie ähnlich gefesselt waren, und auch, dass ich mit einer viel dickeren Kette um den Rumpf an den Boden gefesselt war.

Das verschreckte mich mehr, als alles andere, was ich bei all unseren seltsamen Erfahrungen erlebt hatte. Eine Weile zerrte ich schweigend an meinen Fesseln. »Cavor!«, rief ich mit schneidender Stimme. »Warum bin ich gefesselt? Warum haben Sie mir Hände und Füße gebunden?«

»Ich habe Sie nicht gefesselt«, antwortete er. »Es waren die Seleniten.«

Die Seleniten! Mein Verstand blieb daran eine Zeitlang hängen. Dann holten mich die Erinnerungen ein: die Schneewüste, die auftauende Luft, das Pflanzenwachstum, unser merkwürdiges Hüpfen wie wir zwischen den Felsen und der Kratervegetation umherkrochen. Das ganze Elend unserer fieberhaften Suche nach der Kapsel fiel mir wieder ein … Schließlich die Öffnung des großen Deckels, der die Grube bedeckte!

Doch als ich mich anstrengte unsere weiteren Bewegungen bis zu unserer gegenwärtigen Notlage zu rekonstruieren, wurde der Schmerz in meinem Kopf unerträglich. Ich stieß auf eine unüberwindbare Grenze, eine unnachgiebige Lücke.

»Cavor!«

»Ja?«

»Wo sind wir?«

»Woher soll ich das wissen?«

»Sind wir tot?«

»Was für ein Unsinn!«

»Dann haben sie uns also!«

Er gab außer einem Grunzen keine Antwort. Die abklingende Wirkung des Gifts schien ihn merkwürdig reizbar zu machen.

»Was beabsichtigen Sie zu tun?«

»Woher soll ich wissen, was zu tun ist?«

»Oh, bestens!«, sagte ich und verstummte. Sogleich erwachte ich aus meiner Benommenheit. »Oh Gott!«, rief ich, »Ich wünschte Sie würden mit diesem Summen aufhören!«

Wir verfielen wieder in Schweigen, lauschten dem dumpfen Geräuschgewirr, das den gedämpften Geräuschen einer Straße oder Fabrik ähnelte, und unsere Ohren füllte. Ich konnte nichts davon ausmachen, mein Verstand folgte erst einem Rhythmus und dann einem anderen und hinterfragte sie vergebens. Aber nach einer langen Zeit wurde ich mir eines neuen und schrilleren Bestandteils bewusst, das sich nicht mit dem Rest vermischte, sondern sich von der diffusen Geräuschkulisse abhob. Es war eine Abfolge verhältnismäßig schwach bestimmbarer Geräusche, Poch- und Reibgeräusche, wie von einem losen Efeuzweig, der gegen ein Fenster schlägt oder einem Vogel, der sich auf einer Schachtel bewegt. Wir lauschten und spähten umher, doch die Dunkelheit war wie ein samtenes Sargtuch. Es folgte ein Geräusch wie von der feinen Bewegung eines Schlüsselbarts in einem gut geölten Schloss. Und dann erschien vor mir eine dünne helle Linie, die scheinbar in einer schwarzen Unermesslichkeit zu hängen schien.

»Sehen Sie!«, flüsterte Cavor sehr schwach.

»Was ist das?«

»Ich weiß es nicht.«

Wir starrten.

Die dünne helle Linie wuchs zu einem Band heran und wurde breiter und blasser. Es nahm die Beschaffenheit eines bläulichen Lichts an, das auf eine weißgetünchte Wand fällt. Es verlief nicht mehr parallelseitig und entwickelte auf einer Seite eine tiefe Einbuchtung. Ich wandte mich um, um Cavor darauf aufmerksam zu machen, und war verblüfft, sein Ohr strahlend hell erleuchtet zu sehen – während der ganze Rest von ihm im Schatten war. Ich drehte meinen Kopf soweit es meine Fesseln erlaubten. »Cavor«, sagte ich, »es ist auf der Rückseite!«

Sein Ohr verschwand – wich einem Auge!

Plötzlich verbreiterte sich der Spalt, der das Licht hindurchgelassen hatte, und zeigte sich als Aussparung einer sich öffnenden Tür. Dahinter befand sich eine saphirblaue Schneise und in der Türöffnung erhob sich eine groteske Silhouette vor dem grellen Licht.

Wir unternahmen beide krampfhafte Bemühungen uns umzudrehen, und da es uns nicht gelang, saßen wir da und starrten über unsere Schultern darauf. Mein erster Eindruck war der eines plumpen Vierbeiners mit gesenktem Kopf. Dann erkannte ich, dass es der magere, verhärmte Körper und die kurzen, außerordentlich dünnen und krummen Beine eines Seleniten waren, dessen Kopf zwischen seine Schultern gedrückt war. Er trug keinen Helm und keine Ganzkörperbekleidung, die sie draußen tragen.

Für uns war er eine ausdruckslose, schwarze Gestalt, aber instinktiv verlieh unsere Vorstellungskraft dem sehr menschlichen Umriss Besonderheiten. Jedenfalls nahm ich sofort wahr, dass er irgendwie bucklig mit einer hohen Stirn und langen Gesichtszügen war.

Er ging drei Schritte nach vorne und blieb eine Zeitlang stehen. Seine Bewegungen schienen vollkommen vogeräuschlos. Dann trat er weiter vor. Er ging wie ein Vogel, seine Füße fußten voreinander. Er trat aus dem Lichtstrahl heraus, der durch die Tür fiel, und es schien, als ob er vollkommen im Schatten verschwand.

Einen Augenblick suchten ihn meine Augen an der

falschen Stelle und dann sah ich ihn im vollen Licht vor uns beiden stehen. Nur waren die menschlichen Züge, die ich ihm zugesprochen hatte, überhaupt nicht vorhanden!

Natürlich hätte ich das erwarten sollen, aber ich tat es nicht. Es ereilte mich ein völliger, einen Moment lang überwältigender Schreck. Es wirkte, als ob es kein Gesicht, sondern eine Maske sein müsse, eine Schreckens, eine Missgestalt, die augenblicklich verleugnet oder erklärt werden müsse. Da war keine Nase vorhanden und das Ding hatte matte hervortretende Augen an der Seite – beim Umriss hatte ich angenommen, dass sie Ohren seien. Da waren keine Ohren … Ich habe versucht einen dieser Köpfe zu zeichnen, aber ich kann es nicht. Es gab einen Mund, der nach unten gebogen war, wie der menschliche Mund in einem grausam starrenden Gesicht …

Der Hals auf dem der Kopf balancierte, besaß an drei Stellen Gelenke, fast wie die kleinen Gelenke im Bein einer Krabbe. Die Gelenke der Gliedmaßen konnte ich nicht sehen, da sie in wickelgamaschenähnliche Binden gehüllt waren, die die einzige Kleidung darstellten, die sie trugen.

Da stand das Ding und sah uns an!

Zu diesem Zeitpunkt war mein Verstand mit der irrwitzigen Unmöglichkeit des Wesens beschäftigt. Ich glaube er war auch verblüfft, und vielleicht hatte er mehr Grund zu Staunen als wir. Nur, zum Teufel mit ihm, er zeigte es nicht! Wir wussten letztendlich was zu diesem Treffen einander widersprechender Wesen geführt hatte. Aber man male sich aus, wie es beispielsweise anständigen Londonern erscheinen würde, wenn sie auf ein Pärchen lebender Wesen stoßen würden, die so groß wie Menschen und allen anderen irdischen Tieren unähnlich wären, und zwischen den Schafen im Hyde Park umherrasten! So ähnlich muss es ihm vorgekommen sein.

Man stelle sich uns vor! Wir waren an Händen und Füßen gefesselt, erschöpft und schmutzig, unsere Bärte waren zwei Inch lang und unsere Gesichter waren zerkratzt und blutig. Cavor muss man sich in seinen Kniebundhosen (die an mehreren Stellen von dem bajonettähnlichen Strauch zerrissen waren), seinem Jagdhemd und der alten Kricketmütze vorstellen, sein drahtiges Haar in wilder Unordnung, so dass die Strähnen in alle vier Himmelsrichtungen abstanden. In diesem blauen Licht sah sein Gesicht nicht rötlich, sondern sehr dunkel aus, seine Lippen und das trocknende Blut auf meinen Händen wirkten schwarz. Falls möglich befand ich mich in einem schlechteren Zustand als er, aufgrund des gelben Pilzes in den ich hineingesprungen war. Unsere Jacken waren aufgeknöpft und unsere Schuhe waren uns ausgezogen worden und lagen zu unseren Füßen. Und wir saßen mit dem Rücken zu diesem eigenartigen bläulichen Licht, und spähten auf ein Monster, wie es Albrecht Dürer hätte erfinden können.

Cavor durchbrach die Stille, fing an zu sprechen, wurde heiser und räusperte sich. Draußen hob ein fürchterliches Brüllen wie von einem Mondkalb in Schwierigkeiten an. Es endete mit einem gellenden Schrei und alles war wieder ruhig.

Sogleich wandte sich der Selenit um, huschte in den Schatten, stand einen Augenblick an der Tür und blickte zurück und schloß diese dann hinter sich. Und abermals waren wir in diesem murmelnden Mysterium der Dunkelheit, in dem wir erwacht waren.

KAPITEL 13

Mr. Cavor macht einige Vorschläge

Eine Weile sprach keiner von uns. Alle Dinge zusammen zu bündeln, die uns ereilt hatten, schien meine geistigen Kräfte zu übersteigen.

»Sie haben uns«, sagte ich schließlich.

»Es war dieser Pilz.«

»Nun – wenn ich ihn nicht gegessen hätte, wären wir ohnmächtig geworden und verhungert.«

»Wir hätten vielleicht die Kapsel gefunden.«

Bei seiner Beharrlichkeit verlor ich die Geduld und fluchte vor mich hin. Eine Zeitlang hassten wir uns schweigend. Ich trommelte mit meinen Fingern auf den Boden zwischen meinen Knien und rieb meine Fesselglieder knirschend gegeneinander. Bald war ich gezwungen wieder zu reden.

»Wie immer es auch sei, was haben Sie davon?«, fragte ich bescheiden.

»Sie sind verständige Wesen – sie können Dinge erschaffen und machen.

Diese Lichter, die wir sahen …«

Er unterbrach sich. Es war klar, dass er daraus nicht schlau werden konnte.

Als er erneut sprach, gab er zu: »Im Grunde genommen sind sie menschlicher als wir es hätten erwarten dürfen. Ich glaube – «

Er machte eine nervtötende Pause.

»Ja?«

»Ich jedenfalls glaube – auf jedem Planeten, auf dem es ein intelligentes Tier gibt – es wird seine Hirnschale nach oben gewandt tragen, Hände besitzen und aufrecht gehen.«

Sogleich schwenkte er in eine andere Richtung.

»Wir sind irgendwie im Inneren«, sagte er. »Ich meine – vielleicht ein paar tausend Fuß oder mehr.«

»Warum?«

»Es ist kühler. Und unsere Stimmen sind so viel lauter. Dieser schwindende Charakter – er ist vollkommen weg. Und das Gefühl in Ohren und Hals.«

Mir war es bisher nicht aufgefallen, aber jetzt schon.

»Die Luft ist dichter. Wir müssen in einiger Tiefe sein – vielleicht sogar eine Meile – im Mondinneren.«

»Wir dachten niemals an eine Welt im Mondinneren.«

»Nein.«

»Wie konnten wir auch?«

»Wir hätten daran denken können. Nur nimmt man verstandesmäßige Gewohnheiten an.«

Er dachte eine Weile nach.

»Jetzt«, sagte er, »scheint es so offensichtlich zu sein.«

»Natürlich! Der Mond muss außerordentlich höhlenreich sein, mit einer inneren Atmosphäre und einem Meer im Zentrum seiner Höhlen.«

»Man wusste, dass der Mond eine geringere spezifische Anziehungskraft als die Erde besaß, man wusste, dass er an der Oberfläche wenig Luft und Wasser besaß, man wusste auch, dass er ein Schwesterplanet der Erde war und dass seine andere Zusammensetzung unerklärlich war. Die Schlussfolgerung, er sei hohl, war so klar wie der Tag. Und doch hatte man es niemals als Realität betrachtet. Kepler, natürlich – «

Seine Stimme verriet jetzt das Interesse eines Mannes, der eine hübsche Schlussfolgerung entdeckt hat.

»Ja«, sagte er, »Kepler mit seinen Subvolvani hatte also doch recht.«

»Ich wünschte, Sie hätten sich die Mühe gemacht, das vor unserer Ankunft herauszufinden«, sagte ich.

Er antwortete nicht, sondern summte leise vor sich hin, als er seinen Gedanken nachhing. Ich verlor die Geduld.

»Was denken Sie wohl ist aus der Kapsel geworden?«, fragte ich.

»Verloren«, sagte er, wie jemand, der eine uninteressante Frage beantwortet.

»Inmitten dieser Pflanzen?«

»Außer sie finden sie.«

»Und dann?«

»Wie kann ich es wissen?«

»Cavor«, meinte ich mit einer Art hysterischer Verbitterung, »die Dinge sehen nicht gut aus für mein Unternehmen …«

Er gab keine Antwort.

»Guter Gott!«, rief ich. »Denken Sie doch bloß an all' die Schwierigkeiten, die wir auf uns nahmen, um in diese Klemme zu geraten? Weswegen sind wir hierhergekommen? Was suchen wir? Was bedeutete uns der Mond oder wir ihm? Wir wollten zu viel, wir versuchten zu viel. Wir hätten mit kleinen Dingen anfangen sollen. Sie haben den Mond vorgeschlagen! Diese gefederten Cavoritblenden! Ich bin mir sicher, wir hätten sie für irdische Zwecke verwenden können. Gewiss! Haben Sie meinen Vorschlag wirklich verstanden? Ein Stahlzylinder – «

»Unsinn!«, sagte Cavor.

Wir hörten auf uns zu unterhalten.

Eine Weile führte Cavor einen abgehakten Monolog fast ohne mein Zutun.

»Wenn sie sie finden«, fing er an, »wenn sie sie finden … was werden sie mit ihr machen? Nun, das ist eine Frage. Vielleicht ist es *die* Frage. Jedenfalls werden sie sie nicht verstehen. Wenn sie solcherlei Dinge verstünden, wären sie schon längst zur Erde gekommen. Wären sie? Warum sollten sie nicht? Aber sie hätten etwas geschickt – sie hätten solch eine Möglichkeit nicht ungenutzt gelassen. Nein! Aber sie werden sie untersuchen. Offensichtlich sind sie intelligent und neugierig. Sie werden sie untersuchen – ins Innere gelangen – nachlässig mit den Hebeln umgehen. Weg! … Das würde bedeuten, wir würden den Rest unseres Lebens auf dem Mond verbringen. Seltsame Wesen, seltsames Wissen …«

»Was das seltsame Wissen angeht – «, sagte ich und mir versagte die Stimme.

»Sehen Sie, Bedford«, sagte Cavor, »Sie sind freiwillig auf diese Expedition gegangen.«

»Sie sagten zu mir ›Nennen wir sie eine Suche nach Bodenschätzen.‹«

»Es gibt immer Risiken bei der Suche nach Bodenschätzen.«

»Besonders wenn man sie unbewaffnet macht und ohne jede Möglichkeit zu überdenken.«

»Ich war von der Kapsel so in Anspruch genommen. Die Sache stürzte auf uns zu und trug uns fort.«

»Stürzte auf *mich*, meinen Sie.«

»Stürzte ebenso auf mich. Wie hätte ich wissen sollen, als ich anfing an der Molekularphysik zu arbeiten, dass mich die Angelegenheit hierher bringen würde – von allen Orten hierher?«

»Es ist diese verfluchte Wissenschaft«, schrie ich. »Sie ist der wahre Teufel. Die mittelalterlichen Priester und Verfolger hatten Recht und die modernen Menschen liegen völlig falsch. Sie machen sich an ihr zu schaffen – und sie bietet Ihnen Gaben. Und direkt wenn Sie diese annehmen, schlägt sie Sie auf unerwartete Art und Weise in Stücke. Alte Leidenschaften und neue Waffen – nun stürzt sie Ihre Religion, nun zerschlägt sie Ihre Gesellschaftsbegriffe, jetzt wirbelt sie Sie hinweg in Trostlosigkeit und Elend!«

»Dennoch bringt es nichts jetzt mit mir zu streiten. Diese Wesen – diese Seleniten, oder wie immer wir sie nennen wollen – haben uns an Händen und Füßen gefesselt. In welcher Stimmung es Ihnen beliebt, die Sache durchzuziehen, Sie werden sie durchziehen müssen ... Vor uns liegen Erfahrungen, die all unsere Seelenruhe erfordern.«

Er hielt inne, als ob er meine Zustimmung benötigte. Aber ich saß schmollend da. »Verflucht sei Ihre Wissenschaft!«, sagte ich.

»Das Problem ist die Kommunikation. Gesten, fürchte ich, werden anders sein. Auf etwas deuten, zum Beispiel. Keine Wesen außer Menschen und Affen deuten auf etwas.«

Das war mir zu offenkundig falsch. »Ziemlich jedes Tier«, rief ich, »deutet mit seinen Augen oder seiner Nase.«

Cavor dachte darüber nach. »Ja«, sagte er schließlich, »und wir tun es nicht. Es gibt solche Unterschiede – solche Unterschiede!«

»Man könnte ... Aber wie kann ich das formulieren? Es gibt die Sprache. Die Töne, die sie machen, eine Art Flöten und Pfeifen. Ich sehe nicht, wie wir das nachmachen sollen. Ist das ihre Sprache? Sie könnten andere

Sinne haben, andere Kommunikationsmittel. Natürlich besitzen sie einen Verstand und wir besitzen einen Verstand, es muss etwas Gemeinsames geben. Wer weiß wie weit wir nicht zu einer Verständigung kommen können?«

»Die Wesen stehen abseits von uns«, sagte ich. »Sie sind verschiedener als wir, als die seltsamsten Tiere auf der Erde. Sie sind aus anderem Lehm geformt. Was bringt es uns, so darüber zu reden?«

Cavor überlegte. »Ich sehe das nicht so. Wo es einen Verstand gibt, wird es irgendeine Ähnlichkeit geben – auch wenn sie sich auf verschiedenen Planeten entwickelt haben. Natürlich, wenn es eine Frage der Instinkte wäre, wenn wir oder sie nicht mehr als Tiere wären – «

»Nun, sind sie das nicht? Sie gleichen viel mehr Ameisen auf ihren Hinterbeinen, als menschlichen Wesen, wer hat sich jemals auf irgendeine Art mit Ameisen verständigt?«

»Aber diese Maschinen und die Kleidung! Nein, ich bin nicht Ihrer Meinung, Bedford. Der Unterschied ist groß – «

»Er ist unüberbrückbar.«

»Die Ähnlichkeit muss ihn überbrücken. Ich erinnere mich einmal einen Aufsatz des verstorbenen Professor Galton über die Möglichkeit der Kommunikation zwischen Planeten gelesen zu haben. Leider scheint er mir zu dieser Zeit keinen möglichen Nutzen versprochen zu haben und ich fürchte, ich habe ihm nicht die Aufmerksamkeit geschenkt, die ich ihm hätte schenken sollen – in Anbetracht des Sachverhalts. Doch … Jetzt lassen Sie mich sehen!«

»Sein Gedanke war es, mit jenen allgemeinen Wahrheiten anzufangen, die allen vorstellbaren geistigen Existenzen zugrundeliegen müssen und daraus eine

Grundlage zu bilden. Zunächst einmal die großen Grundsätze der Geometrie. Er schlug vor irgendeinen führenden Leitsatz Euklids zu nehmen, und durch Konstruktion zu zeigen, dass seine Wahrheit uns bekannt war, beispielsweise um darzulegen, dass die Winkel an der Basis eines gleichschenkligen Dreiecks gleich sind und dass auch die Winkel auf der anderen Seite der Basis gleich sind, wenn die Seiten gleich sind, oder dass der Winkel auf der Hypotenuse eines rechtwinkligen Dreiecks gleich der Summe der Winkel der anderen beiden Seiten ist. Durch den Beweis unserer Kenntnis dieser Dinge, würden wir darlegen, dass wir im Besitz einer vernünftigen Verstandeskraft sind … Angenommen ich würde nun … die geometrische Figur mit einem nassen Finger zeichnen oder sogar nur in der Luft andeuten –«

Er verstummte. Ich saß da und dachte über seine Worte nach. Eine Weile fesselte mich seine wilde Hoffnung auf Kommunikation, auf Übersetzung mit diesen sonderbaren Wesen. Dann übernahm erneut jene wütende Verzweiflung, die ein Teil meiner Erschöpfung und meines körperlichen Elends war, die Herrschaft. Mit einer plötzlichen neuen Klarheit erkannte ich plötzlich die außerordentliche Dummheit von allem was ich je getan hatte. »Esel«, sagte ich, »oh, Esel, unbeschreiblicher Esel … Ich scheine nur zu existieren, um herumzulaufen und widersinnige Dinge zu tun. Warum haben wir das Ding jemals verlassen? … Hüpfen auf der Suche nach Patenten und Konzessionen in den Mondkratern umher! … Wenn wir nur so schlau gewesen wären, ein Taschentuch an einem Stock zu befestigen, um zu zeigen, wo wir die Kapsel gelassen haben!«

Mein Zorn verrauchte.

»Es ist klar«, überlegte Cavor, »sie sind intelligent. Man kann bestimmte Dinge hypothetisch annehmen. Da sie uns nicht sofort getötet haben, müssen sie eine Vorstellung von Erbarmen haben. Erbarmen, wenigstens Zurückhaltung. Womöglich vom Umgang miteinander. Sie könnten uns kennenlernen. Und dieser Raum und den flüchtigen Eindruck, den wir von seinem Wächter hatten. Diese Fesseln! Ein hoher Grad an Intelligenz …«

»Beim Himmel wünschte ich mir«, rief ich, »ich hätte wenigstens zweimal überlegt! Ein Hechtsprung nach dem anderen. Erst ein zufallsartiger Beginn und dann ein weiterer. Es war mein Vertrauen in Sie! Warum habe ich mich nicht an mein Theaterstück gehalten? Diesem war ich ebenbürtig. Das war meine Welt und das Leben für das ich gemacht war. Ich hätte das Theaterstück fertigstellen können. Ich bin mir sicher … es war ein gutes Stück. Ich hatte das Drehbuch so gut wie fertig. Dann … Man stelle es sich vor, springe ich zum Mond! Praktisch gesehen – habe ich mein Leben weggeworfen! Diese alte Frau in dem Gasthaus nahe Canterbury hatte mehr Verstand.«

Ich sah auf und hielt mitten im Satz inne. Die Dunkelheit war erneut jenem bläulichen Licht gewichen. Die Tür öffnete sich und mehrere geräuschlose Seleniten kamen in den Raum. Ich wurde ganz still und starrte ihre fratzenartigen Gesichter an.

Dann verwandelte sich mein Gefühl unliebsamer Fremdartigkeit plötzlich in Interesse. Ich bemerkte, dass der vorderste und der zweite Schüsseln trugen. Wenigstens ein Grundbedürfnis konnte unser Verstand gemeinsam erkennen. Es waren Schüsseln aus einem Metall, das wie unsere Fesseln im bläulichen Licht dunkel aussah, und jede von ihnen enthielt eine Anzahl weißlicher Brocken. Der ganze düstere Schmerz und das Elend, das mich bedrückte, stürzten zusammen und nahmen die Gestalt des Hungers an. Ich beäugte diese Schüsseln wie ein Wolf, und obwohl sie mir in Träumen erschienen, erschien es mir zu diesem Zeitpunkt eine belanglose Kleinigkeit zu sein, dass am Ende der Arme, die einer zu mir herabsenkte, keine Hände saßen, sondern eine Art Lappen und ein Daumen, wie am Ende eines Elefantenrüssels. Das Zeug in der Schüssel war von lockerer Beschaffenheit und weißlich brauner Farbe – eigentlich wie Klumpen eines kalten Auflaufs und es roch schwach nach Pilzen. Ich bin geneigt zu glauben, dass es sich um Mondkalbfleisch handelte, da wir bald darauf einen teilweise in Stücke geschnittenen Kadaver eines Mondkalbs sahen.

Meine Hände waren so fest angekettet, dass es mir kaum gelang die Schüssel zu erreichen. Doch als sie meine Bemühungen sahen, lösten zwei von ihnen geschickt eine der Windungen um mein Handgelenk. Ihre Tentakelarme waren weich und kühl auf meiner Haut. Ich nahm sofort einen Bissen der Nahrung zu mir. Sie besaß die gleiche lose Struktur, die alle organischen Gewebe auf dem Mond zu besitzen schienen und schmeckte in etwa wie eine Waffel oder ein feuchtes Baiser, aber keineswegs unangenehm. Ich nahm zwei weitere Bissen. »Ich brauchte – Essen!«, sagte ich, während ich ein noch größeres Stück abriss …

Eine Weile aßen wir völlig hemmungslos. Wir aßen und tranken auch bald wie Landstreicher in einer Suppenküche. Nie zuvor noch danach war ich seitdem so heißhungrig gewesen, und hätte ich diese äußerste Erfahrung nie gemacht, ich hätte niemals geglaubt, dass ich eine Viertelmillion Meilen außerhalb unserer echten Welt, in äußerster Seelenpein, umgeben, beobachtet und berührt von Wesen, die absurder und unmenschlicher als die schlimmsten Alptraumschöpfungen waren, in der

Lage gewesen wäre, zu essen und all diese Dinge außer Acht zu lassen. Sie standen um uns herum, beobachteten uns und hin und wieder gaben sie ein dünnes, schwer definierbares Zwitschern von sich, das, so nehme ich an, ihre Sprache darstellte. Ich schauderte nicht einmal bei ihrer Berührung. Und als sich der erste Eifer beim Essen gelegt hatte, konnte ich feststellen, dass auch Cavor mit derselben schamlosen Selbstvergessenheit gegessen hatte.

KAPITEL 14

Experimente in der Kommunikation

Als wir schließlich fertiggegessen hatten, fesselten die Seleniten unsere Hände wieder fest zusammen, lösten dann die Ketten um unsere Füße und banden sie neu, so dass wir eine eingeschränkte Bewegungsfreiheit bekamen. Dann lösten sie die Ketten, die um unsere Körper liefen. Um all dies zu tun, mussten sie uns ungezwungen berühren und hin und wieder kam einer ihrer seltsamen Köpfe nah an mein Gesicht, oder eine weiche Tentakelhand berührte meinen Kopf oder Hals. Ich erinnere mich nicht, dass ich mich fürchtete oder durch ihre Nähe abgestoßen wurde. Ich denke, unser unheilbarer Anthropomorphismus gab uns die Vorstellung, innerhalb ihrer Masken würden sich menschliche Köpfe befinden. Die Haut sah, wie alles andere, bläulich aus, aber das war dem Licht geschuldet, und sie war hart und glänzend, ganz wie ein Käferflügel, nicht weich oder feucht, noch behaart, wie sie es bei einem Wirbeltier wäre. Entlang des Scheitels verlief ein niedriger Kamm weißlicher Stacheln von hinten nach vorne und ein deutlich größerer Kamm bog sich auf jeder Seite über den Augen. Der Selenit, der mich losband, benutzte seine Hände unter Zuhilfenahme des Mundes.

»Sie scheinen uns loszumachen«, sagte Cavor. »Denken Sie daran, wir sind auf dem Mond! Machen Sie keine plötzlichen Bewegungen!«

»Werden Sie es mit dieser Geometrie versuchen?«

»Wenn ich eine Gelegenheit bekomme. Aber, natürlich können sie eine erste Annäherung unternehmen.«

Wir leisteten keinen Widerstand und als die Seleniten ihre Vorkehrungen beendet hatten, traten sie von uns zurück und schienen uns anzusehen. Ich sage ›schienen‹, da ihre Augen an der Seite und nicht vorne lagen, man hatte die gleiche Schwierigkeit zu bestimmen, in welche Richtung sie blickten, die man im Fall eines Huhns oder Fisches hat. Sie unterhielten sich miteinander in ihren durchdringenden Tönen, deren Imitation oder Bestimmung mir unmöglich zu sein schien. Die Tür hinter uns ging weiter auf, und als ich über meine Schulter blickte, sah ich dahinter einen unbestimmt großen Raum, in dem eine ziemlich kleine Menge aus Seleniten stand. Sie schienen ein merkwürdig gemischter Haufen zu sein.

»Wollen sie, dass wir diese Geräusche nachmachen?«, fragte ich Cavor.

»Ich denke nicht«, sagte er.

»Auf mich wirkt es, als ob sie versuchen uns etwas verständlich zu machen.«

»Ich werde aus ihren Gesten nicht schlau. Haben Sie diesen einen bemerkt, der an seinem Kopf herumnestelt, wie ein Mann mit einem unbequemen Kragen?«

»Wackeln wir doch mit den Köpfen in seine Richtung.«

Wir taten das und weil wir es wirkungslos fanden, versuchten wir die Bewegungen der Seleniten nachzumachen. Das schien sie zu interessieren. Auf jeden Fall machten sie alle die gleiche Bewegung. Aber als das zu nichts zu führen schien, ließen wir schließlich davon ab, und auch sie hörten damit auf und verfielen untereinander in eine Diskussion aus Pfeiftönen. Dann kniete sich plötzlich einer von ihnen, der kleiner und sehr viel dicker als die anderen war und einen besonders breiten Mund hatte, neben Cavor, und brachte seine Hände und Füße in dieselbe Haltung, wie Cavors gefesselt waren, und stand dann mit einer geschickten Bewegung auf.

»Cavor«, rief ich, »sie wollen, dass wir aufstehen!«

Er starrte mich mit offenem Mund an. »Das ist es!«, sagte er.

Und unter großem Schwanken und Grunzen, da unsere Hände zusammengebunden waren, bewerkstelligten wir es, uns auf die Füße zu kämpfen. Die Seleniten machten Platz für unsere elefantenartigen Bewegungen und schienen noch wortreicher zu zwitschern. Sobald wir auf den Beinen waren, kam der untersetzte Selenit, tätschelte jedem von uns das Gesicht mit seinen Tentakeln und bewegte sich auf die offene Tür zu. Auch das war eindeutig genug und wir folgten ihm. Wir sahen, dass vier Seleniten in der Türöffnung standen, die viel größer als die anderen waren und genauso bekleidet waren wie die, die wir im Krater gesehen hatten, nämlich mit stacheligen, runden Helmen und zylinderförmigen Körpergehäusen, und jeder der vier trug einen Treibstachel mit Spitzen und einer Parierstange, die aus demselben matt aussehenden Metall wie die Schüsseln bestanden. Diese vier umringten uns, einer auf jeder Seite von uns, als wir aus unserer Kammer in die Höhle traten, aus der das Licht gekommen war.

Unseren Eindruck von dieser Höhle bekamen wir nicht auf einmal. Unsere Aufmerksamkeit wurde von den Bewegungen und Haltungen der Seleniten gefesselt, die uns unmittelbar umringten, und der Notwendigkeit unsere Bewegungen zu kontrollieren, damit wir sie nicht durch irgendeinen übermäßigen Schritt erschreckten und ängstigten. Vor uns ging das kleine, untersetzte Wesen, das die Aufgabe gelöst hatte, uns zum Aufstehen zu bewegen, während er gestikulierte ihm zu folgen, wobei fast alle seiner Gesten für uns verständlich waren. Sein schnabelartiges Gesicht wandte sich mit einer Flinkheit von einem zum anderen, was offenbar fragend war. Eine Weile waren wir, wie ich sagte, von diesen Dingen in Anspruch genommen worden.

Aber schließlich machte sich der riesige Platz, der den Hintergrund unserer Bewegungen gebildet hatte, geltend. Es wurde deutlich, dass die Quelle wenigstens eines Großteils des Geräuschdurcheinanders, das unsere Ohren füllte, seit wir uns von der Betäubung durch den Pilz erholt hatten, einer gewaltigen Maschinerie in Bewegung geschuldet war, deren umherfliegende und wirbelnde Teile undeutlich über den Köpfen und zwischen den Körpern der Seleniten zu sehen waren, die sich um uns bewegten. Und nicht nur das Gespinst aus Geräuschen, das die Luft erfüllte, kam von diesem Mechanismus, sondern auch das seltsame blaue Licht, das den gesamten Raum erhellte. Wir hatten es als natürlich angesehen, dass eine unterirdische Höhle künstlich beleuchtet war, und sogar jetzt, obwohl es offensichtlich für mich war, erfasste ich deren Bedeutung nicht wirklich, bis bald die Dunkelheit eintrat. Die Bedeutung und den Aufbau dieser riesigen Maschine, die wir sahen, kann ich nicht erklären, da keiner von uns in Erfahrung brachte, welchen Zweck er hatte oder wie er funktionierte. Nacheinander schleuderten große Metallachsen aus der Mitte heraus und empor, wobei ihre Spitzen einen parabelförmigen Weg beschrieben, wie mir schien. Jede Achse warf eine Art baumelnden Arm aus, wenn sie zum Scheitelpunkt aufstieg und dann in einen vertikalen Zylinder eintauchte, während dieser davor nach unten gedrückt wurde. Darin bewegten sich die Umrisse von zarten, kleinen Gestalten, die sich undeutlich von den Wesen um uns herum zu unterscheiden schienen. Als jeder der drei baumelnden Maschinenarme eingetaucht war, gab es ein Klirren, gefolgt von einem Getöse, und oben aus dem vertikalen Zylinder ergoss sich die glühende Substanz, die den Ort erhellte und lief über, wie kochende Milch aus einem Topf überläuft, und tropfte leuchtend in einen Behälter aus Licht darunter. Es war ein kaltes, blaues Licht, eine Art phosphoreszierendes Glühen, aber unendlich heller, und von den Behältern, in die es tropfte, lief es in Rohren kreuz und quer durch die Höhle.

Bumm, bumm, bumm, bumm machten die ausladenden Arme dieses unverständlichen Apparats und die leuchtende Substanz zischte und ergoss sich. Anfangs schien das Ding nur ziemlich groß und in unserer Nähe zu sein, und dann sah ich wie außerordentlich klein die Seleniten darauf schienen, und ich erkannte die völlige Unermesslichkeit der Höhle und der Maschine. Nach dieser gewaltigen Konstruktion blickte ich mit neuem Respekt in die Gesichter der Seleniten. Ich blieb stehen und Cavor ebenfalls und starrte diese donnernde Maschine an.

»Aber das ist gewaltig!«, sagte ich. »Wofür kann das sein?«

Cavors blau erleuchtetes Gesicht zeigte verständigen Respekt. »Ich kann nicht träumen! Gewiss diese Dinge – Menschen könnten kein solches Ding erschaffen! Sehen Sie diese Arme an, sitzen sie auf Pleuelstangen?«

Der untersetzte Selenit war unbeachtet ein paar Schritte weitergegangen. Er kam zurück und stellte sich zwischen uns und die riesige Maschine. Ich vermied es ihn anzusehen, weil ich irgendwie vermutete, dass er uns ein Zeichen geben wollte, weiterzugehen. Er ging in die Richtung, in die er uns haben wollte, drehte sich um und ging zurück und schnipste vor unseren Gesichtern, um unsere Aufmerksamkeit zu wecken.

Cavor und ich sahen uns an.

»Können wir ihm nicht verdeutlichen, dass wir an der Maschine interessiert sind?«, fragte ich.

»Ja«, sagte Cavor. »Nun, wir werden es versuchen.« Er drehte sich zu unserem Führer um, lächelte und deutete auf die Maschine, deutete ein weiteres Mal, zeigte dann auf seinen Kopf und wieder auf die Maschine. Aufgrund einer mangelhaften Schlussfolgerung schien er sich einzubilden, dass gebrochenes Englisch diese Gesten unterstützen könne. »Ich es sehen«, sagte er, »ich nachdenken darüber sehr viel. Ja.«

Sein Verhalten schien die Seleniten kurz in ihrem Bestreben, uns voranzutreiben, aufzuhalten. Sie sahen sich gegenseitig an, ihre merkwürdigen Köpfe bewegten sich und ihre Stimmen zwitscherten schnell und flüssig. Dann schlang einer von ihnen, eine schlanke und große Gestalt, die zusätzlich zu den Wickelgamaschen, die die anderen trugen, noch einen Mantel anhatte, seinen elefantenrüsselartigen Arm um Cavors Taille und zog ihn sanft, um unserem Führer zu folgen, der wieder vorausging. Cavor widersetzte sich. »Wir können genauso gut jetzt beginnen uns verständlich zu machen. Sie könnten denken, dass wir neue Tiere sind, vielleicht eine neue Sorte Mondkälber! Es ist äußerst wichtig, dass wir von Anfang an ein intelligentes Interesse zeigen.«

Er begann heftig seinen Kopf zu schütteln. »Nein, nein«, sagte er, »ich nicht weitergehen für eine Minute. Ich es ansehen.«

»Gibt es nicht irgendein geometrisches Argument, das Sie in Bezug auf diese Angelegenheit anbringen könnten?«, schlug ich vor, als sich die Seleniten erneut beratschlagten.

»Vielleicht eine parabolische – «, fing er an.

Er schrie laut auf und sprang sechs Fuß weit oder mehr!

Einer der vier bewaffneten Mondmenschen hatte ihn mit seinem Stachelstock gepiekt!

Mit einer raschen Drohgebärde drehte ich mich zu dem Stachelstockträger hinter mir um, und er schreckte zurück. Dies und Cavors plötzlicher Schrei und sein Sprung verblüfften alle Seleniten. Sie wichen hastig zurück, wobei sie uns zugewandt waren. In einem dieser Augenblicke, die ewig zu dauern schienen, standen wir in verärgerter Protesthaltung, umgeben von einem aufgelockerten Halbkreis dieser unmenschlichen Wesen.

»Er hat mich gepiekt!«, sagte Cavor mit stockender Stimme.

»Ich habe ihn gesehen«, antwortete ich.

»Zum Teufel!«, sagte ich zu den Seleniten. »Das lassen wir uns nicht gefallen! Für was in aller Welt halten sie uns?«

Ich blickte rasch nach rechts und links. Weit entfernt auf der anderen Seite der blauen Höhlenwildnis sah ich eine Anzahl weiterer Seleniten auf uns zulaufen. Sie waren breit und schlank und einer von ihnen hatte einen größeren Kopf als der Rest. Die Höhle erstreckte sich weitläufig und tief und versank in jeder Richtung in Dunkelheit. Ihre Decke, so erinnere ich mich, schien sich nach unten zu wölben, als ob das Gewicht der ungeheuren Felsendicke, die uns gefangen hielt, sie nach unten drückte. Es gab keinen Ausweg – keinen Weg hinaus. Oben, unten, in jeder Richtung lauerte das Unbekannte, und diese unmenschlichen Gestalten mit Stachelstöcken und Gesten standen uns gegenüber, uns zwei Menschen ohne jegliche Unterstützung!

KAPITEL 15

Die Schwindelerregende Brücke

Jene feindselige Pause dauerte nur einen Augenblick. Ich nehme an, dass beide, wir und die Seleniten, sehr rasch überlegten. Mein deutlichster Eindruck war, dass es nichts gab, gegen das ich mich mit dem Rücken stellen konnte, und dass wir dazu ausersehen waren, umzingelt und getötet zu werden. Die überwältigende Torheit unserer Anwesenheit türmte sich als schwarzer, ungeheurer Vorwurf vor mir auf. Warum hatte ich mich je auf diese verrückte, unmenschliche Expedition eingelassen?

Cavor trat an meine Seite und legte seine Hand auf meinen Arm. Sein blasses und entsetztes Gesicht war totenbleich in dem blauen Licht.

»Wir können nichts machen«, sagte er. »Es ist ein Versehen. Sie verstehen uns nicht. Wir müssen gehen. Weil sie wollen, dass wir mitgehen.«

Ich sah auf ihn herab und dann auf die neuen Seleniten, die ihren Kameraden zu Hilfe gekommen waren. »Wenn ich meine Hände frei hätte – «

»Es hat keinen Sinn«, keuchte er.

»Nein.«

»Wir werden mitgehen.«

Und er drehte sich um und folgte dem Weg in die Richtung, die uns angezeigt worden war.

Ich folgte nach, versuchte dabei so unterwürfig wie möglich auszusehen, und tastete nach den Ketten um meine Handgelenke. Mein Blut kochte. Ich beachtete nichts mehr von dieser Höhle, obwohl es scheinbar eine lange Zeit dauerte, bis wir sie durchquert hatten, oder wenn ich doch etwas wahrnahm, dann vergaß ich es, noch während ich es sah. Ich glaube meine Gedanken waren auf meine Ketten und die Seleniten fokussiert, und vor allem auf die mit den Helmen und den Treibstöcken. Anfangs liefen sie in respektvollem Abstand neben uns, doch bald wurden sie von drei weiteren überholt, und kamen immer näher, bis sie wieder weniger als eine Armlänge entfernt waren. Als sie sich uns näherten, zuckte ich zusammen, wie ein geschlagenes Pferd. Der kleinere, dickere Selenit flankierte uns zuerst zu unserer Rechten, trat aber bald darauf wieder vor uns.

Wie gut sich das Bild dieser Gruppierung in mein Gehirn gebrannt hat: Cavors gesenkter Hinterkopf und seine entmutigt herabhängenden Schultern direkt vor mir, das gaffende Gesicht unseres Führers, das fortwährend zu ihm herumzuckte, und die Träger der Treibstöcke auf jeder Seite, wachsam, aber mit offenstehendem Mund – ein blaues Monochrom. Und schließlich erinnere ich mich doch an eine Sache neben der rein persönlichen Angelegenheit, und zwar, dass bald eine Art Abflussrinne quer über den Höhlenboden verlief und dann entlang des Felsenpfades, dem wir folgten, führte. Und sie war angefüllt mit dem gleichen hellblau leuchtenden Stoff, der aus der großen Maschine floss. Ich trat dicht heran und kann bezeugen, dass er kein Bisschen Wärme ausstrahlte. Er leuchtete hell, und doch war er weder wärmer noch kälter, als irgendetwas anderes in der Höhle.

Schepper, schepper, schepper, wir gingen direkt unter den rumpelnden Hebelarmen einer weiteren Maschine hindurch und kamen so schließlich zu einem breiten Tunnel, in dem wir so das Tappen unserer nackten Füße hören konnten, und der, abgesehen von dem blauen Rinnsal zu unserer Rechten, gänzlich unbeleuchtet war. Die Schatten erschufen riesige Zerrbilder aus unseren Gestalten und denen der Seleniten an der unregelmäßigen Tunnelwand und der Decke. Hin und wieder funkelten Kristalle in den Tunnelwänden wie Edelsteine, und ab und zu erweiterte sich der Tunnel zu einer Tropfsteinhöhle oder bekam Abzweigungen, die in der Dunkelheit verschwanden.

Wir schienen diesen Tunnel eine lange Zeit hinabzugehen. »Tropf, tropf«, machte das dahinfließende Licht sehr leise und unsere Schritte und deren Echo ergaben ein unregelmäßiges Tappen. Mein Verstand widmete sich der Frage zu meinen Ketten. Wenn ich eine der Windungen *so* abstreifte und dann *so* drehte …

Wenn ich es sehr langsam versuchen würde, würden sie bemerken, dass ich mein Handgelenk aus der loseren Schlaufe zöge? Wenn sie es täten, was würden sie unternehmen?

»Bedford«, sagte Cavor, »es geht abwärts. Es geht immer weiter abwärts.«

Seine Bemerkung riss mich aus meiner düsteren Beschäftigung.

»Wenn sie uns töten wollten«, sagte er, während er seinen Schritt verlangsamte, um auf eine Höhe mit mir zu kommen, »dann gibt es keinen Grund, warum sie es nicht längst getan haben sollten.«

»Nein«, gab ich zu, »das ist wahr.«

»Sie verstehen uns nicht«, meinte er, »sie denken, wir sind bloß seltsame Tiere, irgendeine wilde Art Mondkälber vielleicht. Erst wenn sie uns besser beobachtet haben, werden sie anfangen zu glauben, dass wir einen Verstand besitzen – «

»Wenn Sie diese geometrische Aufgabenstellung aufzeichnen«, sagte ich.

»Es mag sein.«

Wir marschierten eine Weile weiter.

»Sehen Sie«, sagte Cavor, »diese könnten Seleniten von niederem Stand sein.«

»Diese verdammten Dummköpfe!«, sagte ich böse, wobei ich flüchtig in ihre verärgerten Gesichter blickte.

»Wenn wir erdulden, was sie uns antun – «

»Wir müssen es erdulden«, entgegnete ich.

»Vielleicht gibt es andere weniger einfältige. Dies ist nur der äußere Rand ihrer Welt. Es muss stetig abwärts gehen, Höhle, Gang, Tunnel, hinab schließlich zum Meer – hunderte Meilen unter uns.«

Seine Worte lenkten meine Gedanken auf die Meile oder mehr aus Fels und Tunneln, die sich bereits über unseren Köpfen befinden mochte. Es war, als ob sich ein Gewicht auf meine Schultern gesenkt hätte. »Fort von der Sonne und der Luft«, sagte ich. »Sogar eine Mine von einer halben Meile Tiefe ist stickig.«

»Diese ist es jedenfalls nicht. Möglicherweise ist es – eine Belüftung! Die Luft würde von der dunklen Mondseite zur sonnenbeschienen Seite wehen und die ganze Kohlensäure würde dort hinausquellen und diese Pflanzen ernähren. Zum Beispiel weht ein leichter Wind diesen Tunnel hinauf. Und was das für eine Welt sein muss. Den Anfang haben wir in diesem Schacht gesehen, und diese Maschinen – «

»Und der Stachelstock«, sagte ich. »Vergessen Sie nicht den Stachelstock!«

Er ging eine Weile ein wenig vor mir her.

»Sogar dieser Stachelstock – «, meinte er.

»Nun?«

»Ich war zu dieser Zeit verärgert. Aber – vielleicht war es notwendig, dass wir weitergingen. Sie haben eine andere Haut und möglicherweise andere Nerven. Sie verstehen vielleicht unsere Abneigung nicht – genau wie ein Wesen vom Mars unsere irdische Gewohnheit jemandem einen leichten Stoß in die Rippen zu geben nicht mag.«

»Sie sollten besser aufpassen, wie sie mir einen Rippenstoß versetzen.«

»Und wegen dieser Geometrie. Immerhin gehen sie auch einen Weg der Verständigung. Sie beginnen mit dem Bestandteil des Lebens und nicht des Denkens. Nahrung. Zwang. Schmerz. Sie schaffen Grundbegriffe.«

»Darin besteht kein Zweifel«, sagte ich.

Er fuhr fort über die riesige und wunderbare Welt zu sprechen, in die wir gebracht wurden. Ich erkannte langsam an seinem Tonfall, dass er sogar jetzt noch völlig verzweifelte, angesichts der Aussicht, tiefer in diese unmenschliche planetare Höhle vorzudringen. Sein Verstand kreiste um Maschinen und Erfindungen, und schloss tausend dunkle Sachen, die mich bedrängten, aus. Er beabsichtigte nicht irgendeinen Nutzen aus diesen Dingen zu ziehen, er wollte sie einfach wissen.

»Im Grunde genommen«, sagte er, »ist dies eine fantastische Gelegenheit. Es ist die Begegnung zweier Welten! Was werden wir zu sehen bekommen? Denken Sie daran, was hier unter uns ist.«

»Wir werden nicht viel sehen, wenn das Licht nicht besser ist«, bemerkte ich.

»Das ist nur die äußere Kruste. Unter uns – so umfangreich – dort wird alles sein. Haben Sie bemerkt, wie sie sich voneinander zu unterscheiden scheinen? Die Geschichte, die wir mit zurücknehmen werden!«

»Irgendeine seltene Tierart«, sagte ich, »könnte sich auf diese Art und Weise trösten, während sie sie in den Zoo brachten … Daraus folgt nicht, dass uns all diese Dinge gezeigt werden.«

»Wenn sie herausfinden, dass wir einen verständigen Geist besitzen«, meinte Cavor, »werden sie über die Erde lernen wollen. Auch wenn sie keine großmütigen Gefühle hegen, werden sie lehren, um zu lernen … Und die Dinge, die sie wissen müssen! Die unerwarteten Dinge!«

Er grübelte weiter über die Möglichkeit, dass sie Dinge wussten, von denen er sich auf der Erde nie erträumt hatte sie zu erfahren, und auf diese Weise stellte er Vermutungen an, obwohl er bereits eine unbehandelte Verletzung durch diesen Stachelstock an seiner Haut hatte! Vieles was er sagte, weiß ich nicht mehr, denn meine Aufmerksamkeit war auf den Umstand gerichtet, dass der Tunnel, den wir entlangmarschierten, sich immer weiter öffnete. So wie sich die Luft anfühlte, schienen wir uns in einen riesigen Raum zu bewegen. Aber wie groß der Raum wirklich war, konnten wir nicht sagen, da er im Dunkeln lag. Unser kleiner Lichtstrom verlief als immer dünner werdender Strom und verschwand weit voraus. Bald waren die Felswände zu jeder Seite vollkommen verschwunden. Es war nichts zu sehen, außer dem Pfad vor uns und dem verrinnenden, dahineilenden Bächlein aus blauer Phosphoreszenz. Die Gestalten von Cavor und dem uns führenden Seleniten schritten vor mir, die dem Rinnsal zugewandten Seiten ihrer Beine und Köpfe waren deutlich und leuchtend blau, während ihre dunklen Seiten, die jetzt nicht länger vom Widerschein der Tunnelwand erhellt wurden, unmerklich mit der jenseitigen Dunkelheit verschmolzen.

Und bald bemerkte ich, dass wir uns irgendeinem Abhang näherten, denn der kleine blaue Strom tauchte plötzlich außer Sicht.

Im nächsten Augenblick, wie es schien, hatten wir den Rand erreicht. Der leuchtende Strom machte eine zögernde Windung und stürzte dann hinab. Er fiel so tief, dass es für uns vollkommen unhörbar war, wo er aufkam. Weit unten sahen wir ein bläuliches Glühen, eine Art blauen Nebel – in unendlicher Entfernung unten. Und die Dunkelheit aus der der Strom herausfloss, wurde völlig leer und schwarz, außer dem Ding, das wie eine Bohle über den Klippenrand herausragte, sich erstreckte, verblasste und komplett verschwand. Aus dem Abgrund wehte eine warme Luft empor.

Einen Moment standen Cavor und ich so nahe am Rand, wie wir uns trauten, während wir in eine blaugetönte Tiefe spähten. Und dann zog unser Führer an meinem Arm.

Sodann ließ er mich los und ging zum Ende jener Bohle, trat darauf und blickte zurück. Als er erkannte, dass wir ihn beobachteten, drehte er sich um und ging weiter auf ihr entlang, wobei er sich so sicher bewegte, wie auf fester Erde. Einen Augenblick lang war seine Gestalt deutlich zu sehen, dann wurde sie zu einem blauen verschwommenen Fleck und verschwand dann in der Dunkelheit.

Es gab eine Pause. »Sicherlich! – «, sagte Cavor.

Einer der anderen Seleniten ging ein paar Schritte auf der Bohle hinaus, drehte sich um und sah unbekümmert auf uns zurück. Die übrigen standen bereit, uns nachzufolgen. Die erwartungsvolle Gestalt unseres Führers erschien erneut. Er war zurückgekehrt, um zu sehen, weshalb wir nicht weitergegangen waren.

»Was ist das da auf der anderen Seite?«, fragte ich.

»Ich kann es nicht sehen.«

»Wir können dies um keinen Preis überqueren«, sagte ich.

»Ich könnte darauf keine drei Schritte machen«, meinte Cavor, »sogar wenn meine Hände frei wären.«

Wir blickten uns gegenseitig mit ausdrucksloser Fassungslosigkeit in die ausgezehrten Gesichter.

»Sie können nicht wissen, was es bedeutet, wenn einem schwindlig ist!«, bemerkte Cavor.

»Für uns ist es völlig unmöglich auf dieser Bohle zu laufen.«

»Ich glaube nicht, dass sie wie wir sehen. Ich habe sie beobachtet. Ich frage mich, ob sie wissen, dass dies lediglich Dunkelheit für uns ist. Wie können wir es ihnen begreiflich machen?«

»Wie auch immer, wir müssen es ihnen klar machen.«

Ich denke, wir sprachen diese Dinge in der unbestimmten Hoffnung aus, die Seleniten könnten uns irgendwie verstehen. Ich wusste ziemlich deutlich, dass eine Erklärung alles war, was benötigt wurde. Als ich dann ihre Gesichter sah, erkannte ich, dass eine Erklärung unmöglich war. Gerade hier konnten unsere Ähnlichkeiten nicht die Unterschiede überbrücken. Nun wollte ich auf jeden Fall nicht über diese Bohle gehen. Ich zog mein Handgelenk sehr rasch aus der gelockerten Kettenschlinge und fing dann an meine Handgelenke in entgegengesetzte Richtung zu drehen. Ich stand der Brücke am nächsten und als ich dies tat, packten mich zwei der Seleniten und zogen mich sanft darauf zu.

Ich schüttelte heftig meinen Kopf. »Nicht gehen«, sagte ich, »nichts nützen. Ihr versteht nicht.«

Ein weiterer Selenit drängte mich. Ich war gezwungen nach vorne zu treten.

»Ich habe eine Idee«, meinte Cavor, doch ich kannte seine Einfälle.

»Seht her!«, rief ich den Seleniten zu. »Immer mit der Ruhe. Ist ja alles schön und recht für euch – «

Ich machte auf dem Absatz kehrt und fing an zu fluchen. Denn einer der bewaffneten Seleniten hatte mich hinten mit seinem Stachelstock gestochen.

Ich entwand meine Handgelenke den kleinen Tentakeln, die sie festhielten. Ich drehte mich zu dem Träger des Stachelstocks um. »Fahr zur Hölle!«, rief ich. »Ich habe euch davor gewarnt. Woraus in aller Welt meint ihr, bestehe ich, dass ihr mich damit stecht? Wenn ihr mich wieder berührt – «

Als Antwort stach er mich unverzüglich.

Ich vernahm Cavors erschreckte und flehende Stimme. Ich denke, selbst dann noch wollte er mit diesen Wesen einen Kompromiss schließen. »Hören Sie mal, Bedford«, rief er, »ich weiß einen Weg!« Aber der Stich dieses zweiten Treibstachels schien irgendeine aufgestaute Energie in mir freizusetzen. Augenblicklich brach das Glied der Handgelenksketten und damit brachen alle Erwägungen, die uns widerstandlos in den Händen dieser Mondwesen festgehalten hatten, zusammen. In dieser Sekunde jedenfalls war ich verrückt vor Furcht und Wut. Ich verschwendete keinen Gedanken an die Konsequenzen. Ich schlug dem Ding mit dem Treibstock geradewegs ins Gesicht. Die Kette hatte ich mir um die Faust gewickelt.

Dann geschah eine weitere dieser abscheulichen Überraschungen, von denen die Mondwelt voll ist.

Meine gepanzerte Hand schien sauber durch ihn durchzugehen. Er zerplatzte wie – wie eine weiche Süßigkeit mit flüssigem Kern! Er brach einfach auseinander! Er war zermalmt und spritzte auseinander. Es war als ob man einen feuchten Pilz träfe. Der schwache Körper überschlug sich ein Dutzend Yards und schlug wabbelnd auf dem Boden auf. Ich war erstaunt. Einen Augenblick lang hätte ich die ganze Sache für einen Traum halten können.

Dann wurde es wieder Wirklichkeit und bedrohlich. Weder Cavor noch die anderen Seleniten schienen irgendetwas in dem Zeitraum, als ich mich umdrehte und bis der tote Selenit auf den Boden traf, unternommen zu haben. Jeder trat von uns beiden zurück, alle waren in Alarmbereitschaft versetzt. Diese Zurückhaltung schien wenigstens eine Sekunde anzudauern, nachdem der Selenit zu Boden gegangen war. Alle mussten das Ereignis verarbeiten. Ich meine mich daran zu erinnern, wie ich mit halb zurückgezogenem Arm dastand und auch versuchte, die Sache zu begreifen. »Was nun?«, schrie mein Hirn, »was nun?« Im nächsten Augenblick bewegten sich alle!

Ich erkannte, dass wir unsere Ketten lösen mussten, und dass wir zuvor jene Seleniten zurückschlagen mussten. Ich wandte mich der Gruppe mit den drei Treibstockträgern zu. Sofort warf einer seinen Stock nach mir. Er sauste über meinen Kopf und ich glaube, er flog in den Abgrund dahinter hinab.

Ich sprang gerade mit aller Kraft ab, als der Treibstock über mich hinwegflog. Er wandte sich zur Flucht, als ich lossprang und ich warf ihn zu Boden, landete direkt auf ihm, rutschte auf seinem zerschmetterten Körper aus und stürzte. Er schien sich unter meinem Fuß zu winden.

Ich rappelte mich in eine sitzende Position auf und auf allen Seiten flohen die blauen Rücken der Seleniten in die Dunkelheit. Ich bog mit aller Gewalt ein Kettenglied auseinander und drehte die Kette auf, die meine Knöchel behinderte und sprang auf die Füße mit der Kette in der Hand. Ein weiterer Treibstock, wie ein Speer geschleudert, pfiff an mir vorbei und ich hastete auf die Dunkelheit zu, aus der ich gekommen war. Dann wandte ich mich zu Cavor zurück, der immer noch im Lichtschein des Rinnsals nahe der Kluft stand, krampfhaft mit seinen Handgelenken beschäftigt war und gleichzeitig Unsinn bezüglich seines Einfalls plapperte.

»Kommen Sie!«, rief ich.

»Meine Hände!«, antwortete er.

Als er dann erkannte, dass ich mich nicht traute, zu ihm zurückzulaufen, weil mich meine schlecht eingeschätzten Schritte über den Rand hinaustragen könnten, schleppte er sich mit vor sich ausgestreckten Händen, zu mir.

Ich packte sofort seine Ketten, um sie zu lösen.

»Wo sind sie?«, keuchte er.

»Weggelaufen. Sie werden zurückkommen. Sie werfen Dinge! Welche Richtung sollen wir einschlagen?«

»Dem Licht nach. Zu diesem Tunnel. Hä?«

»Ja«, sagte ich, und seine Hände waren frei.

Ich fiel auf die Knie, um an seinen Fußfesseln zu arbeiten. Zack, kam etwas – ich weiß nicht was – und zerspritzte das blaue Rinnsal zu Tropfen um uns herum. Weit entfernt zu unserer Rechten hob ein Flöten und Pfeifen an.

Ich hieb ihm die Kette von den Füßen und gab sie ihm in die Hand. »Schlagen Sie damit zu!«, sagte ich und ohne eine Antwort abzuwarten, stürmte ich mit großen Sprüngen den Weg entlang, den wir gekommen waren. Ich hatte das scheußliche Gefühl, dass mir diese Wesen aus der Dunkelheit heraus auf den Rücken springen könnten. Ich hörte, wie der Aufprall seiner Sprünge mir nachfolgte.

Wir rannten mit großen Schritten. Aber das Rennen, müssen Sie verstehen, war komplett verschieden von jeglicher Art auf der Erde zu laufen. Auf der Erde macht man einen Satz und landet beinahe sofort wieder auf dem Boden, aber auf dem Mond schoss man, aufgrund der geringeren Anziehungskraft, mehrere Sekunden durch die Luft, bevor man wieder zu Boden kam. Trotz unserer ungestümen Eile vermittelte es den Effekt langer Pausen, Pausen, in denen man bis sieben oder acht hätte zählen können. »Sprung«, und man hob ab! Allerlei Fragen kamen mir in den Sinn: »Wo sind die Seleniten? Was werden sie unternehmen? Werden wir diesen Tunnel je erreichen? Ist Cavor weit zurück? Werden sie ihm wohl den Weg abschneiden?« Dann zack, ein Schritt und weiter zum nächsten Sprung.

Ich sah einen Seleniten vor mir herlaufen und seine Beine bewegten sich genauso wie die eines Menschen auf der Erde, ich sah wie er über seine Schulter blickte und hörte ihn kreischen, als er vor mir in die Dunkelheit auswich. Ich glaube, es war unser Führer, aber ich bin mir nicht sicher. Dann kamen nach einem weiteren großen Schritt die Felswände auf beiden Seiten in Sicht und nach zwei weiteren Sprüngen war ich im Tunnel, wo ich meinen Schritt an die niedrige Decke anpassen musste. Ich lief bis zu einer Biegung weiter, blieb stehen und drehte mich um, und tapp, tapp, tapp kam Cavor in Sicht, platschte bei jedem Schritt in den Strom aus blauem Licht, wurde größer und stolperte in mich hinein. Wir umklammerten uns gegenseitig. Wenigstens für einen Augenblick hatten wir unsere Fänger abgeschüttelt und waren alleine.

Wir waren beide ziemlich außer Atem. Wir sprachen in keuchenden, abgehakten Sätzen.

»Sie haben alles ruiniert!«, keuchte Cavor.

»Unsinn«, rief ich. »Entweder so oder der Tod!«

»Was sollen wir tun?«

»Uns verstecken.«

»Wie können wir das tun?«

»Es ist dunkel genug.«

»Aber wo?«

»Oben in einer dieser Nebenhöhlen.«

»Und dann?«

»Überlegen wir.«

»In Ordnung – dann los.«

Wir schritten weiter und kamen bald zu einer sternförmigen dunklen Höhle. Cavor ging voran. Er zögerte und wählte eine schwarze Öffnung, die ein gutes Versteck zu versprechen schien. Er ging darauf zu und drehte sich um.

»Es ist dunkel«, sagte er.

»Ihre Beine und Füße werden uns leuchten. Sie sind von dem leuchtenden Zeug durchnässt.«

»Aber – «

Ein Geräuschwirrwarr, und im Besonderen ein Ton wie ein dröhnender Gong, drang den Haupttunnel hinauf und wurde hörbar. Er deutete erschreckend auf eine stürmische Verfolgung. Wir sprangen sofort auf die unbeleuchtete Nebenhöhle zu. Als wir entlangrannten, wurde unser Weg durch Cavors leuchtende Beine erhellt. »Zum Glück«, keuchte ich, »haben sie uns die Schuhe ausgezogen, andernfalls würde man unsere Schritte an diesem Ort hören.« Wir hetzten weiter, wobei wir so kleine Schritte wie möglich machten, um nicht die Höhlendecke zu streifen. Nach einer Weile schienen wir dem Tumult entkommen zu sein. Er wurde gedämpfter, schwand und erstarb schließlich.

Ich blieb stehen, sah zurück und hörte das Tapsen von Cavors fliehenden Füßen. Dann blieb er ebenfalls stehen. »Bedford«, flüsterte er, »vor uns ist irgendeine Art Licht.«

Ich schaute und konnte anfangs nichts sehen. Dann erkannte ich seinen Kopf und seine Schultern, die sich schwach gegen eine mattere Dunkelheit abhoben. Ich sah auch, dass diese abgeschwächte Dunkelheit nicht blau war, wie es jedes andere Licht im Mondinneren gewesen war, sondern von einem blassen Grau, ein sehr undeutliches, schwaches Weiß, die Farbe des Tageslichts. Cavor bemerkte diesen Unterschied bald, oder noch eher als ich, und ich glaube, dass es ihn genauso mit wilder Hoffnung erfüllte.

»Bedford«, flüsterte er und seine Stimme zitterte. »Dieses Licht – ist es möglich – «

Er wagte nicht zu sagen, was er hoffte. Dann folgte eine Pause. Plötzlich wusste ich beim Klang seiner Schritte, dass er auf jenes blasse Licht zuging. Ich folgte ihm mit klopfendem Herzen.

KAPITEL 16

Standpunkte

Das Licht wurde stärker, als wir näherkamen. In kurzer Zeit war es fast so hell wie die Phosphoreszenz an Cavors Beinen. Unser Tunnel erweiterte sich zu einer Höhle und dieses neue Licht befand sich am fernen Ende von ihr. Ich bemerkte etwas, das meine Hoffnung springen und hüpfen ließ.

»Cavor«, sagte ich, »es kommt von oben! Ich bin mir sicher, es kommt von oben!«

Er gab keine Antwort, sondern eilte weiter.

Unbestreitbar war es ein graues Licht, ein silbriges Licht.

Im nächsten Moment standen wir darunter. Es drang durch einen Spalt in den Höhlenwänden herein, und als ich hinaufstarrte, fiel mir ein Wassertropfen ins Gesicht. Ich schreckte zusammen und trat beiseite – mit einem Tropfgeräusch fiel ein weiterer Tropfen deutlich hörbar auf den felsigen Boden.

»Cavor«, sagte ich, »wenn einer von uns den anderen hochhebt, kann er den Riss erreichen!«

»Ich werde Sie hochheben«, meinte er, und hob mich übermäßig empor, als ob ich ein Kleinkind wäre.

Ich schob einen Arm in den Riss und fand gerade bei meinen Fingerspitzen einen kleinen Felsvorsprung, an dem ich mich festhalten konnte. Ich konnte sehen, dass das weiße Licht jetzt sehr viel heller war. Mit wenig Mühe zog ich mich mit zwei Fingern hoch, obwohl ich auf der

Erde an die sechsundsiebzig Kilo wiege, gelangte an eine noch höhere Felsecke und brachte so die Füße auf den schmalen Vorsprung. Ich richtete mich auf und suchte die Felsen nach oben hin mit meinen Fingern ab: der Spalt verbreiterte sich nach oben hin. »Man kann hinaufklettern«, sagte ich zu Cavor. »Können Sie bis zu meiner Hand hinaufspringen, wenn ich sie Ihnen hinunterhalte?«

Ich zwängte mich zwischen den Seiten des Spalts ein, drückte Knie und Fuß auf den Vorsprung und streckte eine Hand aus. Ich konnte Cavor nicht sehen, aber ich konnte seine raschelnden Bewegungen hören, als er zum Sprung ansetzte. Dann zack und er hing an meinem Arm – und war nicht schwerer als ein Katzenjunges! Ich zerrte ihn hinauf, bis er eine Hand auf meinem Vorsprung hatte und mich loslassen konnte.

»Verdammt!«, sagte ich, »auf dem Mond könnte jeder ein Bergsteiger sein«, und begann mit diesen Worten ernsthaft zu klettern. Ein paar Minuten lang kletterte ich ununterbrochen weiter und blickte dann erneut nach oben. Der Spalt wurde stetig breiter und das Licht heller. Nur –

Es war letzten Endes doch kein Tageslicht.

Im nächsten Augenblick konnte ich sehen, was es war, und bei dessen Anblick hätte ich vor Enttäuschung mit dem Kopf gegen die Felsen schlagen können. Denn ich erblickte bloß einen unregelmäßig abfallenden, offenen Raum, auf dessen abschüssigem Boden ein Wald aus kleinen keulenförmigen Pilzen stand, von denen jeder herrlich in diesem blassrosa silbrigen Licht strahlte. Einen Moment lang starrte ich auf ihren schwachen Glanz, dann sprang ich nach vorne und mitten zwischen sie. Ich rupfte ein halbes Dutzend von ihnen aus und warf sie gegen die Felsen, während ich bitter auflachte, als Cavors gerötetes Gesicht auftauchte.

»Es ist wieder die Phosphoreszenz!«, sagte ich. »Kein Grund zur Eile. Setzen Sie sich und machen Sie es sich bequem.« Und während er aufgrund unserer Enttäuschung anfing etwas zu stammeln, fing ich an, mehr von diesen Gewächsen in den Spalt zu werfen.

»Ich dachte es wäre Tageslicht«, sagte er.

»Tageslicht!«, rief ich. »Morgengrauen, Sonnenuntergang, Wolken und windige Himmel! Werden wir solche Dinge jemals wiedersehen?«

Als ich sprach, schien ein kleines Bildnis unserer Welt vor meinem geistigen Auge aufzusteigen, hell und klein und klar, wie der Hintergrund eines alten italienischen Gemäldes. »Der wechselnde Himmel und das sich verändernde Meer, und die Hügel und die grünen Bäume und die Dörfchen und Städte, die in der Sonne leuchten. Denken Sie an ein nasses Dach bei Sonnenuntergang, Cavor! Denken Sie an die Fenster eines nach Westen ausgerichteten Hauses!« Er antwortete nicht.

»Hier graben wir in dieser abscheulichen Welt, die keine Welt ist, mit ihrem tiefschwarzen Ozean, der irgendwo unten in grässlicher Schwärze verborgen ist, und draußen herrscht dieser sengende Tag und diese Totenstille der Nacht. Und alle diese Dinger, die uns jetzt jagen, scheußliche Menschen aus Leder – Insektenmenschen, die aus einem Alptraum stammen! Nach allem haben sie Recht! Welche Verpflichtung haben wir, sie zu zerschmettern und ihre Welt zu stören! Nach allem was wir wissen, ist bereits der ganze Planet auf den Beinen und hinter uns her. Was sollen wir tun? Wohin sollen wir gehen? Hier haben wir es so behaglich, wie Schlangen, die Jamrach[2] in einem Her-

---

2 Charles Jamrach (1815 – 1891, geb. in Deutschland) besaß ein Tiergeschäft für den Verkauf exotischer Tiere im östlichen London und betrieb neben einem Wildtierhandel auch den Verkauf von verschiedensten Vogelarten und

renhaus in Surbiton[3] freilässt!«

»Es war Ihre Schuld«, sagte Cavor.

»Meine Schuld!«, rief ich aus. »Großer Gott!«

»Ich hatte einen Plan!«

»Zum Teufel mit Ihren Plänen!«

»Wenn wir uns geweigert hätten, uns zu bewegen – «

»Unter diesen Treibstöcken?«

»Ja. Sie hätten uns tragen müssen!«

»Über diese Brücke?«

»Ja. Sie müssen uns von draußen hereingetragen haben.«

»Ich würde mich lieber von einer Fliege über eine Zimmerdecke tragen lassen.«

»Gütiger Himmel!«

Ich fuhr mit meiner Zerstörung der Pilze fort. Dann sah ich plötzlich etwas, was mir erst dann ins Auge fiel. »Cavor«, sagte ich, »diese Ketten sind aus Gold!«

Er dachte konzentriert nach, wobei er seine Wangen in die Hände gelegt hielt. Er drehte langsam seinen Kopf und starrte mich an, und als ich meine Worte wiederholt hatte, blickte er auf die Kette, die um seine rechte Hand gewunden war. »So sind sie es«, sagte er, »so sind sie es.« Sein Gesicht verlor den Ausdruck flüchtigen Interesses noch während er darauf sah. Er zögerte einen Moment, dann fuhr er mit seiner unterbrochenen Grübelei fort. Ich saß eine Weile verwundert da, dass mir das gerade erst aufgefallen war, bis ich an das blaue Licht dachte, in dem wir uns befunden hatten, und das dem Metall jegliche Farbe entzogen hatte. Und mit dieser Entdeckung begann auch ein Gedankengang, der mich weit und fort trug. Ich vergaß, dass ich gerade noch gefragt hatte, was wir auf dem

---

Muscheln. Im 19. Jh. war sein Geschäft das weltweit größte dieser Art.

3 Surbiton ist ein Vorort im Südwesten Londons.

Mond zu suchen hätten. Gold …

Es war Cavor, der als erster sprach. »Es scheint mir, dass uns zwei Optionen offenstehen.«

»Nun?«

»Entweder können wir versuchen uns einen Weg – zu erkämpfen, wenn notwendig – an die Oberfläche zu bahnen, und uns dann auf die Jagd nach unserer Kapsel machen, bis wir sie finden oder die Kälte der Nacht kommt, um uns zu töten, oder aber – «

Er hielt inne. »Ja?«, sagte ich, obwohl ich wusste, was kam.

»Wir könnten ein weiteres Mal versuchen eine Art Kommunikation mit dem Verstand der Mondmenschen aufzubauen.«

»Soweit es mich betrifft – nehme ich ersteres.«

»Ich habe Zweifel.«

»Ich nicht.«

»Sehen Sie«, meinte Cavor, »ich glaube nicht, dass wir die Seleniten nach dem beurteilen können, was wir von ihnen gesehen haben. Ihre zentrale Welt, ihre zivilisierte Welt wird weit unten in den tieferen Höhlen um ihr Meer liegen. Diese Region in der Kruste, in der wir uns befinden, ist nur eine abgelegene Gegend, ein ländliches Gebiet. Jedenfalls ist das meine Deutung. Diese Seleniten, die wir gesehen haben, sind vielleicht nur das Äquivalent von Maschinisten. Ihr Einsatz von Treibstöcken – höchstwahrscheinlich Treibstöcke für Mondkälber – die mangelnde Vorstellungskraft, die sie zeigen, wenn sie von uns erwarten, dass wir in der Lage sind, das Gleiche wie sie zu tun, ihre unbestreitbare Brutalität, alles scheint auf etwas in der Art hinzudeuten. Aber wenn wir erduldeten – «

»Keiner von uns könnte eine Planke mit eine Breite von sechs Zoll über einer bodenlosen Grube sehr lange erdulden.«

»Nein«, sagte Cavor, »aber dann – «

»Ich *will nicht*«, meinte ich.

Er entdeckte eine neue Reihe von Möglichkeiten. »Nun, nehmen wir an, wir gelangen in irgendeinen Winkel, in dem wir uns gegen diese Bauerntölpel und Arbeiter verteidigen könnten. Wenn wir beispielweise eine Woche oder so ausharren könnten, ist es möglich, dass die Nachricht über unser Erscheinen zu den intelligenteren und bevölkerungsreichen Teilen hinabdringt – «

»Wenn sie existieren.«

»Sie müssen existieren, oder woher stammten diese gewaltigen Maschinen?«

»Das ist möglich, aber es ist die schlechtere von zwei Optionen.«

»Wir könnten Inschriften auf den Wänden hinterlassen – «

»Woher wissen wir, ob ihre Augen die Art von Zeichen wahrnehmen, die wir machten?«

»Wenn wir sie einritzten – «

»Das ist natürlich möglich.«

Ich griff einen neuen Gedanken auf. »Trotzdem«, sagte ich, »gehe ich davon aus, dass Sie diese Seleniten nicht für unendlich klüger als die Menschen halten.«

»Sie müssen eine Menge mehr wissen – oder zumindest eine Menge anderer Dinge.«

»Ja, aber – «, ich zögerte.

»Ich denke, Sie werden sich eingestehen, Cavor, dass Sie ein ziemlich außergewöhnlicher Mensch sind.«

»Wieso?«

»Nun, Sie – Sie sind ein ziemlich einsamer Mensch – gewesen zumindest. Sie haben nie geheiratet.«

»Wollte ich nie. Aber warum – «

»Und Sie wurden nie reicher, als Sie es gewesen sind?«

»Wollte auch das nie.«

»Sie haben bloß nach Wissen gestrebt?«

»Nun, eine gewisse Neugier ist natürlich – «

»So denken Sie. Das ist es gerade. Sie glauben, jeder andere Verstand will Wissen erlangen. Ich erinnere mich, einmal, als ich Sie fragte, warum sie all diese Untersuchungen anstellten, da sagten Sie, Sie wollten Mitglied der Königlichen Gesellschaft werden, und dass das Zeug Cavorit getauft werde, und solche Dinge. Sie wissen ganz gut, dass Sie es nicht deshalb taten, aber zu diesem Zeitpunkt überraschte Sie meine Frage, und Sie spürten, Sie sollten etwas haben, das wie ein Beweggrund aussieht. In Wirklichkeit stellten Sie Untersuchungen an, weil Sie es mussten. Es ist Ihre Natur.«

»Vielleicht ist es – «

»Nicht einer von einer Million Menschen hat diese Natur. Die meisten Menschen wollen – nun, verschiedene Dinge, aber sehr wenige wollen das Wissen um ihrer selbst willen. Ich will es nicht, das weiß ich ganz gut. Jetzt scheinen diese Seleniten eine Art eilender, geschäftiger Wesen zu sein, aber woher wissen Sie, dass selbst die intelligentesten von ihnen ein Interesse an uns oder unserer Welt haben? Ich glaube nicht, dass sie überhaupt wissen, dass wir eine Welt haben. Sie kommen bei Nacht niemals heraus – sie würden erfrieren, wenn sie es täten. Sie haben möglicherweise niemals einen Himmelskörper außer der sengenden Sonne gesehen. Woher sollen sie wissen, dass es eine andere Welt gibt? Was hat es für sie für eine Bedeutung, wenn sie es wüssten? Nun, selbst wenn sie einen Blick auf ein paar Sterne erhascht hatten oder sogar die Erdsichel, was dann? Warum sollten sich Leute, die im Inneren eines Planeten leben, die Mühe machen, so etwas zu beobachten? Die Menschheit hätte es auch nicht getan, außer aufgrund der Jahreszeiten und der Seefahrt, warum sollten es die Mondmenschen tun? …«

»Und nehmen wir an, es gibt ein paar Philosophen wie Sie. Es sind gerade die Seleniten, die niemals von unserer Existenz hören werden. Setzen wir voraus, ein Selenit wäre auf die Erde gefallen, als Sie in Lympne waren, Sie wären der letzte Mensch auf Erden gewesen, der davon gehört hätte. Sie lesen niemals Zeitung! Die Chancen stehen gegen Sie. Nun, wegen diesen Chancen sitzen wir hier und unternehmen nichts, während kostbare Zeit verstreicht. Ich sage Ihnen, wir stecken in der Klemme. Wir sind unbewaffnet gekommen, wir haben unsere Kapsel verloren, wir haben keine Nahrung, wir haben uns den Seleniten gezeigt, und sie in dem Glauben gelassen, wir seien seltsame, starke und gefährliche Tiere. Und wenn diese Seleniten keine vollkommenen Narren sind, werden sie sich jetzt aufraffen und uns jagen, bis sie uns finden, und wenn sie uns finden, werden sie versuchen uns gefangen zu nehmen und uns töten, wenn es ihnen nicht gelingt, und das ist das Ende der Angelegenheit. Wenn sie uns gefangen nehmen, werden sie uns wahrscheinlich aufgrund eines Missverständnisses töten. Nachdem wir erledigt sind, beraten sie sich vielleicht über uns, aber wir werden dabei nicht viel Spaß haben.«

»Reden Sie weiter.«

»Auf der anderen Seite liegt hier Gold herum, wie bei uns daheim Gusseisen. Wenn wir nur etwas davon mit zurücknehmen könnten, wenn wir nur unsere Kapsel vor ihnen finden würden, dann – «

»Ja?«

»Wir könnten Sie Sache auf eine solidere Basis stellen. In einer größeren Kapsel mit Waffen zurückkehren.«

»Gütiger Gott!«, rief Cavor, als ob es entsetzlich wäre.

Ich warf einen weiteren leuchtenden Pilz in den Spalt hinab.

»Sehen Sie her, Cavor«, sagte ich, »immerhin habe ich die Hälfte des Stimmrechts in dieser Angelegenheit, und das ist ein Fall für einen praktisch veranlagten Mann. Ich bin ein Praktiker und Sie sind keiner. Ich werde keinen Seleniten und geometrischen Diagrammen vertrauen, wenn ich es vermeiden kann. Das ist alles. Kehren wir zurück. Lassen die ganze Geheimhaltung fallen – oder das meiste davon. Und kommen wieder.«

Er überlegte. »Als ich auf den Mond kam«, sagte er, »hätte ich allein kommen sollen.«

»Die Frage, bevor es zu einer Begegnung kommt«, meinte ich, »ist, wie wir zur Kapsel zurückkommen.«

Eine Weile rieben wir uns schweigend die Knie. Dann schien er sich für meine Begründungen zu entscheiden.

»Ich glaube«, überlegte er, »man kann Informationen bekommen. Es ist klar, dass die Luft durch diesen schwammartigen Planeten von der dunklen Seite hierher weht, während die Sonne auf dieser Mondseite steht. Jedenfalls wird sich die Luft auf dieser Seite ausdehnen und aus den Mondhöhlen in die Krater strömen ... Sehr gut, hier ist ein Luftzug.«

»So ist es.«

»Und das bedeutet, dass dies keine Sackgasse ist, irgendwo hinter uns geht dieser Spalt weiter und nach oben. Der Luftzug weht nach oben und das ist der Weg, den wir einschlagen müssen. Wenn wir versuchen irgendeine Art Schornstein oder Abzugskanal, der vorhanden ist, emporzusteigen, werden wir nicht nur aus diesen Gängen gelangen, in denen sie uns jagen – «

»Aber angenommen der Abzugskanal ist zu schmal?«

»Werden wir wieder hinabsteigen.«

»Psst!«, machte ich plötzlich. »Was ist das?« »Ssh!«

Wir lauschten. Anfangs war es ein undeutliches Murmeln und dann konnte man den Klang eines Gongs ausmachen. »Sie müssen denken, wir sind Mondkälber«, sagte ich, »dass wir uns davor erschreckten.«

»Sie kommen diesen Gang entlang«, sagte Cavor.

»Das müssen sie.«

»Sie werden nicht an den Spalt denken. Sie werden vorbeigehen.«

Eine Weile lauschte ich erneut. »Dieses Mal«, flüsterte ich, »werden sie wahrscheinlich irgendeine Art Waffe dabeihaben.«

Dann sprang ich plötzlich auf die Füße. »Gütiger Himmel, Cavor!«, rief ich. »Doch sie werden! Sie werden die Pilze sehen, die ich durch den Spalt geworfen habe. Sie werden – «

Ich beendete meinen Satz nicht. Ich drehte mich um und sprang über die Pilzkappen zum oberen Ende der Höhle. Ich sah, dass sich der Freiraum nach oben wand und wieder zu einem zugigen Felsspalt wurde, der in undurchdringliche Dunkelheit emporstieg. Ich wollte gerade dort hinaufklettern und drehte mich mit einer glücklichen Eingebung zurück.

»Was machen Sie?«, fragte Cavor.

»Gehen Sie weiter!«, forderte ich ihn auf, ging zurück, nahm zwei der leuchtenden Pilze und steckte einen davon in die Brusttasche meiner Flanelljacke, so dass er hervorsah und unseren Aufstieg beleuchtete, und kehrte mit dem anderen zu Cavor zurück. Der Lärm der Seleniten war jetzt so laut, dass es schien, als ob sie sich schon unterhalb der Felsspalte befanden. Aber es war möglich, dass sie Schwierigkeiten hatten dort hinauf zu klettern, oder sie zögerten, entgegen unseres möglichen Widerstands, emporzusteigen. Jedenfalls besaßen wir jetzt das tröstliche Wissen um die gewaltige Überlegenheit unserer Muskeln, die uns unsere Geburt auf einem anderen Planten verliehen hatte. In der nächsten Minute kletterte ich mit gewaltigem Elan hinter Cavors blau erleuchteten Fersen nach.

KAPITEL 17

Der Kampf in der Höhle der Mondschlächter

Ich weiß nicht, wie weit wir kletterten, bevor wir an das Abdeckgitter kamen. Vielleicht waren wir nur ein paar hundert Fuß hinaufgestiegen, aber zu dem Zeitpunkt schien es mir, als ob wir uns eine Meile oder mehr nach oben geschleppt und eingepfercht, gesprungen und eingezwängt hatten. Wann immer ich mich daran zurückerinnere, fällt mir das schwere Klirren unserer Goldketten wieder ein, das jeder unserer Bewegungen folgte. Sehr bald waren meine Knöchel und Knie wund, und auf einer Wange trug ich eine Schramme. Nach einer Weile ebbte das erste Ungestüm unserer Bemühungen ab und unsere Bewegungen wurden überlegter und weniger schmerzvoll. Der Lärm der uns verfolgenden Seleniten war vollkommen verstummt. Es schien als ob sie unsere Spur am Ende doch nicht den Spalt hinauf verfolgten, obwohl der verräterische Haufen abgerissener Pilze darunter gelegen haben muss. Gelegentlich wurde der Spalt so schmal, dass wir uns kaum hinaufquetschen konnten, an anderen Stellen erweiterte er sich zu nierenförmigen Hohlräumen, bespickt mit spitzen Kristallen oder dicht bedeckt mit gedämpft leuchtenden Pilzkappen. Manchmal verwand er sich spiralförmig und ab und zu neigte er sich fast bis in die Horizontale hinab. Immer wieder war das Geräusch unregelmäßig tropfenden und sickernden Wassers in unserer Nähe. Ein- oder zweimal machte es den Anschein, als ob kleine Lebewesen aus unserer Reichweite davonhuschten, aber wir sahen nie, was es war. Nach allem was ich weiß, könnten es giftige Tiere gewesen sein, aber sie taten uns nichts und wir waren jetzt in einer Stimmung, in der uns ein unheimliches, schleichendes Wesen, mehr oder weniger, wenig ausmachte. Und schließlich tauchte weit oben wieder das bekannte bläuliche Licht auf, und dann sahen wir, dass es durch ein Absperrgitter fiel, das unseren Weg versperrte.

Wir flüsterten, als wir uns gegenseitig darauf aufmerksam machten, und wurden bei unserem Aufstieg immer vorsichtiger. Bald waren wir dicht unterhalb des Gitters und als ich mein Gesicht gegen die Gitterstäbe presste, konnte ich einen begrenzten Teil der dahinterliegenden Höhle sehen. Es war offenbar ein großer Raum und zweifellos durch ein Bächlein des gleichen blauen Lichts erhellt, das wir aus der stampfenden Maschine fließen gesehen hatten. Ein unregelmäßiges Wasserrinnsal tropfte immer wieder zwischen den Stäben nahe meinem Gesicht hindurch.

Mein erstes Bestreben war natürlich, zu sehen, was sich auf dem Boden der Höhle befinden mochte, aber unser Gitter lag in einer Vertiefung, deren Kante all das vor unseren Augen verbarg. Dann richtete sich unsere erfolglose Aufmerksamkeit wieder auf die verschiedenen Geräusche, die wir andeutungsweise vernahmen, und bald fiel mir eine Anzahl blasser Schatten ins Auge, die sich an der dunklen Decke weit über unseren Köpfen zeigten.

Unbestreitbar waren dort mehrere Seleniten in diesem Raum, vielleicht eine beträchtliche Anzahl, denn wir konnten die Töne ihrer Unterhaltung hören und schwache Geräusche, die ich als ihre Schritte erkannte. Dort gab es auch eine Abfolge von sich regelmäßig wiederholenden Tönen – hack, hack, hack – die anhoben und verebbten, und an ein Messer oder einen Spaten erinnerten, das oder der auf irgendeinen weichen Stoff einhackte. Es folgte ein Rasseln wie von Ketten, ein Pfeifen und Rumpeln wie von einem Lastwagen, der über einen unterhöhlten Platz fährt, und dann setzte wieder das hack, hack, hack ein. Die Schatten zeugten von Gestalten, die sich rasch und rhythmisch im Einklang mit jener regelmäßigen Geräuschkulisse bewegten und innehielten, wenn sie verstimmte.

Wir steckten die Köpfe eng zusammen und fingen an, uns über diese Dinge in geräuschlosem Flüstern zu unterhalten.

»Sie sind beschäftigt«, sagte ich, »sie sind auf irgendeine Art und Weise beschäftigt.«

»Ja.«

»Sie suchen uns nicht oder denken an uns.«

»Vielleicht haben sie nicht von uns gehört.«

»Diese anderen jagen uns da unten nach. Wenn wir plötzlich hier erschienen – «

Wir blickten uns gegenseitig an.

»Es könnte eine Gelegenheit sein zu verhandeln«, meinte Cavor.

»Nein«, entgegnete ich. »Nicht so, wie wir sind.«

Wir verharrten eine Weile und jeder hing seinen eigenen Gedanken nach.

Hack, hack, hack ertönte es wieder und die Schatten bewegten sich hin und her.

Ich sah mir das Absperrgitter an. »Es ist schwach«, stellte ich fest. »Wir könnten zwei der Gitterstäbe auseinanderbiegen und hindurchkriechen.«

Wir verschwendeten ein wenig Zeit mit einer wenig zielführenden Debatte. Dann packte ich einen der Stäbe mit beiden Händen und stemmte meine Füße gegen den Fels, bis sie beinahe auf der gleichen Höhe wie mein Kopf waren, und zog so an dem Gitterstab. Er verbog sich so unvermittelt, dass ich beinahe abgerutscht wäre. Ich kletterte auf die andere Seite der Felswand und bog den benachbarten Stab in die entgegengesetzte Richtung, nahm dann einen der leuchtenden Pilze aus meiner Tasche und warf ihn in die Spalte hinab.

»Handeln Sie nicht übereilt«, flüsterte Cavor, als ich mich durch die vergrößerte Öffnung nach oben wand. Als ich durch das Gitter kletterte, erhaschte ich einen Blick auf geschäftige Gestalten, und ich bückte mich sofort wieder, so dass mich die Kante der Vertiefung, in der sich das Gitter befand, vor ihren Augen verbarg, und so flach daliegend, gab ich Cavor per Handzeichen Anweisungen, als er sich ebenfalls daran machte, hindurchzukommen. Kurz darauf lagen wir nebeneinander in der Vertiefung, während wir über den Rand in die Höhle und auf ihre Bewohner spähten.

Die Höhle war viel größer als wir nach unserem ersten Blick vermutet hatten, und wir blickten vom niedrigsten Abschnitt ihres abschüssigen Bodens nach oben. Je weiter sie von uns entfernt war, desto mehr dehnte sie sich aus, und ihre Decke wurde immer niedriger und verbarg den entfernten Teil vollständig. Und in einer Reihe entlang ihrer Längsseite und letztendlich aufgrund der gewaltigen Perspektive verschwindend, befand sich eine Anzahl gigantischer Umrisse, große weiße Hüllen, an denen sich die Seleniten zu schaffen machten. Zuerst wirkten sie wie große weiße Zylinder von unbestimmter Bedeutung. Dann bemerkte ich die Köpfe obenauf, die uns zugewandt waren und ohne Augen und Haut wie Schafsköpfe bei einem Metzger waren, und erkannte die aufgeschnittenen Leiber von Mondkälbern, so wie die Mannschaft eines Walfangschiffs einen vertäuten Wal aufschneiden würde.

Sie schnitten das Fleisch in Streifen ab und an einigen der weiter entfernten Leiber schimmerten die weißen Rippen hindurch. Es war das Geräusch ihrer Beile, die immer hack, hack, hack machten. In einiger Entfernung lief so etwas wie ein Kabelwagen vorbei, der lose Fleischstücke sammelte und auflud, und den Anstieg zur Höhlentür hinauf überwand. Diese ungeheuer lange Allee aus Leibern, die als Nahrung dienen sollten, gab uns ein Gefühl für die riesige Bevölkerung der Mondwelt, was nur durch unseren ersten Blick den Schacht hinunter übertroffen wurde.

Zuerst wirkte es auf mich, als ob die Seleniten auf Brettern[4] stehen mussten, die von einem Gerüst getragen wurden, und dann sah ich, dass die Bretter, die Stützen und die Beile wirklich die gleiche bleierne Färbung trugen, die meine Fesseln gezeigt hatten, bevor weißes Licht auf sie gefallen war. Eine Anzahl sehr massiv aussehender Hebelstangen lag auf dem Boden, und hatte offensichtlich dazu gedient, das tote Mondkalb auf die Seite zu drehen. Sie waren vielleicht sechs Fuß lang, mit geformten Griffen und sahen wie verlockende Waffen aus. Der ganze Raum war von drei diagonal verlaufenden Rinnsalen der blauen Flüssigkeit erleuchtet.

Wir lagen eine lange Zeit dort und beobachteten all diese Dinge schweigend. »Nun?«, machte Cavor schließlich.

Ich kroch hinüber und drehte mich zu ihm um. Ich hatte einen brillanten Einfall. »Sofern sie diese Körper nicht mit einem Kran herablassen«, sagte ich, »dann müssen wir der Oberfläche näher sein, als wir denken.«

---

4 Ich erinnere mich daran, irgendwas Hölzernes auf dem Mond gesehen zu haben. Türen, Tische, alles was unseren irdischen Holzbauten entsprach, bestand aus Metall, und ich glaube größtenteils aus Gold, das sich als Metall natürlich – unter sonst gleichen Bedingungen – anbieten würde, weil es leicht zu bearbeiten und sehr zäh und beständig war.

»Warum?«

»Das Mondkalb hüpft nicht und hat keine Flügel.«

Er spähte erneut über den Rand der Vertiefung. »Ich frage mich nun – «, fing er an. »Im Grunde genommen sind wir niemals weit von der Oberfläche entfernt gewesen – «

Ich unterbrach ihn, indem ich ihn an seinem Arm packte. Ich hatte ein Geräusch aus der Spalte unter uns gehört!

Wir wandten uns um und lagen totenstill da, alle Sinne in Alarmbereitschaft versetzt. Nach einer kurzen Weile zweifelte ich nicht mehr daran, dass etwas leise die Spalte emporkletterte. Sehr langsam und beinahe geräuschlos überprüfte ich, ob meine Kette gut in der Hand lag, und wartete darauf, dass dieses Etwas auftauchte.

»Werfen Sie nochmal einen Blick auf die Burschen mit den Beilen«, sagte ich.

»Da ist alles in Ordnung«, meinte Cavor.

Ich visierte die Lücke im Gitter als eine Art provisorisches Ziel an. Ich konnte jetzt ziemlich deutlich das leise Zwitschern der aufsteigenden Seleniten, ihre gegen die Felsen klatschenden Hände und den herabfallenden Staub hören, den sie beim Klettern von den Wänden lösten.

Dann konnte ich erkennen, dass sich undeutlich etwas in der Schwärze unter dem Gitter bewegte, doch was es sein mochte, konnte ich nicht ausmachen. Alles schien sich einen Moment lang zu verzögern – dann zack! Ich war auf die Füße gesprungen und schlug wild nach etwas, das vor mir aufgeblitzt war. Es war eine scharfe Speerspitze. Seitdem habe ich mir überlegt, dass er aufgrund seiner Länge in der engen Spalte nicht so geneigt werden konnte, dass er mich traf. Dennoch schoss er wie die Zunge einer Schlange hervor, verfehlte mich, schoss zurück und blitzte erneut auf. Doch beim zweiten Mal griff ich danach, packte und entwand ihn, doch nicht ohne, dass ein Zweiter wirkungslos nach mir geschleudert wurde.

Ich schrie triumphierend auf, als ich spürte, wie der Selenit kurz Widerstand leistete und schließlich nachgab, und dann stach ich durch die Gitterstäbe nach unten, mitten hinein in das Kreischen im Dunkeln, und Cavor hatte sich den anderen Speer gepackt, sprang neben mir auf und ab und schwang diesen, während er wirkungslos stocherte. Klack, klack, klack rasselte es durch das Gitter und dann schoss eine Axt durch die Luft und schlug gegen die dahinterliegenden Felsen, um mich an die Fleischer bei den Kadavern in der Höhle zu erinnern.

Ich drehte mich um und sie kamen alle in loser Formation in unsere Richtung, wobei sie ihre Äxte schwangen. Es waren untersetzte, dicke, kleine Kerle mit langen Armen, die sich auffallend von denen unterschieden, die wir zuvor gesehen hatten. Wenn sie noch nicht von uns gehört hatten, dann müssen sie die Situation mit unglaublicher Schnelligkeit erfasst haben. Ich starrte sie einen Augenblick an, den Speer in der Hand. »Bewachen Sie das Gitter, Cavor«, schrie ich, heulte auf, um sie einzuschüchtern und stürzte auf sie zu. Zwei von ihnen verfehlten mich mit ihren Beilen und die Übrigen flohen sofort. Dann rannten auch diese beiden mit geballten Fäusten und gesenkten Köpfen durch die Höhle davon. Ich sah niemals Menschen, die wie sie liefen!

Ich wusste, dass der Speer, den ich hatte, nicht viel nützte. Er war dünn und zerbrechlich, nur für einen Wurf zu gebrauchen und zu lang, um ihn schnell wieder zu fassen. Deshalb verfolgte ich die Seleniten nur bis zum ersten Kadaver, blieb dort stehen und hob eine der Hebelstangen auf, die dort umherlagen. Sie fühlte sich angenehm schwer an und schien in der Lage zu sein, jegliche Anzahl Seleniten zu zerschmettern. Ich warf meinen Speer hinfort und hob eine zweite Hebelstange für die andere Hand auf. Ich fühlte mich fünfmal so stark wie zuvor mit dem Speer. Ich schwenkte die beiden drohend gegen die Seleniten, die sich weit oben in der Höhle zu einem Pulk gedrängt hatten, und dann drehte ich mich nach Cavor um.

Er sprang vor dem Gitter von einer Seite zur anderen und stach mit seinem abgebrochenen Speer bedrohlich nach unten. Das sollte ausreichen. Es würde die Seleniten unten halten – zumindest für eine Weile. Ich blickte erneut die Höhle hinauf. Was um alles in der Welt sollten wir jetzt unternehmen?

Wir waren irgendwie bereits in die Enge getrieben worden. Aber diese Fleischer oben in der Höhle waren überrascht worden, sie waren vermutlich verängstigt, und sie trugen keine besonderen Waffen, nur diese ihre kleinen Beile. Und in dieser Richtung befand sich der Ausweg. Ihre untersetzten kleinen Gestalten – so viel kleiner und breiter als die Mondkalbherden – waren so über den Anstieg verteilt, dass man ihre Unentschlossenheit spüren konnte. Ich besaß den moralischen Vorteil eines wildgewordenen Bullen in einer Straße. Aber trotz allem schienen sie eine enorme Menge zu sein. Sehr wahrscheinlich waren sie es. Diese Seleniten unten in der Felsspalte hatten allerdings ein paar verdammt lange Speere. Es konnte sein, dass sie noch andere Überraschungen für uns bereithielten … Aber zum Teufel damit, wenn wir die Höhle hinaufstürmen würden, sollten wir sie hinter uns lassen, und wenn wir es nicht täten, dann würden diese kleinen Kerle oben in der Höhle möglicherweise Verstärkung bekommen. Der Himmel allein wusste, welche gewaltige Kriegsmaschinerie – Geschütze, Bomben, irdische Torpedos – diese unbekannte Welt unter unseren Füßen, diese ausgedehnte Welt, bei der wir nur in die äußere Oberhaut gestochen hatten, bald zu unserer Vernichtung hinaufschicken würde. Es wurde deutlich, dass ein Angriff unsere einzige Chance war! Es wurde deutlicher als die Beine einer Anzahl neuer Seleniten auftauchten, die durch die Höhle auf uns zu liefen.

»Bedford!«, brüllte Cavor, und plötzlich war er auf halbem Weg zwischen mir und dem Gitter.

»Gehen Sie zurück!«, rief ich. »Was machen Sie – «

»Sie haben – etwas wie eine Kanone!«

Und zwischen jenen angreifenden Speeren im Gitter kämpften sich Kopf und Schultern eines einzelnen gebeugten und hageren Seleniten hindurch, der irgendeine komplexe Apparatur trug.

Ich erkannte wie vollkommen unfähig Cavor für den uns bevorstehenden Kampf war. Einen Augenblick lang zögerte ich. Dann stürzte ich an ihm vorbei, während ich meine Hebelstangen schwang und brüllte, um den Plan des Seleniten zu vereiteln. Er zielte auf äußerst merkwürdige Weise, wobei er das Gerät gegen seinen Bauch drückte. »Surr!« Das Ding war keine Kanone, es ging mehr wie eine Armbrust los und traf mich mitten im Sprung.

Ich fiel nicht zu Boden, ich kam einfach nur ein wenig früher auf, als ich ohne den Treffer gekommen wäre, und so wie es sich anfühlte, könnte mich das Ding gestreift haben und dann abgeglitten sein. Dann stieß meine linke Hand gegen den Schaft und ich erkannte, dass eine Art Speer halb durch meine Schulter hindurch steckte. Im nächsten Moment ging ich mit der Hebelstange in der rechten Hand auf den Seleniten los und traf ihn kreuz und quer. Er brach zusammen – zerschmettert und zerbrechend – sein Kopf wie ein Ei zertrümmert.

Ich ließ eine Hebelstange fallen, zog mir den Speer aus der Schulter und fing an ihn durch das Gitter in die Dunkelheit hinabzustoßen. Jedem Stoß folgte ein lautes Geschrei und Gezwitscher. Schließlich schleuderte ich den Speer mit aller Kraft hinab, sprang auf, packte erneut die Hebelstange und ging auf die Menge in der Höhle oben los.

»Bedford!«, rief Cavor. »Bedford!«, als ich an ihm vorbeiflog.

Ich erinnere mich an seine Schritte, die mir nachfolgten.

Schritt, Sprung … zack, Schritt, Sprung … Jeder Sprung schien einen unendlichen Zeitraum zu dauern. Mit jedem Satz öffnete sich die Höhle weiter und die Anzahl der Seleniten erhöhte sich sichtlich. Zuerst schienen sie alle wie Ameisen in einem aufgewühlten Ameisenhaufen umherzulaufen, ein oder zwei schwangen ihre Beile und kamen auf mich zu, weitere rannten davon, einige jagten seitlich in die Allee aus Leibern hinein, dann kamen bald andere in Sicht, die Speere trugen, und dann noch weitere. Ich sah etwas ganz Außergewöhnliches, alle Hände und Füße suchten Schutz. Weiter oben wurde die Höhle dunkler.

Wusch! Irgendetwas flog über meinen Kopf. Wusch! Als ich mitten im Sprung war und abhob, sah ich einen Speer, der einen der Leiber links von mir traf und zitternd steckenblieb. Als ich dann wieder landete, schlug einer vor mir in den Boden ein und ich hörte das entfernte Surren mit dem ihre Speere abgefeuert wurden. Wusch, wusch! Einen Moment lang war es wie ein Hagelschauer. Sie feuerten eine Salve ab!

Ich erstarrte.

Ich glaube nicht, dass ich dann klar dachte. Ich erinnere mich wohl noch an einen formelhaften Satz, der mir durch den Kopf ging: »Feuerzone, such Deckung!« Ich weiß, dass ich in den Zwischenraum von zwei Kadavern hechtete und dort keuchend und von Übelkeit begleitet, dastand.

Ich sah mich nach Cavor um, und einen Augenblick lang schien es, als ob er aus der Welt verschwunden war. Dann trat er aus der Dunkelheit zwischen der Reihe der Leiber und der felsigen Höhlenwand hervor. Ich sah sein kleines Gesicht, dunkel und blau, glänzend vor Schweiß und Aufregung.

Er sagte etwas, aber ich achtete nicht darauf, was es war. Ich hatte erkannt, dass wir uns von einem Mondkalb zum nächsten die Höhle hinauf vorarbeiten mussten, bis wir nahe genug waren, um zu entkommen. Es hieß Angriff oder nichts. »Kommen Sie!«, sagte ich und führte den Weg an.

»Bedford!«, rief er vergeblich.

Mein Verstand war beschäftigt, als wir die enge Allee zwischen den toten Körpern und der Höhlenwand hinaufeilten. Die Felsen krümmten sich – sie konnten uns nicht mit Flankenfeuer bestreichen. Obwohl wir in der engen Gasse nicht springen konnten, waren wir doch aufgrund unserer erdgeborenen Stärke in der Lage sehr viel schneller als die Seleniten zu laufen. Ich rechnete damit, dass wir bald mitten unter ihnen sein würden. Waren wir einmal über ihnen, dann würden sie fast so furchterregend wie Küchenschaben sein. Nur würde zuallererst eine weitere Salve folgen. Ich ersann eine List. Während ich lief, riss ich mir meine Flanelljacke vom Leib.

»Bedford!«, keuchte Cavor hinter mir.

Ich sah mich um. »Was?«, fragte ich.

Er deutete über die Leiber hinweg nach oben. »Weißlicht!«, meinte er. »Erneut Weißlicht!«

Ich blickte nach oben, und es war wirklich so, ein schwacher Lichtschimmer in der entfernten Höhlendecke. Das schien meine Kraft zu verdoppeln.

»Bleiben Sie dran«, sagte ich. Ein flacher, langgewachsener Selenit schoss aus der Dunkelheit heraus, quiekte und floh. Ich blieb stehen und hielt Cavor mit meiner Hand auf. Ich hing meine Jacke über mein Hebeleisen, tauchte unter dem nächsten Kadaver durch, ließ Jacke und Hebeleisen fallen, zeigte mich kurz und sprang zurück.

»Zisch-klack«, kam nur ein einziger Pfeil - wir waren nahe den Seleniten und sie standen in einem Gedränge zusammen – breite, kleine und große gemeinsam – mit einer kleinen Reihe von Schussapparaten, die die Höhle hinabzeigten. Drei oder vier Pfeile folgten dem ersten nach, dann hörten sie auf zu feuern.

Ich streckte den Kopf hinaus und entkam um Haaresbreite. Dieses Mal zog ich ein Dutzend oder mehr Schüsse an, und ich hörte, dass die Seleniten wie vor Aufregung beim Schießen durcheinanderriefen und zwitscherten. Ich hob meine Jacke und das Hebeleisen wieder auf.

»Jetzt!«, sagte ich und hielt die Jacke hinaus.

»Zisch-sch-sch-sch! Zisch!« Augenblicklich war meine Jacke zu einem dichten Pfeildickicht geworden und sie steckten überall zitternd in dem Leib hinter uns. Sofort zog ich die Brechstange aus der Jacke – entgegen allem, was ich weiß, liegt sie jetzt noch dort auf dem Mond – und stürmte auf sie los.

Vielleicht eine Minute lang war es ein Gemetzel. Ich war zu wild, um einen Unterschied zu machen, und die Seleniten waren wahrscheinlich zu verängstigt, um zu fliehen. Auf jeden Fall kämpften sie in keiner Weise gegen mich. Ich sah rot, wie man sagt. Ich erinnere mich, als watete ich zwischen diesen ledrigen, dünnen Wesen umher, wie ein Mensch durch hohes Gras schreitet, während ich sie niedermähte und traf, erst rechts, dann links – zack. Kleine Flüssigkeitstropfen flogen durch die Luft. Ich trat auf Dinge, die zerbarsten, piepsten und rutschig wurden. Die Menge wogte wie Wasser umher, öffnete und schloß sich wieder. Sie schienen trotz allem keinen gemeinsamen Plan zu verfolgen. Speere flogen um mich herum und ich wurde von einem am Ohr gestreift. Einmal wurde ich in den Arm gestochen und einmal in die Wange, aber das fand ich erst später heraus, als das Blut Zeit gehabt hatte, auszutreten, abkühlte und sich nass anfühlte.

Was Cavor tat, weiß ich nicht. Eine Weile wirkte es, als ob dieser Kampf eine Ewigkeit angedauert hatte und ewig so weitergehen müsse. Dann war es plötzlich vorbei und man sah nichts anderes als auf und ab wippende Hinterköpfe, deren Besitzer in alle Richtungen davonliefen … Ich schien gänzlich unverletzt. Ich rannte einige Schritte nach vorne, wobei ich brüllte und dann drehte ich mich um. Ich war überrascht.

Ich war in riesigen fliegenden Sätzen mitten durch sie hindurch gestürzt, sie alle waren hinter mir und rannten hierhin und dorthin, um sich zu verstecken.

Ich verspürte großes Erstaunen und kein geringes Hochgefühl, als sich der große Kampf, in den ich mich gestürzt hatte, auflöste. Es kam mir nicht so vor, als ob ich herausgefunden hätte, dass die Seleniten unerwartet schwach waren, sondern dass ich unerwartet stark war. Ich lachte dümmlich. Dieser fantastische Mond!

Einen Moment lang blickte ich auf die zerschmetterten und sich windenden Körper, die über den Höhlenboden verstreut waren, mit einem unbestimmten Impuls für weitere Gewalttaten, dann eilte ich Cavor nach.

KAPITEL 18

Im Sonnenlicht

Bald sahen wir, dass sich die Höhle vor uns zu einem nebligen Nichts öffnete. Im nächsten Augenblick waren wir auf eine Art abschüssige Galerie hinausgetreten, die in einen riesigen runden Leerraum hineinragte, einen gigantischen zylindrischen Schacht, der senkrecht nach oben und unten verlief. Um diesen Schacht ging die abschüssige Galerie ohne jedes Geländer oder einen Schutz eineinhalb Windungen herum und tauchte dann hoch oben wieder in den Fels ein. Irgendwie erinnerte es mich damals an eine jener spiralförmigen Windungen der Schienenbahn durch den Sankt Gotthard. Es war alles ungeheuer gigantisch. Ich kann kaum hoffen, jemandem die titanenhaften Ausmaße dieses ganzen Ortes klarzumachen, seine titanische Wirkung. Unsere Augen folgten dem enormen Gefälle der Schachtwand und über unseren Köpfen und weit oben sahen wir eine runde Öffnung über der blasse Sterne schimmerten und die Hälfte des Randes blendete nahezu aufgrund des Weißlichts der Sonne. Bei diesem Anblick schrien wir gleichzeitig auf.

»Kommen Sie!«, sagte ich und ging voraus.

»Aber dort?«, fragte Cavor und trat sehr vorsichtig näher an den Rand der Galerie. Ich folgte seinem Beispiel, reckte den Hals vor und blickte nach unten, aber ich war von dem glänzenden Licht von oben geblendet und konnte nur eine bodenlose Dunkelheit mit darin umhertanzenden roten und purpurnen Spektralflecken sehen. Doch wenn ich auch nichts sehen konnte, konnte ich etwas hören. Aus dieser Dunkelheit drang ein Geräusch herauf, ein Ton wie wütendes Summen, das man vernimmt, wenn man das Ohr an einen Bienenkorb legt, ein Geräusch, das aus jener gigantischen Höhle kam, vielleicht vier Meilen unter uns ...

Einen Augenblick lang lauschte ich, dann verstärkte ich meinen Griff um die Hebelstange und folgte als Erster dem Weg, der die Galerie hinaufführte.

»Dies muss der Schacht sein, den wir hinuntergesehen haben«, meinte Cavor. »Unter diesem Deckel.«

»Und dort unten sahen wir die Lichter.«

»Die Lichter!«, wiederholte er. »Ja – die Lichter einer Welt, die wir nun nie sehen werden.«

»Wir werden zurückkommen«, sagte ich, denn jetzt nach unserer raschen Flucht war ich voreilig optimistisch, dass wir unsere Kapsel zurückgewinnen würden.

Seine Antwort hörte ich nicht.

»Hä?«, fragte ich.

»Es ist egal«, gab er zur Antwort und wir hasteten schweigend weiter.

Ich nehme an, dass dieser seitlich geneigte Weg vier oder fünf Meilen lang war, berücksichtigte man seine Krümmung, und er stieg so steil auf, dass es auf der Erde nahezu unmöglich gewesen wäre ihn zu erklimmen, doch unter Mondverhältnissen schritt man ihn spielendleicht hinauf. Während dieses ganzen Abschnitts unserer Flucht sahen wir nur zwei Seleniten, und diese rannten sofort als sie uns sahen, Hals über Kopf davon. Es war ersichtlich, dass das Wissen um unsere Stärke und Gewalttätigkeit sie erreicht hatte. Unser Weg an die Oberfläche war unerwartet einfach. Die gewundene Galerie wurde zu einem geraden, steil ansteigenden Tunnel, dessen Boden zahlreiche Spuren der Mondkälber aufwies, und der im Verhältnis zu seinem ungeheuer großen Gewölbe so gerade und kurz war, dass es in keinem Teil von ihm vollkommen dunkel war. Fast unmittelbar begann es heller zu werden, und dann erschien in weiter Ferne, hoch oben und ziemlich blendend hell seine Öffnung zur Oberfläche, eine Steigung, die der Steilheit der Alpen in nichts nachstand, überragt von einem Kamm aus bajonettartigem Gestrüpp, das hochgewachsen und jetzt abgebrochen war, und sich vertrocknet und tot als stachelige Silhouette gegen die Sonne abhob.

Und es ist seltsam, dass wir Menschen, denen eben jene Vegetation vor kurzer Zeit so merkwürdig und schauderhaft erschienen war, sie jetzt mit dem Gefühl eines Heimkehrers aus dem Exil betrachteten, der sein Heimatland wiedersieht. Uns war sogar die dünne Luft willkommen, die uns keuchen ließ, als wir dahinliefen, und bei der das Sprechen nicht mehr so leicht fiel, wie zuvor, sondern Mühe bereitete, um sich Gehör zu verschaffen. Der von der Sonne erleuchtete Kreis über uns wurde immer größer und der gesamte naheliegende Tunnel versank hinter einem Rand aus nicht auszumachender Schwärze. Wir sahen das eingegangene Bajonettgestrüpp ohne jegliches Grün darin, sondern braun, vertrocknet und dicht, und die Schatten seiner oberen Zweige, die hoch oben außer Sichtweite waren, warfen ein dichtes, verschlungenes Muster auf die umgestürzten Felsen. Und unmittelbar an der Tunnelöffnung befand sich eine weitläufig niedergetrampelte Fläche, über die die Mondkälber gekommen und gegangen waren.

Schließlich traten wir auf diese Fläche hinaus in eine Helligkeit und eine Hitze, die uns traf und bedrückte. Wir überquerten den ungeschützten Bereich mühsam und kletterten zwischen den Strünken der Sträucher einen Abhang hinauf und ließen uns dann endlich keuchend an einem erhöhten Ort unter dem Schatten einer gewundenen Lavamasse nieder. Sogar im Schatten fühlte sich der Fels heiß an.

Die Luft war ungemein heiß und wir verspürten großes körperliches Unbehagen, doch trotz allem waren wir nicht länger in einem Alptraum. Wir schienen erneut in unsere eigene Domäne unter den Sternen gekommen zu sein. Die ganze Angst und die Last unserer Flucht durch die dunklen Gänge und Spalten unter uns, waren von uns abgefallen. Jener letzte Kampf hatte uns mit enormem Selbstvertrauen erfüllt, zumindest soweit es die Seleniten betraf. Wir blickten beinahe skeptisch zu der schwarzen Öffnung zurück, aus der wir gerade aufgetaucht waren. Dort unten in einem blauen Lichtschein, der jetzt in unserer Erinnerung der absoluten Dunkelheit am nächsten zu kommen schien, waren wir auf Wesen gestoßen, die wie irrwitzige Hohnbilder der Menschen wirkten, behelmte Kreaturen, und hatten uns in Angst vor ihnen bewegt und hatten uns ihnen unterworfen, bis wir uns nicht länger unterwerfen konnten. Und siehe da, sie waren wie Wachs zerschmettert und wie Abfall verteilt worden, und dann wie Traumgestalten geflohen und entschwunden!

Ich rieb mir die Augen, während ich Zweifel hegte, dass wir nicht geschlafen hatten und diese Dinge aufgrund des Pilzgenusses geträumt hatten, als ich plötzlich das Blut auf meinem Gesicht entdeckte und dass mein Hemd schmerzhaft an meiner Schulter und meinem Arm klebte.

»Verdammt!«, sagte ich und betastete meine Verletzungen mit forschender Hand, und jäh wurde jene entfernte Tunnelöffnung gleichsam zu einem beobachtenden Auge.

»Cavor!«, meinte ich. »Was werden sie jetzt tun? Und was werden wir unternehmen?«

Er schüttelte seinen Kopf, wobei sein Blick auf den Tunnel gerichtet war. »Wie kann man sagen, was sie tun werden?«

»Es hängt davon ab, was sie von uns denken, und ich sehe nicht, wie wir es anfangen sollen, das zu erraten. Und es hängt davon ab, was sie in der Hinterhand haben. Es ist, wie Sie sagen, Cavor, wir haben bloß den äußersten Rand dieser Welt berührt. Sie könnten alle Arten von Dingen hier drinnen haben. Sogar mit diesen Schussapparaten könnte es schlecht für uns aussehen …

»Doch letzten Endes«, sagte ich, »auch wenn wir die Kapsel nicht unmittelbar finden, gibt es eine Möglichkeit für uns. Wir könnten durchhalten, auch in der Nacht. Wir könnten wieder hinabsteigen und es auskämpfen.«

Ich sah mich skeptisch um. Die Beschaffenheit der Landschaft hatte sich aufgrund des enormen Wachstums und dem anschließenden Vertrocknen des Gestrüpps vollkommen verändert. Der Hügelkamm, auf dem wir saßen, lag hoch und bot einen weitläufigen Ausblick auf die Kraterlandschaft, und wir sahen sie jetzt ganz verdorrt und vertrocknet im Spätherbst des Mondnachmittags. Hintereinander erhoben sich lange niedergetrampelte und braune Hänge und Felder, auf denen die Mondkälber geweidet hatten, und in weiter Ferne wärmte sich eine Herde von ihnen schläfrig im vollen Sonnenschein, verstreut stehende Gestalten, neben sich hatte eine jede einen Schattenfleck, gleich Schafen an einem Hügelhang. Aber es war kein einziges Zeichen von einem Seleniten zu sehen. Ob sie bei unserem Auftauchen aus den inneren Gängen geflohen waren, oder ob sie sich gewöhnlich zurückzogen, nachdem sie die Mondkälber hinausgetrieben hatten, kann ich nicht ahnen. Zu der Zeit glaubte ich an ersteres.

»Wenn wir das ganze Zeug in Brand setzen würden«, sagte ich, »könnten wir die Kapsel inmitten der Asche finden.«

Cavor schien mich nicht zu hören. Er spähte unter seiner Hand hindurch zu den Sternen, die immer noch, trotz des starken Sonnenscheins, übergroß am Himmel zu sehen waren. »Wie lange, meinen Sie, sind wir hier?«, fragte er schließlich.

»Wo?«

»Auf dem Mond.«

»Vielleicht zwei Erdentage.«

»Eher an die zehn. Wissen Sie, die Sonne hat den Zenit überschritten und versinkt im Westen. In vier Tagen oder weniger wird es Nacht sein.«

»Aber – wir haben nur einmal gegessen!«

»Das weiß ich, und – aber da sind die Sterne!«

»Aber warum sollte die Zeit anders erscheinen, weil wir uns auf einem kleineren Planeten befinden?«

»Ich weiß es nicht. So ist es!«

»Wie definiert man Zeit?«

»Hunger – Müdigkeit – all diese Dinge sind anders. Alles ist anders – alles. Mir kommt es vor, dass es nur eine Frage von Stunden ist, seit wir das erste Mal die Kapsel verlassen haben – lange Stunden – allenfalls.«

»Zehn Tage«, überlegte ich, »dann bleiben – «, ich blickte einen Moment zur Sonne und sah dann, dass sie auf halbem Weg vom Zenit zum westlichen Rand des Mondes war. »Vier Tage! … Cavor, wir dürfen nicht hier herumsitzen und träumen. Wie denken Sie, können wir beginnen?«

Ich erhob mich. »Wir müssen einen Fixpunkt bestimmen, den wir wiedererkennen – wir könnten eine Flagge hissen oder ein Taschentuch oder irgendetwas – und den Boden in Quadrate aufteilen und uns durcharbeiten.«

Er stand neben mir auf.

»Ja«, meinte er, »es gibt nichts, außer der Suche nach der Kapsel. Nichts. Wir können sie finden – sicher können wir sie finden. Und wenn nicht – «

»Wir müssen weiterhin Ausschau halten.«

Er sah hierhin und dorthin, blickte zum Himmel hinauf und hinab zum Tunnel und erstaunte mich durch ein plötzlich ungeduldiges Gebaren. »Oh, aber wir haben es töricht angefangen! Um in diese Lage zu geraten! Überlegen Sie, wie es hätte sein können und welche Dinge wir hätten tun können!«

»Wir können trotzdem etwas tun.«

»Niemals das, was wir hätten tun können. Hier unter unseren Füßen liegt eine Welt. Überlegen Sie, was das für eine Welt sein muss! Denken Sie an die Maschine, die wir sahen, und den Deckel und den Schacht! Sie waren nur ferne entlegene Dinge, und diese Gestalten, die wir gesehen und bekämpft haben, sind nicht mehr als unwissende Bauern, Bewohner der Randbezirke, Tölpel und Arbeiter, die halb mit Tieren verwandt sind. Tief unten! Höhlen unterhalb von Höhlen, Tunnel, Bauten und Wege … Es muss sich dort ausbreiten und größer, weitläufiger und mehr bevölkert sein, wenn man hinabsteigt. Sicherlich. Bis schließlich ganz hinab zum Zentralmeer, das den Kern des Mondes umspült. Denken Sie an tintenschwarze Gewässer unter spärlichem Licht – wenn ihre Augen überhaupt Licht benötigen! Denken Sie an die kaskadenförmigen Zuflüsse, die ihre Kanäle hinabrinnen, um es zu speisen! Denken Sie an die Gezeiten auf seiner Oberfläche und das Anschwellen und die Verwirbelungen von Ebbe und Flut! Vielleicht haben sie Schiffe, die es befahren, vielleicht sind dort unten mächtige Städte und volle Straßen, und es herrschen Weisheit und Ordnung, die jenseits des menschlichen Verstandes liegen. Und wir könnten hier oben sterben, ohne jemals die Meister zu sehen, die es geben muss – die über diese Dinge herrschen! Wir könnten erfrieren und hier sterben, und die Luft wird auf uns gefrieren und auftauen, und dann – ! Dann werden sie uns finden, unsere steifen und stummen Körper, und die Kapsel, die wir nicht finden konnten, und dann werden sie letzten Endes zu spät all das Denken und die Bemühungen verstehen, die hier vergeblich ihr Ende fanden!«

Während der ganzen Rede klang seine Stimme, als ob man sie durch ein Telefon hörte, schwach und weit weg.

»Aber die Dunkelheit«, warf ich ein.

»Darüber könnte man hinwegkommen.«

»Wie?«

»Ich weiß es nicht. Wie soll ich das wissen? Man könnte eine Fackel mit sich führen, oder eine Lampe – die anderen – könnten es verstehen.«

Er stand einen Augenblick mit gesenkten Händen und verzagter Miene da, während er über die Wüstenei starrte, die ihm trotzte. Dann wandte er sich mit einer abfälligen Geste zu mir und äußerte Vorschläge für die systematische Suche nach der Kapsel.

»Wir können zurückkehren«, sagte ich. .

Er blickte sich um. »Zuallererst müssen wir zur Erde gelangen.«

»Wir könnten Traglampen und Steigeisen und hundert notwendige Dinge mitbringen.«

»Ja«, entgegnete er.

»Mit diesem Gold können wir zeigen, dass wir Erfolg gehabt haben.«

Er blickte auf meine goldenen Hebelstangen und sagte

eine Weile gar nichts. Die Hände hinter dem Rücken verschränkt, stand er da und starrte über den Krater. Schließlich seufzte er und sprach: »Ich war es, der den Weg hierher gefunden hatte, doch einen Weg zu finden, heißt nicht immer, dass man den Weg beherrscht. Wenn ich mein Geheimnis auf die Erde mitnehme, was wird geschehen? Ich sehe nicht, wie ich mein Geheimnis für ein Jahr bewahren kann, auch nicht für den Teil eines Jahres. Früher oder später muss es herauskommen, selbst wenn andere Menschen es wiederentdecken. Und dann … Regierungen und Mächte werden sich abmühen, hierher zu gelangen, sie werden sich gegenseitig bekämpfen und die Mondleute, es wird nur den Krieg verbreiten und die Anlässe für einen Krieg mehren. In kurzer Zeit, in sehr kurzer Zeit, wird dieser Planet bis hinab zu seinen tiefsten Stollen mit menschlichen Leichen übersät sein, wenn ich mein Geheimnis verrate. Andere Dinge sind zweifelhaft, aber das ist gewiss. Es ist nicht, als ob der Mensch irgendeine Verwendung für den Mond hat. Was würde der Mond den Menschen nützen? Haben sie nicht sogar aus ihrem eigenen Planeten nichts anderes als ein Schlachtfeld und einen Schauplatz unendlicher Torheit gemacht? So klein seine Welt ist und so kurz seine Lebensspanne, hat er doch in seinem kleinen Leben dort unten weit mehr als er bedarf. Nein! Die Wissenschaft hat zu lange Waffen geschmiedet, die von Narren verwendet werden. Es ist Zeit, dass sie sie an der Hand nimmt. Lassen wir es ihn selbst erneut herausfinden – im Zeitraum von tausend Jahren.«

»Es gibt Methoden der Geheimhaltung«, sagte ich.

Er sah mich an und lächelte. »In der Tat«, meinte er, »warum sollte man sich sorgen? Es besteht wenig Aussicht, dass wir die Kapsel finden, und dort unten braut sich etwas zusammen. Es ist einfach eine menschliche

Angewohnheit zu hoffen bis wir sterben, was uns an eine Rückkehr denken lässt. Unsere Schwierigkeiten sind nur der Anfang. Wir haben diesem Mondvolk Gewalt nahegebracht, wir haben ihnen einen Vorgeschmack unserer Beschaffenheit gegeben und unsere Chancen stehen in etwa so gut wie die eines entlaufenen Tigers, der im Hyde Park einen Menschen getötet hat. Die Kunde von uns muss von einem Stollen zum nächsten nach unten getragen worden sein, bis zu ihrem Kernpunkt ... Keine vernünftigen Wesen würden uns je diese Kapsel zurück zur Erde nehmen lassen, nachdem sie so viel von uns gesehen haben.«

»Wir verbessern unsere Möglichkeiten nicht, in dem wir hier sitzen«, warf ich ein.

Wir standen nebeneinander auf.

»Letzten Endes«, sagte er, »müssen wir uns aufteilen. Wir müssen ein Taschentuch hier auf diese hohen Dornen stecken und es gut befestigen, und davon als Zentrum ausgehend, müssen wir den Krater absuchen. Sie müssen nach Westen gehen, in Richtung der untergehenden Sonne in Halbkreisen hin- und hergehen. Sie müssen sich zuerst mit ihrem Schatten auf der rechten Seite bewegen, bis er einen rechten Winkel mit der Richtung Ihres Taschentuchs bildet, und dann mit dem Schatten zu Ihrer Linken weitergehen. Und ich werde das gleiche im Osten tun. Wir werden in jede Schlucht blicken, jede Felsklippe untersuchen, wir werden alles Menschenmögliche unternehmen, um meine Kapsel zu finden. Wenn wir Seleniten sehen, werden wir uns so gut wie möglich verstecken. Wir müssen Schnee zum Trinken nehmen, und wenn wir Hunger verspüren, müssen wir ein Mondkalb töten, wenn wir das schaffen, und das Fleisch so wie es ist verzehren – roh – und so wird jeder seinen eigenen Weg gehen.«

»Und wenn einer von uns auf die Kapsel stößt?«

»Er muss zum weißen Taschentuch zurückkehren, dort stehenbleiben und dem anderen ein Zeichen geben.«

»Und wenn es keiner von beiden schafft?«

Cavor blickte zur Sonne. »Wir suchen weiter, bis uns die Nacht und die Kälte einholen.«

»Angenommen die Seleniten haben die Kapsel gefunden und versteckt?«

Er zuckte mit den Schultern.

»Oder wenn sie gegenwärtig Jagd auf uns machen?«

Er gab keine Antwort.

»Sie sollten besser einen Knüppel mitnehmen«, sagte ich.

Er schüttelte den Kopf und starrte von mir weg über die Wüstenei.

Doch für einen Augenblick blieb er noch stehen. Er sah sich schüchtern nach mir um, zögerte. »Au revoir«, sagte er.

Ich verspürte einen merkwürdigen Stich der Rührung. Ein Gefühl wallte in mir auf, wie wir uns gegenseitig verärgert hatten und besonders, wie ich ihn verärgert hatte. »Verdammt«, dachte ich, »wir hätten es besser machen können!« Ich war im Begriff ihn zu bitten, meine Hand zu schütteln – denn ich verspürte gerade das Bedürfnis dazu – als er seine Füße aneinandersetzte und von mir weg Richtung Norden sprang. Er schien wie ein totes Blatt durch die Luft zu treiben, landete leichtfüßig und sprang erneut. Ich stand einen Moment da und beobachtete ihn, dann wandte ich mich widerstrebend nach Westen, riss mich zusammen, wählte, mit einem ähnlichen Gefühl, das ein Mann verspürt, der in eisiges Wasser springt, einen Absprungplatz aus, und warf mich nach vorne, um meine einsame Hälfte der Mondwelt zu erforschen. Ich fiel ziemlich ungeschickt zwischen Felsen, stand auf, sah mich um, kletterte auf eine Felsplatte und sprang erneut …

Als ich bald darauf nach Cavor Ausschau hielt, war er vor meinem Blick verborgen, aber das Taschentuch hing tapfer in der Höhe, weiß im Sonnenglanz.

Ich beschloß jenes Taschentuch nicht aus den Augen zu verlieren, was auch immer geschehen mochte.

KAPITEL 19

Mr. Bedford allein

Nach einer kurzen Weile kam es mir vor, als ob ich immer allein auf dem Mond gewesen war. Eine Zeitlang suchte ich mit einem gewissen Eifer, aber die Hitze war immer noch sehr groß und die dünne Luft lastete wie ein Reifen um die Brust. Bald gelangte ich an ein leeres Becken, um dessen Rand sich hohe, braune und vertrocknete Zweige stachlig sträubten, und ich ließ mich unter ihnen nieder, um mich auszuruhen und abzukühlen. Ich beabsichtigte mich hier nur für eine kleine Weile auszuruhen. Meine Brechstangen legte ich neben mich und saß da, das Kinn in die Hände gestützt. Ich sah mit einer Art müdem Interesse, dass die Felsen des Beckens hier und dort, wo die knisternd trockenen Flechten zusammengeschrumpft waren und einen Blick freigaben, alle mit Gold durchzogen und gesprenkelt waren, dass an manchen Stellen Auswölbungen aus rundlichem und verkrumpeltem Gold aus dem Abraum herausragten. Was machte das jetzt noch aus? Eine Art Trägheit hatte von meinen Gliedmaßen und meinem Verstand Besitz ergriffen, einen Augenblick lang glaubte ich nicht daran, dass wir die Kapsel jemals in dieser riesigen, verdorrten Wildnis finden würden. Mir schien es an einem Beweggrund zu mangeln, mich anzustrengen, bis die Seleniten kommen würden. Dann, glaubte ich, würde ich mich anstrengen, während ich jenem vernunftwidrigen Gebot gehorchte, das einen Menschen dazu drängt, sein Leben vor allen anderen

Dingen zu schützen und zu verteidigen, obgleich er es nur schützt, um nach kurzer Zeit umso schmerzhafter zu sterben.

Warum waren wir auf den Mond gekommen?

Die Angelegenheit stellte sich mir als ein verblüffendes Problem dar. Was ist das für eine Tatkraft im Menschen, die ihn immerzu dazu drängt, sich von Glück und Sicherheit loszusagen, sich zu plagen, sich selbst in Gefahr zu bringen und sogar um eine ziemliche Gewissheit zu sterben in Kauf zu nehmen? Dort im Mond dämmerte mir etwas, das ich immer hätte wissen müssen, dass der Mensch nicht einfach dafür geschaffen ist, sicher, bequem, gut genährt und vergnügt umherzulaufen. Fast jeder Mensch wird zeigen, dass er das weiß, wenn man ihm die Sache nicht in Worten sondern in Form von Möglichkeiten nahe bringt. Entgegen seiner Belange und entgegen seines Glücks wird er ständig dazu getrieben unvernünftige Dinge zu tun. Irgendeine Kraft, nicht er selbst, treibt ihn an und er muss funktionieren. Aber warum? Warum? Während ich inmitten dieses unnützen Mondgolds saß, mitten unter den Dingen einer anderen Welt, rechnete ich mir mein ganzes Leben vor. Ausgehend von der Annahme, dass ich als Schiffbrüchiger auf dem Mond sterben musste, konnte ich überhaupt nicht erkennen, welchem Zweck ich gedient hatte. Ich erlangte keine Erkenntnis über diese Frage, doch auf jeden Fall war es mir deutlicher, als es je zuvor in meinem Leben gewesen war, dass ich nicht meinem eigenen Ziel diente, dass ich in Wahrheit mein ganzes Leben lang nicht den Zielen meines eigenen Lebens gedient hatte. Wessen Zielen, was für Zielen diente ich? ... Ich hörte auf, darüber zu spekulieren, warum wir auf den Mond gekommen waren und holte weiter aus. Warum war ich auf die Erde gekommen? Warum hatte ich überhaupt ein persönliches Leben? ... Schließlich verlor ich mich in unergründlichen Spekulationen ...

Meine Gedanken wurden undeutlich und diffus und führten nicht länger in bestimmte Richtungen. Ich hatte mich nicht schwer oder müde gefühlt – ich kann mir nicht vorstellen, dass man das auf dem Mond tat – aber ich war wohl außerordentlich erschöpft. Auf jeden Fall schlief ich ein.

Dort zu schlummern, ruhte mich sehr aus, glaube ich, und während der ganzen Zeit meines Schlummers ging die Sonne weiter unter und die Heftigkeit der Hitze ließ nach. Als ich schließlich von entferntem Aufruhr aus meinem Schlaf geweckt wurde, fühlte ich mich wieder lebhaft und leistungsfähig. Ich rieb mir die Augen und streckte die Arme. Ich stand auf – ich war ein wenig steif geworden – und machte mich sofort daran, meine Suche fortzusetzen. Ich schulterte meine goldenen Knüppel und verließ die Schlucht aus goldgeäderten Felsen.

In der Tat stand die Sonne niedriger, viel niedriger als zuvor, und die Luft war sehr viel kühler. Ich erkannte, dass ich einige Zeit geschlafen haben musste. Mir kam es vor, als ob über der westlichen Klippe eine schwache Spur eines nebligen Blau hing, und ich sprang auf einen kleinen Felsbuckel und überblickte den Krater. Ich konnte keine Anzeichen von Mondkälbern oder Seleniten erkennen, noch konnte ich Cavor sehen, doch ich sah mein Taschentuch in weiter Ferne, ausgebreitet auf einem Dornendickicht. Ich blickte mich um und dann sprang ich nach vorne zum nächsten geeigneten Aussichtspunkt.

Ich vollführte meine Runde in einem Halbkreis und bewegte mich in einem noch weiter entfernten Halbkreis wieder zurück. Es war sehr anstrengend und hoffnungslos. Die Luft war wirklich sehr viel kühler und es kam mir vor, als ob der Schatten unter dem westlichen Felsvorsprung länger wurde. Immer wieder blieb ich stehen und hielt Ausschau, doch es gab kein Zeichen von Cavor oder den Seleniten, und mir schien, als ob die Mondkälber wieder hineingetrieben wurden – ich konnte keines von ihnen sehen. Mein Wunsch Cavor zu sehen, wurde immer größer. Der geflügelte Umriss der Sonne war jetzt so tief gesunken, dass sie kaum mehr als ihren Durchmesser vom Himmelsrand entfernt war. Mich bedrückte die Vorstellung, dass die Seleniten bald ihre Deckel und Luken schließen würden und uns unter dem unerbittlichen Ansturm der Mondnacht ausschließen würden. Es schien mir höchste Zeit zu sein, dass er seine Suche einstellte und wir uns gemeinsam berieten. Ich spürte, wie dringend es war, dass wir bald über unseren Weg entschieden. Es war uns nicht gelungen die Kapsel zu finden, wir hatten nicht länger Zeit sie zu suchen, und waren diese Tore einmal geschlossen, wenn wir noch draußen waren, dann wären wir verloren. Die große Nacht des Weltalls würde sich auf uns herabsenken – diese Schwärze der Leere, die den vollkommenen Tod bedeutet. Mein ganzes Leben schrumpfte bei dieser Betrachtungsweise zusammen. Wir mussten wieder in den Mond gelangen, auch wenn wir bei dem Versuch umkommen würden. Mich verfolgte die Vorstellung, wie wir erfroren, wie wir mit letzter Kraft auf die Luke der großen Grube einhämmerten.

Ich verschwendete keinen Gedanken mehr an die Kapsel. Ich dachte nur daran Cavor wiederzufinden. Ich war eher halb geneigt ohne ihn in das Mondinnere zurückzukehren, als ihn zu suchen, bis es zu spät wäre. Ich war bereits auf halbem Weg zurück zu unserem Taschentuch, als ich plötzlich die Kapsel sah!

Ich fand sie nicht, vielmehr hatte sie mich gefunden.

Sie lag viel weiter westlich als ich gegangen war, und die schrägverlaufenden Sonnenstrahlen, die von ihrem Glas reflektiert wurden, hatten plötzlich ihre Anwesenheit mit einem blendenden Lichtstrahl kundgetan. Eine Weile glaubte ich, dass dies irgendeine neue Vorrichtung der Seleniten gegen uns war, und dann begriff ich es.

Ich warf die Arme nach oben, stieß einen gespenstischen Schrei aus und sprang mit großen Schritten auf sie zu. Ich strauchelte bei einem meiner Sprünge, fiel in eine tiefe Schlucht und verrenkte mir den Knöchel, und stolperte danach bei fast jedem meiner Sprünge. Ich befand mich in einem Zustand hysterischer Aufregung, zitterte heftig und war, lange bevor ich sie erreichte, ziemlich außer Atem. Mindestens dreimal musste ich stehenbleiben, die Hände in die Seiten gestützt und trotz der Trockenheit der dünnen Luft, stand mir der Schweiß auf dem Gesicht.

Bis ich sie erreichte, dachte ich an nichts anderes als die Kapsel, ich vergaß sogar meine Sorge über Cavors Verbleib. Mein letzter Satz warf mich mit den Händen voran hart gegen das Glas, dann lag ich keuchend dagegen gelehnt und versuchte vergeblich zu rufen: »Cavor, hier ist die Kapsel!« Als ich mich ein wenig erholt hatte, spähte ich durch das dicke Glas und die Gegenstände im Inneren schienen durcheinandergeworfen zu sein. Ich bückte mich, um einen näheren Blick zu erhaschen. Dann versuchte ich hineinzugelangen. Ich musste sie ein wenig zur Seite kippen, um meinen Kopf durch die Einstiegsluke zu stecken. Der Schraubdeckel lag im Inneren und ich konnte jetzt erkennen, dass nichts berührt oder beschädigt worden war. Sie lag so da, wie wir sie verlassen hatten, als wir mitten im Schnee ausgestiegen waren. Eine Zeitlang war ich ganz damit beschäftigt eine Bestandsaufnahme zu machen und zu erneuern. Ich stellte fest, dass ich heftig zitterte. Es tat gut, den vertrauten dunklen Innenraum wieder zu sehen! Ich kann nicht sagen, wie gut es tat. Sogleich kroch ich hinein und setzte mich zwischen die Gegenstände. Ich sah durch das Glas auf die Mondwelt hinaus und schauderte. Meine goldenen Hebelstangen legte ich auf den Tisch, suchte etwas Nahrung und verzehrte diese, nicht so sehr weil ich sie benötigte, sondern weil sie vorhanden war. Dann kam mir in den Sinn, dass es Zeit wäre, hinauszugehen und Cavor ein Zeichen zu geben. Aber ich ging nicht sofort nach draußen und gab Cavor ein Signal. Irgendetwas hielt mich in der Kapsel.

Immerhin wandte sich alles zum Guten. Es würde noch genug Zeit für uns sein, mehr von dem magischen Gestein zu holen, dass einem die Herrschaft über die Menschen verleiht. Dort hinten, in der Nähe, war Gold zum Aufsammeln, und die Kapsel würde genauso gut reisen, wenn sie zur Hälfte voller Gold wäre, als wenn sie leer wäre. Wir könnten jetzt zurückkehren, Herren über unsereins und unsere Welt, und dann –

Ich stand schließlich auf, und stieg mit Mühe aus der Kapsel aus. Ich fröstelte als ich hinauskam, denn die Abendluft wurde sehr kalt. In der Senke stehend, blickte ich mich um. Ich untersuchte die Büsche um mich herum sehr sorgfältig, bevor ich zu dem nahegelegenen Felsvorsprung sprang und noch einmal den Sprung wagte, der mein erster auf dem Mond gewesen war. Aber jetzt unternahm ich ihn trotz allem ohne Anstrengung.

Das Wachstum und der Verfall der Vegetation war schnell vonstattengegangen, und das ganze Aussehen der Felsen hatte sich verändert, aber noch war es möglich den Abhang, auf dem die Samen gekeimt hatten, und das Felsenmassiv auszumachen, von dem aus wir zum ersten Mal den Krater überblickt hatten. Aber das Dornengestrüpp auf dem Abhang stand jetzt braun, verdorrt und dreißig Fuß hoch da, und warf lange Schatten, die sich weiter erstreckten, als man sie sehen konnte, und die kleinen Samen, die sich in den oberen Zweigen anhäuften, waren braun und reif. Seine Arbeit war getan und es war morsch und bereit unter der gefrierenden Luft herabzufallen und zu verkrumpeln, sobald die Nacht herabsank. Und die riesigen Kakteen, die sich vor unseren Augen aufgebläht hatten, waren längst schon zerborsten und hatten ihre Sporen in alle vier Himmelsrichtungen des Mondes verstreut. Erstaunlicher kleiner Winkel im Universum – der Landeplatz der Menschen!

Eines Tages, überlegte ich, werde ich genau dort in der Mitte der Senke eine Inschrift errichten lassen. Mir kam in den Sinn, wenn diese wimmelnde Welt im Inneren von der vollen Tragweite des Augenblicks wüsste, wie rasend würde ihr Aufruhr werden!

Aber bis jetzt konnten sie sich kaum die Bedeutung unseres Kommens vorstellen. Denn sonst würde im Krater ein Aufruhr aufgrund der Verfolgung herrschen, und es nicht totenstill sein! Ich sah mich nach einer Stelle um, von der aus ich Cavor ein Zeichen geben könnte, und sah eben jene Felsanhäufung, zu der er von meinem gegenwärtigen Standpunkt gesprungen war, immer noch freiliegend und kahl. Einen Augenblick lang zögerte ich, mich so weit von der Kapsel zu entfernen. Dann sprang ich mit einem Gewissensbiss vor Scham aufgrund meines Zögerns ab …

Von diesem Aussichtspunkt aus überblickte ich den Krater erneut. Weit entfernt an der Spitze meines gewaltigen Schattenwurfs flatterte das kleine weiße Taschentuch auf den Büschen. Es war sehr klein und weit weg, und Cavor war nicht zu sehen. Es schien mir, dass er zu dieser Zeit nach mir Ausschau halten sollte. Das hatten wir verabredet. Aber er war nirgends zu sehen.

Ich stand da, wartete und beobachtete, während ich meine Augen mit den Händen beschattete und erwartete ihn jeden Moment zu erkennen. Sehr wahrscheinlich stand ich dort für eine ziemlich lange Zeit. Ich versuchte zu rufen und wurde an die dünne Luft erinnert. Ich machte einen unentschlossenen Schritt zurück zur Kapsel. Aber eine lauernde Furcht vor den Seleniten ließ mich zögern, als Zeichen für meinen Verbleib eine unserer Schlafdecken auf einem angrenzenden Busch zu hissen. Ich suchte den Krater erneut ab.

Er vermittelte ein Gefühl der Leere, die mich frösteln ließ. Und es war still. Jedes Geräusch der Seleniten in der unterirdischen Welt war erstorben. Es war totenstill. Außer dem Gestrüpp um mich herum, das leise im leichten Wind raschelte, gab es kein Geräusch, nicht einmal ein Echo eines Geräuschs. Und der Wind war kalt.

Zur Hölle mit Cavor!

Ich atmete tief ein und legte meine Hände trichterförmig an den Mund. »Cavor!«, brüllte ich und es klang, als ob ein Knirps in weiter Ferne rief.

Ich sah auf das Taschentuch, blickte hinter mich auf den breiter werdenden Schatten des westlichen Felsvorsprungs und sah zwischen meinen Fingern hindurch nach der Sonne. Mir kam es vor, als ob sie beinahe sichtbar den Himmel hinabkroch.

Ich spürte, dass ich umgehend handeln musste, wenn ich Cavor retten wollte. Ich riss mir meine Weste vom Leib und warf sie als Markierung auf die welken Bajonettdornen der Büsche hinter mir, und machte mich dann in direkter Richtung zu dem Taschentuch auf. Vielleicht war es ein paar Meilen entfernt – eine Sache von ein paar hundert Sprüngen und Schritten. Ich habe bereits berichtet, wie man während dieser Mondschritte in der Luft zu hängen schien. Bei jeder Schwebephase hielt ich nach Cavor Ausschau und wunderte mich, warum er sich verstecken sollte. Bei jedem Sprung konnte ich spüren, wie die Sonne tiefer sank. Jedes Mal, wenn ich den Boden berührte, war ich versucht zurückzukehren.

Ein letzter Sprung und ich stand in der Senke unterhalb unseres Taschentuchs, ein Schritt und ich stand eine Armlänge davon entfernt auf unserem früheren Aussichtspunkt. Ich richtete mich gerade auf und untersuchte meine Umgebung zwischen den länger werdenden Schattenstreifen. Weit entfernt, am Fuß eines langen Abhangs, lag die Tunnelöffnung, aus der wir geflohen waren, und mein Schatten reichte bis zu ihr hin, erstreckte sich in ihre Richtung und berührte sie, wie ein Finger der Nacht.

Kein Zeichen von Cavor, kein Geräusch in der ganzen Stille, nur die Büsche bewegten sich und schwankten mehr und die Schatten wurden länger. Und plötzlich und heftig erschauerte ich. »Cav – «, hob ich an und erkannte einmal mehr wie unbrauchbar die menschliche Stimme in dieser dünnen Luft war. Stille. Totenstille.

Dann fiel mir etwas ins Auge – ein kleiner Gegenstand lag vielleicht fünfzig Yard entfernt den Abhang hinab, mitten zwischen herumliegenden verkrümmten und abgebrochenen Zweigen. Was war das? Ich wusste es, und doch wollte ich es aus irgendeinem Grund nicht wissen. Ich trat näher heran. Es war die kleine Kricketmütze, die Cavor getragen hatte. Ich berührte sie nicht, stand da und betrachtete sie.

Dann sah ich, dass die verstreuten Zweige ringsherum gewaltsam zerbrochen und zertrampelt waren. Ich zögerte, trat vor und hob die Mütze auf.

Mit Cavors Mütze in der Hand stand ich da, während ich auf das zertrampelte Röhricht und die Dornen um mich herum blickte. Auf einigen von ihnen waren kleine Schmierflecken von etwas Dunklem, das ich nicht zu berühren wagte. Vielleicht ein Dutzend Yards entfernt, brachte der zunehmende Wind etwas zum Vorschein, etwas Kleines von intensivem Weiß.

Es handelte sich um ein kleines Stück Papier, das so fest zusammengeknüllt war, als ob jemand es sehr fest gepackt hatte. Ich hob es auf und darauf befanden sich rote Schmierflecken. Ich erkannte schwache Bleistiftstriche, strich es glatt und sah eine unregelmäßige und abgehackte Schrift, die schließlich in einem krummen Strich auf dem Papier endete.

Ich nahm mir vor, dies zu entschlüsseln.

»Ich bin am Knie verletzt, ich glaube meine Kniescheibe ist verletzt, und ich kann weder laufen noch kriechen«, fing es an – ziemlich deutlich geschrieben.

Dann weniger leserlich: »Sie haben mich eine Weile gejagt, und es ist nur eine Frage der« – das Wort »Zeit« schien hier gestanden zu haben und war zugunsten etwas Unleserlichem gewichen – »bevor sie mich fangen. Sie sind überall um mich herum.«

Dann wurde die Handschrift verkrampft. »Ich kann sie hören«, glaubte ich zu lesen, und dann war sie eine Zeitlang unleserlich. Dann folgte eine kurze Folge ziemlich deutlicher Wörter: »eine vollkommen andere Art der Seleniten, sie scheinen die Führung zu – « Die Schrift wurde erneut zu einem bloßen, hastigen Wirrwarr.

»Sie besitzen größere Hirnschalen – viel größere, und schlankere Körper und sehr kurze Beine. Sie machen leise Geräusche und bewegen sich behutsam organisiert ...«

»Und obwohl ich hier verwundet und hilflos bin, gibt mir ihre Anwesenheit immer noch Hoffnung.« Das klang ganz nach Cavor. »Sie haben nicht auf mich geschossen oder versucht … Verletzung. Ich habe vor – «

Dann folgte der plötzliche Strich quer über das Papier und auf der Rückseite und an den Rändern war – Blut!

Und als ich dort dümmlich und verblüfft stand, mit diesem überraschenden Fundstück in meiner Hand, berührte etwas sehr Sanftes, Helles und Kaltes meine Hand für einen Augenblick und löste sich auf, und dann trieb etwas, ein kleiner weißer Fleck, quer durch einen Schatten hindurch. Es war eine winzige Schneeflocke, die erste Schneeflocke, der Vorbote der Nacht.

Ich sah erschrocken nach oben und der Himmel war beinahe ganz dunkel geworden und dicht mit einer zunehmenden Vielzahl kalter, wachsamer Sterne besetzt. Ich blickte nach Osten und das Licht dieser ausgedörrten Welt war in düstere Bronze getaucht, während im Westen die Sonne, jetzt von einem sich verdichtenden weißen Nebel zur Hälfte ihrer Hitze und ihres Glanzes beraubt, den Kraterrand berührte, aus dem Sichtfeld sank und all die Sträucher und die zerklüfteten und umgestoßenen Felsen zeichneten sich vor ihr in einer stacheligen Unordnung schwarzer Umrisse ab. Im Westen versank ein gewaltiger Nebelkranz im großen See der Dunkelheit. Ein kalter Wind ließ den ganzen Krater erschauern. Plötzlich stand ich für einen Augenblick in einer Böe aus fallendem Schnee, und die ganze Welt um mich herum wurde grau und dunkel.

Und dann war es zu hören, nicht laut und durchdringend wie anfangs, sondern schwach und undeutlich wie eine ersterbende Stimme, jenes Wummern, das gleiche Wummern, das den ankommenden Tag begrüßt hatte:

Bumm! … Bumm! … Bumm! …

Es hallte durch den Krater, es schien zu pochen wie das Pulsieren der größeren Gestirne, die blutrote Sichel der Sonnenscheibe versank, während es hinausdröhnte: Bumm! … Bumm! … Bumm! …

Was war Cavor zugestoßen? Während der gesamten Zeit in der es wummerte, stand ich dümmlich da, und schließlich endete es.

Und plötzlich schloß sich die Tunnelöffnung dort unten, wie ein Auge und verschwand aus dem Blickfeld.

Dann war ich wirklich allein.

Über mir, um mich herum war die Ewigkeit, die mich umschloss, mich immer enger umarmte. Das was vor dem Anfang war und das was über das Ende triumphieren würde. Jene ungeheure Leere, in der alles Licht, Leben und Sein nur der dünne und schwindende Glanz eines fallenden Sterns, die Kälte, die Stille und das Schweigen ist – die unendliche und endgültige Nacht des Weltalls.

Das Gefühl von Einsamkeit und Trostlosigkeit wurde zum Gefühl einer überwältigenden Präsenz, die sich zu mir herabbeugte, die mich beinahe berührte.

»Nein«, rief ich, »Nein! Nicht jetzt! Nicht jetzt! Warte! Warte! Oh, warte!« Meine Stimme wurde zu einem Aufschrei. Ich warf das zerknitterte Papier von mir, kämpfte mich zurück auf den Bergrücken, um mich zu orientieren, und dann sprang ich mit äußerster Willenskraft in Richtung der Markierung, die ich zurückgelassen hatte, und die jetzt undeutlich und weit entfernt am äußersten Rand des Schattens lag.

Ein Sprung nach dem anderen und jeder dauerte sieben Zeitalter.

Vor mir versank der blasse, wie von einer Schlange umgebene Bereich der Sonne immer weiter, und der vorrückende Schatten fegte herbei, um die Kapsel zu erfassen, ehe ich sie erreichen konnte. Ich war zwei Meilen entfernt, hundert Sprünge oder mehr, und die Luft um mich herum wurde dünner, wie sie durch eine Luftpumpe verdünnt wird, und die Kälte fuhr mir in die Gelenke. Aber wäre ich gestorben, es wäre im Sprung geschehen. Einmal und dann wieder glitt mein Fuß auf dem zunehmenden Schnee aus, als ich sprang, und verkürzte so meinen Sprung. Einmal stürzte ich in Büsche, die sich krachend und berstend in staubige Späne und ins Nichts verwandelten, und einmal stolperte ich vor der Landung und rollte kopfüber in eine Schlucht, aus der ich mich zerschrammt, blutend und orientierungslos erhob.

Aber solche Zwischenfälle waren nichts im Vergleich zu jenen schrecklichen Pausen, während der man durch die Luft auf die heranströmende Nacht zutrieb. Mein Atem pfiff und es fühlte sich an, als ob Messer in meiner Lunge umherwirbelten. Mein Herz schien mir gegen die Oberfläche meines Gehirns zu pochen. »Werde ich sie erreichen? Oh, Himmel! Werde ich sie erreichen?«

Mein ganzes Dasein wurde zu Angst.

»Leg dich hin!«, schrien Schmerz und Verzweiflung, »leg dich hin!«

Je näher ich mich kämpfte, desto entsetzlich weiter schien sie entfernt zu sein. Ich war benommen, stolperte, holte mir Schrammen und Schnitte und blutete nicht.

Sie kam in Sicht.

Ich fiel auf alle Viere und meine Lunge keuchte.

Ich kroch. Der Reif sammelte sich auf meinen Lippen, Eiszapfen hingen von meinem Schnurrbart und ich war weiß von der gefrierenden Atmosphäre.

Ein Dutzend Yards war ich von ihr entfernt. Meine Augen hatten sich getrübt. »Leg dich hin!«, schrie die Verzweiflung, »leg dich hin!«

Ich berührte sie und blieb stehen. »Zu spät!«, schrie die Verzweiflung, »leg dich hin!«

Steif kämpfte ich dagegen an. Ich war am Rand der Einstiegsluke, ein betäubtes, halbtotes Wesen. Rings um mich war der Schnee. Ich hievte mich hinein. Im Inneren lauerte noch ein wenig wärmere Luft.

Die Schneeflocken – die Luftflocken – tanzten um mich herum, als ich mit eiskalten Händen versuchte den Schraubdeckel zuzuschieben und ihn fest und hart herumdrehte. Ich schluchzte. »Ich schaffe es«, stieß ich mit klappernden Zähnen hervor. Und dann wandte ich mich mit zitternden und steifen Fingern den Knöpfen der Blenden zu.

Als ich an den Schaltern herumtastete – denn ich hatte sie nie zuvor gesteuert – konnte ich durch das beschlagene Glas schemenhaft die lodernden roten Strahlen der untergehenden Sonne sehen, die durch den Schneesturm tanzten und flackerten, und die schwarzen Umrisse des Gestrüpps, die sich unter dem sich anhäufenden Schnee verdichteten, krümmten und einbrachen. Immer dichter wirbelte der Schnee und hob sich schwarz gegen das Licht ab. Was wäre, wenn sich mir die Schalter jetzt widersetzten? Dann klickte etwas unter meinen Händen und sofort war der letzte Anblick der Mondwelt vor meinen Augen verborgen. Ich war in der Stille und der Dunkelheit der interplanetaren Kapsel.

KAPITEL 20

Mr. Bedford in der Unendlichkeit des Raums

Es war beinahe, als ob ich umgebracht worden war. In der Tat könnte ich mir vorstellen, dass sich ein Mensch, der plötzlich und gewaltsam zu Tode kam, sehr so fühlen würde, wie ich es tat. Im einen Augenblick eine Leidenschaft des sich quälenden Daseins, im nächsten Augenblick Dunkelheit und Stille, weder Licht noch Leben noch Sonne, weder Mond noch Sterne, die leere Unendlichkeit. Obwohl es durch mein eigenes Handeln geschah, obwohl ich diese bestimmte Auswirkung schon in Cavors Gesellschaft erlebt hatte, fühlte ich mich verblüfft, perplex und überwältigt. Mir kam es vor, als ob ich in eine ungeheure Dunkelheit getragen würde. Meine Finger glitten von den Hebeln, ich hing wie schwerelos in der Luft, und schließlich stieß ich sehr sanft und langsam gegen den Ballen, die goldene Kette und die Hebelstangen, die in die Mitte der Kapsel getrieben waren.

Ich weiß nicht, wie lang ich so dahintrieb. Natürlich war das irdische Zeitgefühl in der Kapsel vergebens, sogar noch mehr als auf dem Mond. Als mich der Ballen streifte, war es als ob ich aus einem traumlosen Schlaf erwacht wäre. Ich erkannte sofort, wenn ich wach und am Leben bleiben wollte, musste ich Licht machen oder ein Fenster öffnen, so dass ich irgendeinen Fixpunkt für die Augen hatte. Und außerdem war mir kalt. Deshalb stieß ich mich von dem Ballen ab, klammerte mich an die dünnen Leitungen auf der Glasinnenseite, hangelte mich entlang, bis ich zum Rand der Einstiegsluke kam und fand so die Richtung, in der sich die Hebel für das Licht und Blenden befanden, stieß mich erneut ab und schwebte einmal um den Ballen herum, wurde von etwas Großem und Leichtem erschreckt, das lose umhertrieb, bekam mit der Hand eine der Leitungen zu fassen, die sich ganz in der Nähe der Hebel befand, und erreichte sie. Zuerst zündete ich die kleine Lampe an, um zu sehen, mit was ich zusammengestoßen war, und entdeckte jene alte Ausgabe von *Lloyd's News*, die sich gelöst hatte und nun im Nichts trieb. Dies brachte mich aus dem Unendlichen wieder zurück zu meinen eigentlichen Dimensionen. Eine Weile musste ich deswegen lachen und keuchen, und kam auf den Gedanken, ein wenig Sauerstoff aus einem der Zylinder abzulassen. Danach entfachte ich das Heizgerät, bis mir warm wurde und dann aß ich etwas. Anschließend machte ich mich auf sehr behutsame Weise an die Arbeit mit den Cavoritblenden, um zu sehen, ob ich irgendwie erahnen konnte, wie sich die Kapsel fortbewegte.

Die erste Blende, die ich öffnete, schloß ich sofort wieder, und war eine Zeitlang von dem Sonnenlicht, welches mich getroffen hatte, niedergestreckt und geblendet. Nachdem ich eine Weile überlegt hatte, machte ich mich an die Fenster, die im rechten Winkel zu dem eben geöffneten lagen, und bekam hier die große Mondsichel und die kleine Erdsichel dahinter zu sehen. Ich war überrascht festzustellen, wie weit ich vom Mond entfernt war. Ich hatte damit gerechnet, dass ich nicht nur wenig oder nichts von dem »Impuls« spüren würde, den uns die Erdatmosphäre bei unserem Start gegeben hatte, sondern dass der tangentiale »Schwung« der Mondrotation mindestens achtundzwanzig Mal schwächer sein würde als der der Erde. Ich hatte erwartet festzustellen, dass ich über unserem Krater und am Rand der Nacht hing, aber all das war jetzt nur ein Teil des Umrisses der weißen Sichel, die den Himmel ausfüllte. Und Cavor –?

Er war bereits unendlich klein.

Ich versuchte mir vorzustellen, was ihm zugestoßen sein könnte. Aber zu dieser Zeit konnte ich an nichts anderes als den Tod denken. Ich meinte ihn zu sehen, zusammengekrümmt und zerschmettert am Fuß eines endlos hohen blauen Wasserfalls. Und überall um ihn herum starrten diese dummen Kerbtiere …

Nach dem anregenden Kontakt mit der schwebenden Zeitung dachte ich für eine Weile wieder praktisch. Mir war ziemlich klar, dass ich zur Erde zurückkehren musste, doch soweit ich sehen konnte, trieb ich von ihr fort. Was immer Cavor zugestoßen war, auch wenn er noch am Leben war, was mir nach jenem blutbefleckten Stück Papier unmöglich schien, ich war machtlos ihm zu helfen. Dort war er, lebendig oder tot hinter dem Mantel jener strahlenlosen Nacht, und dort musste er mindestens bleiben, bis ich unsere Mitmenschen auffordern konnte, ihm zu helfen. Sollte ich das tun? Etwas Derartiges schwebte mir vor: wenn möglich zur Erde zurückkehren, und dann nach reiflicher Überlegung bestimmen, entweder die Kapsel ein paar verschwiegenen Leuten zu zeigen und zu erklären, und mit ihnen zusammenzuarbeiten, oder mein Geheimnis zu bewahren, mein Gold zu verkaufen, Waffen, Vorräte und einen Gehilfen zu besorgen, und mit diesen Vorteilen zurückzukehren, um dem schwachen Mondvolk ebenbürtig zu sein, um Cavor, wenn es noch ginge, zu retten, und auf jeden Fall einen ausreichenden Goldvorrat zu beschaffen, um meine künftigen Fortschritte auf eine stabilere Basis zu stellen.

Ich machte mich daran, genau zu entscheiden, wie eine Rückkehr zur Erde bewerkstelligt werden könnte. Als ich mich mit diesem Problem abmühte, hörte ich auf, mir darüber Gedanken zu machen, was ich nach meiner Rückkehr tun sollte. Schließlich war meine einzige Sorge, wie ich zurückkommen konnte.

Schließlich hatte ich mir ausgetüftelt, dass meine beste Chance darin bestehen würde, so nah wie ich es wagte zum Mond zurückzukehren, um Geschwindigkeit aufzunehmen, dann meine Fenster zu schließen und hinter ihm vorbeizufliegen, und wenn ich ihn passiert hatte, das erdwärts gerichtete Fenster zu öffnen und so in zügigem Tempo heimwärts zu fliegen. Aber ob ich mit dieser Methode jemals die Erde erreichen würde, oder mich nicht einfach nur in einer hyperbel- oder parabelförmigen Kurve oder anderweitig um sie herumdrehen würde, konnte ich nicht sagen. Später hatte ich einen glücklichen Einfall, und durch Öffnen bestimmter Fenster, die zum Mond ausgerichtet waren, der am Himmel vor der Erde erschienen war, lenkte ich meinen Kurs so seitwärts, dass ich der Erde entgegenkam, denn mir leuchtete ein, dass ich ohne solch ein Hilfsmittel an ihr vorbeigeflogen wäre. Ich vollführte viele komplizierte Denkvorgänge aufgrund dieser Probleme – denn ich bin kein Mathematiker – und letzten Endes bin ich mir sicher, dass mich mehr Glück, als meine Schlussfolgerungen, dazu befähigten, die Erde zu treffen. Hätte ich damals gewusst, dass die mathematischen Wahrscheinlichkeiten gegen mich standen, was ich heute weiß, so zweifle ich, ob ich mir überhaupt die Mühe gemacht hätte, die Hebel zu berühren, um einen Versuch zu wagen. Und als ich ausgetüftelt hatte, was ich für das Richtige hielt, öffnete ich alle zum Mond gerichteten Fenster und kauerte mich hin – der Kraftaufwand hob mich für eine Weile ein paar Fuß hoch in die Luft, wo ich auf seltsamste Weise schwebte – und wartete, dass die Sichel immer größer wurde, bis ich glaubte, mich gefahrlos genug genähert zu haben. Dann würde ich alle Fenster schließen, am Mond mit der dort aufgenommenen Geschwindigkeit vorbeifliegen – wenn ich nicht auf ihm zerschellte – und so der Erde entgegenkommen.

Und das tat ich.

Endlich spürte ich, dass mein Anflug auf den Mond erfolgreich war. Ich verbannte den Anblick des Mondes aus meinem Gesichtsfeld, und in einem Geisteszustand, der, wie ich mich jetzt erinnere, unglaublich frei von Angst oder einer Art Pein war, setzte ich mich nieder, um in diesem kleinen Fleckchen Materie im endlosen Raum, eine Wache anzutreten, die bis zur Landung auf der Erde anhalten sollte. Das Heizgerät hatte die Kapsel leidlich erwärmt, die Luft war durch den Sauerstoff aufgefrischt worden, und außer eines leichten Blutstaus im Kopf, den ich die ganze Zeit seit Verlassen der Erde hatte, fühlte ich vollkommenes körperliches Wohlbehagen. Ich hatte das Licht wieder gelöscht, damit es mich am Ende nicht im Stich ließ, und so war ich in der Dunkelheit, abgesehen vom Erdlicht und den glänzenden Sternen unter mir. Alles war so völlig geräuschlos und still, dass ich wirklich das einzige lebende Wesen im Universum sein könnte, und doch empfand ich seltsamerweise genauso wenig Einsamkeit oder Angst, als wenn ich in meinem Bett auf der Erde gelegen hätte. Nun scheint mir das umso seltsamer zu sein, denn während meiner letzten Stunden in jenem Krater auf dem Mond war das Gefühl äußerster Einsamkeit eine Höllenqual gewesen …

So unglaublich es scheint, diese Zeitspanne, die ich im Weltraum verbrachte, steht in keinem Verhältnis zu irgendeiner anderen Zeitspanne meines Lebens. Manchmal schien es, als ob ich dort unermessliche Ewigkeiten hindurch wie ein Gott auf einem Lotusblatt saß, und dann wieder war es wie eine momentane Unterbrechung, während der ich vom Mond zur Erde sprang. In Wahrheit waren es insgesamt ein paar Wochen nach irdischer Zeitrechnung. Aber ich hatte mit Sorge und Angst, Hunger oder Furcht während dieses Zeitraums abgeschlossen. Ich schwebte und dachte mit einer seltsamen Weite und Freiheit an alles, was wir durchgemacht hatten, und an mein ganzes Leben und meine Beweggründe und die verborgenen Aspekte meines Daseins. Ich schien mir immer größer geworden zu sein, jeglichen Sinn für Bewegung verloren zu haben, inmitten der Sterne zu treiben und stets war das Gefühl, wie klein die Erde und wie unendlich klein mein Leben darauf ist, in meine Gedankengänge eingeschlossen.

Ich kann nicht behaupten, die Dinge, die in meinem Verstand geschahen, erklären zu können. Zweifellos konnten sie alle direkt oder indirekt den merkwürdigen physikalischen Umständen zugeschrieben werden, unter denen ich lebte. Ich gebe sie hier nur wieder, wie sie waren, und das ohne jeglichen Kommentar. Das Auffallendste daran war ein durchdringender Zweifel an meiner eigenen Identität. Ich war, wenn ich es so ausdrücken darf, von Bedford losgelöst, ich sah auf Bedford herab, wie auf etwas Unbedeutendes, Beiläufiges, mit dem ich zufällig verbunden war. Ich sah Bedford in vielen Beziehungen – als einen Esel oder ein armes Tier, wo ich bisher dazu geneigt hatte, ihn mit leisem Stolz als eine sehr beherzte oder ziemlich überzeugende Person anzusehen. Ich betrachtete ihn nicht nur als Esel, sondern als den Spross vieler Generationen von Eseln. Ich überdachte seine Schulzeit, sein junges Mannesalter und seine erste Begegnung mit der Liebe, ungefähr so, wie man die Fortschritte einer Ameise im Sand betrachtet. Etwas von dieser Zeit der Klarheit, die ich bereue, hängt immer noch an mir, und ich bezweifle, dass ich jemals die vollendete Selbstzufriedenheit meiner Jugendzeit wiedererlangen werde. Aber zu dieser Zeit war die Sache nicht im Geringsten schmerzhaft, denn ich war der außerordentlichen Überzeugung, dass ich tatsächlich nicht mehr Bedford noch irgendjemand sonst war, sondern nur eine Seele, die durch die unbewegte Ruhe des Raums trieb. Warum sollten mich die Unzulänglichkeiten jenes Bedfords stören? Ich war weder für ihn noch für sie verantwortlich.

Eine Zeitlang kämpfte ich gegen diese wirklich bizarre Wahnvorstellung. Ich versuchte mir die Erinnerung lebhafter Momente an zärtliche und intensive Gefühle als Hilfe ins Gedächtnis zu rufen. Ich spürte, wenn ich mich an einen echten Anflug eines Gefühls erinnern könnte, würde die zunehmende Trennung aufgehalten werden. Aber ich konnte es nicht. Ich sah Bedford, wie er die Chancery Lane hinuntereilte, mit dem auf den Hinterkopf gerutschten Hut und fliegenden Frackschößen, auf dem Weg zu seiner öffentlichen Vernehmung. Ich sah wie er anderen ähnlichen kleinen Gestalten auswich, mit ihnen zusammenstieß und auch grüßte, in jener vor Menschen wimmelnden Gasse. Ich? Ich sah Bedford am selben Abend in der Wohnstube einer gewissen Dame, sein Hut, der dringend ausgebürstet werden müsste, lag auf dem Tisch neben ihm, und er war in Tränen ausgebrochen. Ich? Ich sah ihn mit jener Dame in verschiedenen Gesten und Emotionen agieren – ich fühlte mich nie zuvor so losgelöst … Ich sah, wie er nach Lympne eilte, um ein Theaterstück zu schreiben, wie er Cavor ansprach, und hemdsärmelig an der Kapsel arbeitete, und nach Canterbury ging, weil er Angst hatte, mitzukommen! Ich? Ich glaubte es nicht.

Ich argumentierte noch, dass all dies Teil einer Wahnvorstellung war, aufgrund meiner Einsamkeit und der Tatsache, dass ich schwerelos war und das Gefühl der Widerstandskraft verloren hatte. Ich bemühte mich, dieses Gefühl wiederzuerlangen, indem ich mich in der Kapsel immer wieder abstieß, mir in die Hände zwickte und sie verschränkte. Unter anderem machte ich das Licht an, fing die zerrissene Ausgabe von *Lloyd's*, und las jene überzeugend sachlichen Inserate über das Fahrrad der Marke Cutaway, den Gentleman mit eigenem Vermögen und die Dame in Nöten, die diese »Gabeln und Löffel« verkaufte. Es gab keinen Zweifel, *sie* alle existierten wirklich, und so sagte ich mir: »Das ist deine Welt, und du bist Bedford, und du kehrst zurück, um dein ganzes restliches Leben inmitten solcher Dinge zu verbringen.« Aber die Zweifel in mir konnten immer noch entgegensetzen: »Nicht du liest das, sondern Bedford, aber du bist nicht Bedford, wie du weißt. Da liegt der Fehler.«

»Zum Teufel damit!«, rief ich. »Und wenn ich nicht Bedford bin, was bin ich dann?«

Aber in diese Richtung ereilte mich keine Eingebung, obwohl mir die seltsamsten Fantasien in den Sinn kamen, eigenartig unnahbare Verdachtsmomente, die man wie entfernte Schatten sah. Wissen Sie, ich hatte irgendwie einen Gedanken, dass ich wirklich etwas außerhalb der Welt stand, jedoch aller Welten, und außerhalb von Raum und Zeit, und dass jener arme Bedford nur ein Guckloch war, durch das ich auf das Leben blickte? …

Bedford! Obwohl ich ihn verleugnete, war ich ganz gewiss mit ihm verbunden, und wusste, dass ich – wo immer oder was immer ich sein mochte – den Druck seiner Wünsche spüren und mit all seinen Freuden und Leiden mitfühlen musste, bis sein Leben enden würde. Und mit Bedfords Tod – was dann? …

Genug von dieser außergewöhnlichen Phase meiner Erlebnisse! Ich berichte das hier nur, um aufzuzeigen, wie die Einsamkeit und der Weggang von diesem Planeten nicht nur die Funktionen und das Empfinden jedes Körperorgans beeinflusst, sondern auch jede Faser des Verstands mit seltsamen und unerwarteten Störungen. Während des Großteils jener ungeheuren Weltraumreise hing ich schwebend in der Luft, wobei ich über solche immateriellen Dinge nachdachte. Losgelöst und stumpfsinnig hing ich dort, gewissermaßen ein trauriger Größenwahnsinniger zwischen den Sternen und Planeten in der Leere des Raums, und nicht nur die Welt, in die ich zurückkehrte, sondern auch die blauerleuchteten Höhlen der Seleniten, ihre von Helmen umrahmten Gesichter, ihre riesenhaften und erstaunlichen Maschinen, und Cavors Schicksal, der hilflos in diese Welt verschleppt worden war, schienen mir unendlich klein und vollkommen belanglos zu sein.

Bis ich schließlich begann die Erdanziehungskraft auf mir zu spüren, die mich in das für Menschen wirkliche Leben zurückholte. Und dann wurde mir tatsächlich immer bewusster, dass ich nach allem ziemlich sicher Bedford war, und nach erstaunlichen Abenteuern in diese, unsere Welt zurückkehrte, und ein Leben hatte, das ich bei dieser Rückkehr sehr wahrscheinlich verlieren würde. Ich begann die Umstände auszuklügeln, unter denen ich auf die Erde fallen musste.

KAPITEL 21

Mr. Bedford in Littlestone

Meine Fluglinie war ungefähr parallel zur Oberfläche, als ich in die obere Luftschicht eintrat. Die Temperatur der Kapsel begann sofort zu steigen. Ich wusste, dass ich sofort fallen musste. Weit unter mir erstreckte sich eine große Meeresfläche im dunkler werdenden Zwielicht. Ich öffnete alle Fenster und fiel – aus dem Sonnenlicht in den Abend und aus dem Abend in die Nacht. Die Erde wurde immer größer, verschluckte die Sterne und der silbrig durchscheinende, sternenhelle Wolkenschleier, der sie umgab, breitete sich aus, um mich aufzufangen. Schließlich schien die Welt nicht länger eine Kugel, sondern flach zu sein, und dann gewölbt. Sie war nicht länger ein Planet am Himmel, sondern die Welt der Menschen. Ich schloß alle zur Erde gewandten Fenster bis zu einem Spalt von einem Zoll und fiel mit einer sich verlangsamenden Geschwindigkeit. Das sich ausdehnende Wasser, dem ich jetzt so nah war, dass ich das dunkle Glitzern der Wellen sehen konnte, stürzte mir entgegen. Die Kapsel wurde sehr heiß. Ich schloß den letzten Fensterspalt, setzte mich mit finsterem Blick hin und biss mir auf die Knöchel, während ich auf den Aufprall wartete …

Die Kapsel traf mit gewaltigem Platschen das Wasser: Sie muss es klafterhoch aufgeworfen haben. Bei dem Aufklatschen riss ich die Cavoritblenden auf. Ich sank, aber immer langsamer, und dann spürte ich, wie sich die Kapsel gegen meine Füße presste, und dann wieder aufstieg, wie eine Blase. Und schließlich trieb und schaukelte ich auf der Meeresoberfläche und meine Weltraumreise war zu Ende.

Die Nacht war dunkel und bewölkt. Zwei gelbe winzige Punkte in weiter Ferne zeigten an, dass ein Schiff vorbeifuhr, und näher sah ich einen roten Schein, der kam und ging. Wäre nicht die Elektrizität meiner Glühlampe erschöpft gewesen, hätte ich noch in dieser Nacht geborgen werden können. Trotz der übermäßigen Müdigkeit, die ich anfing zu verspüren, war ich jetzt aufgeregt und eine Zeitlang auf eine fieberhafte, ungeduldige Weise voller Hoffnung, dass meine Reise so enden mochte.

Aber schließlich hörte ich auf mich zu bewegen und setzte mich nieder, die Hände auf die Knie gelegt, während ich auf das entfernte rote Licht starrte. Es schwankte auf und ab, schaukelte hin und her. Meine Aufregung verflog. Ich erkannte, dass ich mindestens eine weitere Nacht in der Kapsel verbringen musste. Ich fühlte mich unendlich schwer und erschöpft. Und so schlief ich ein.

Eine Veränderung in meiner rhythmischen Bewegung weckte mich auf. Ich spähte durch das Glas, in dem sich das Licht brach und sah, dass ich auf einer riesigen Sandbank auf Grund gelaufen war. Weit entfernt meinte ich Häuser und Bäume zu sehen und seewärts hing ein gekrümmtes, undeutliches Zerrbild eines Schiffes zwischen Meer und Himmel.

Ich erhob mich und strauchelte. Mein einziger Wunsch war hinauszugelangen. Die Einstiegsluke lag oben und ich kämpfte mit dem Schraubdeckel. Langsam öffnete ich das Einstiegsloch. Schließlich zischte die Luft wieder hinein, wie sie einst hinausgewichen war. Aber dieses Mal wartete ich nicht, bis sich der Druck ausgeglichen hatte. Im nächsten Augenblick lastete das Gewicht des Fensters auf meinen Händen und ich war frei, es klaffte auf zu dem altvertrauten Himmel der Erde.

Die Luft traf auf meine Brust, so dass ich keuchte. Ich ließ die Glasschraube fallen. Ich schrie auf, legte mir die Hände auf die Brust und setzte mich hin. Eine Weile rang ich mit dem Schmerz. Dann nahm ich ein paar tiefe Atemzüge. Schließlich konnte ich aufstehen und mich wieder bewegen.

Ich versuchte meinen Kopf durch die Einstiegsluke zu stecken und die Kapsel kippte um. Es war, als ob irgendetwas meinen Kopf direkt beim Auftauchen hinuntergezerrt hätte. Ich duckte mich rasch nach hinten weg, ansonsten wäre ich mit dem Kopf unter Wasser im Sand gesteckt. Nach einigem Winden und Schieben schaffte ich es auf den Sand hinauszukriechen, über den die zurückweichenden Wellen immer noch liefen.

Ich versuchte nicht aufzustehen. Mir kam es vor, als ob sich mein Körper plötzlich in Blei verwandelt hätte. Mutter Erde hatte mich nun im Griff – kein Cavorit lag dazwischen. Ich setzte mich auf, ohne auf das Wasser zu achten, dass meine Füße umspülte.

Es herrschte Morgendämmerung, eine graue Dämmerung, ziemlich bewölkt, aber hier und da zeigte sich ein langer grüngrauer Streifen. Weiter draußen lag ein Schiff vor Anker, eine blasse Schiffssilhouette mit einem gelben Licht. Das Wasser kräuselte sich in langen flachen Wellen. Auf der rechten Hand machte das Land einen Bogen, ein Kiesufer mit kleinen Hütten und schließlich einem Leuchtturm, einer Markierung für die Schifffahrt und ein Landpunkt. Landeinwärts erstreckte sich eine ebene Sandfläche, an manchen Stellen durch Wasserlachen unterbrochen, die vielleicht in einer Meile Entfernung an einer niedrigen Hecke endete. Im Nordosten war irgendein abgeschiedener Badeort zu sehen, eine Reihe karger Herbergen, die höchsten Dinge, die ich auf Erden sehen konnte, triste Flecken, die sich gegen den heller werdenden Himmel abhoben. Welche seltsamen Menschen können diese senkrecht aufragenden Pfähle in einem solchen Raumumfang aufgestellt haben, das weiß ich nicht. Dort stehen sie, wie Teile von Brighton, in der Wüstenei verloren.

Eine lange Zeit saß ich dort, gähnte und rieb mir mein Gesicht. Schließlich kämpfte ich mich auf die Füße. Es fühlte sich an, als ob ich ein Gewicht hochheben würde. Ich richtete mich auf.

Ich starrte auf die Häuser in der Ferne. Zum ersten Mal seit wir im Krater gehungert hatten, dachte ich an irdisches Essen. »Speck«, flüsterte ich, »Eier. Gutes Röstbrot und guter Kaffee ... Und wie zum Teufel soll ich all diesen Kram nach Lympne schaffen?« Ich fragte mich, wo ich war. Jedenfalls war es eine Ostküste, und vor meinem Fall hatte ich Europa gesehen.

Ich hörte knirschende Schritte auf dem Sand und ein kleiner rundgesichtiger, freundlich aussehender Mann in Flanellhose mit einem Badetuch, das er sich um die Schultern gelegt hatte und seiner Badekleidung über dem Arm, erschien am Strand. Ich wusste sofort, ich musste in England sein. Er starrte äußerst angestrengt auf die Kapsel und mich. Während er so starrte, kam er näher. Ich wage zu behaupten, dass ich einem wilden Barbaren glich – unbeschreiblich schmutzig und ungekämmt, aber das kam mir zu diesem Zeitpunkt nicht in den Sinn. Er blieb zwanzig Yards entfernt stehen. »Hal-lo, mein Herr!«, sagte er zweifelnd.

»Selber hallo!«, sagte ich.

Er trat näher, beruhigt durch meine Antwort. »Was um alles in der Welt ist das für ein Ding?«, fragte er.

»Können Sie mir sagen, wo ich bin?«, fragte ich.

»Das ist Littlestone«, meinte er und deutete auf die Häuser, »und das ist Dungeness! Sind Sie gerade gelandet? Was ist das für ein Ding, das Sie da haben? Irgendeine Maschine?«

»Ja.«

»Sind Sie angeschwemmt worden? Haben Sie Schiffbruch erlitten oder so etwas? Was ist es?«

Ich überlegte rasch. Ich schätzte das Erscheinungsbild des kleinen Mannes ab, als er näherkam. »Beim Jupiter!«, sagte er, »Sie haben was durchgemacht! Ich dachte Sie – nun – wo haben Sie Schiffbruch erlitten? Ist das so ein Schwimmding zur Lebensrettung?«

Ich beschloß es vorläufig dabei zu belassen. Ich stimmte undeutlich zu. »Ich brauche Hilfe«, sagte ich heiser. »Ich möchte ein paar Sachen den Strand hinaufbringen – Zeug, das ich schlecht herumliegen lassen kann.« Ich bemerkte drei weitere gutgelaunt aussehende junge Männer mit Handtüchern, Sportjacken und Strohhüten, die den Strand herab auf mich zukamen. Offensichtlich der Frühbadebereich dieses Littlestone.

»Hilfe!«, sagte der junge Mann: »Na klar!« Er wurde leicht lebhaft. »Was möchten Sie ausdrücklich tun?« Er drehte sich um und gestikulierte. Die drei jungen Männer beschleunigten ihren Schritt. Eine Minute später standen sie um mich herum, wobei sie mich mit Fragen überschütteten, die ich nicht beantworten wollte. »Ich werde das alles später berichten«, sagte ich. »Ich bin fix und fertig. Ich fühle mich wie ausgewrungen.«

»Kommen Sie zum Hotel hinauf«, sagte der tonangebende kleine Mann. »Wir werden uns um das Ding da kümmern.«

Ich zögerte. »Ich kann nicht«, sagte ich. »In jener Kapsel sind zwei große Goldstangen.«

Sie sahen sich skeptisch an, dann blickten sie neuerlich fragend auf mich. Ich ging zur Kapsel, bückte mich, kroch hinein und bald lagen die Hebelstangen der Seleniten und die geborstene Kette vor ihnen. Wenn ich nicht so schrecklich erschöpft gewesen wäre, hätte ich über sie gelacht. Sie waren wie Kätzchen, die einen Käfer umringten. Sie wussten nicht, was sie mit dem Zeug anfangen sollten. Der dicke kleine Mann beugte sich herab und hob das Ende einer der Stangen auf und ließ es mit einem Ächzen wieder fallen. Dann taten es ihm die anderen nach.

»Es ist Blei, oder Gold!«, sagte einer.

»Oh, es ist Gold!«, sagte ein anderer.

»Ausreichend viel Gold«, sagte der dritte.

Dann starrten sie mich alle an und blickten anschließend auf das vor Anker liegende Schiff.

»Hören Sie mal!«, rief der kleine Mann. »Aber woher haben Sie das?«

Ich war zu müde, um mit einer Lüge fortzufahren. »Ich habe es aus dem Mond.«

Ich beobachtete, wie sie sich gegenseitig mit großen Augen ansahen.

»Schauen Sie her!«, meinte ich, »Ich möchte jetzt nicht debattieren. Helfen Sie mir diese Goldklumpen zum Hotel hinaufzutragen – ich denke mit Pausen können zwei von Ihnen jeweils mit einer Stange zurechtkommen, und ich werde dieses Kettending schleppen – und ich werde Ihnen mehr erzählen, wenn ich etwas gegessen habe.«

»Und was ist mit dem Ding da?«

»Es wird niemandem etwas tun«, sagte ich. »Jedenfalls – zum Henker – muss es jetzt hierbleiben. Wenn die Flut kommt, wird es schon aufschwimmen.«

Und in einem Zustand gewaltiger Verwunderung hoben diese jungen Männer äußerst gehorsam meine Schätze auf ihre Schultern, und mit Gliedmaßen, die sich bleischwer anfühlten führte ich eine Art Prozession nach jenem entfernten Teil einer »Strandpromenade« an. Auf halbem Weg wurde unsere Gruppe durch zwei ehrfürchtig blickende Mädchen mit Spaten verstärkt und später tauchte ein magerer kleiner Junge auf, der penetrant schniefte. Ich erinnere mich, dass er ein Fahrrad schob und uns in einer Entfernung von etwa einhundert Yard zu unserer rechten Flanke begleitete, bis er uns als uninteressant erachtete, sich in den Sattel schwang und über den flachen Sand in Richtung der Kapsel davonfuhr.

Ich blickte mich nach ihm um.

»Er wird sie nicht anrühren«, versicherte der stämmige junge Mann, und ich war nur zu bereit mich beruhigen zu lassen.

Anfangs umwölkte etwas von dem morgendlichen Grau meinen Verstand, doch bald löste sich die Sonne aus den flachen Wolken am Horizont und erhellte die Welt, wobei sich die bleifarbene See in glitzerndes Wasser verwandelte. Meine Stimmung stieg. Mit dem Sonnenlicht überflutete ein Gefühl für die unermessliche Bedeutung der Dinge, die ich getan hatte und noch zu erledigen hatte, meinen Geist. Ich lachte laut auf, als der Vorderste unter meinem Gold strauchelte. Wenn ich allerdings meinen Platz in der Welt einnehmen würde, wie erstaunt würde die Welt darüber sein!

Wenn ich nicht so übermäßig erschöpft gewesen wäre, hätte mich der Wirt des Hotels von Littlestone amüsiert, wie er zwischen meinem Gold und meiner anständigen Begleitung einerseits und meiner verdreckten Erscheinung andererseits zögerte. Aber letztendlich fand ich mich in einem irdischen Badezimmer wieder, mit warmem Wasser, um mich zu waschen, und Wechselgewand – das allerdings lächerlich klein, aber jedenfalls sauber war – welches mir der kleine Mann geliehen hatte. Er lieh mir auch ein Rasiermesser, aber ich konnte meinen Vorsatz nicht in die Tat umsetzen, überhaupt einmal die Ausläufer meines Barts in Angriff zu nehmen, der mein Gesicht bedeckte.

Ich setzte mich zu einem Englischen Frühstück und aß mit einer Art mattem Appetit – einem Appetit, der viele Wochen alt und sehr schwächlich war – und bemühte mich die Fragen der vier jungen Männer zu beantworten. Und ich erzählte ihnen die Wahrheit.

»Nun«, sagte ich, »da Sie mich drängen – ich habe es aus dem Mond.«

»Dem Mond?«

»Ja, dem Mond am Himmel.«

»Aber wie meinen Sie das?«

»Wie ich es sage, verdammt!«

»Dann sind Sie gerade vom Mond gekommen?«

»Genau! Durch das All – in jener Kugel.« Und ich nahm einen köstlichen Bissen Ei zu mir. Ich machte mir eine gedankliche Notiz, dass ich mir bei meiner Rückkehr zum Mond eine Kiste Eier mitnehmen würde.

Ich konnte deutlich sehen, dass sie mir nicht ein Wort von dem glaubten, was ich erzählte, aber offenbar hielten sie mich für den beachtlichsten Lügner, den sie je getroffen hatten. Sie sahen sich gegenseitig an und dann ruhten ihre glänzenden Blicke auf mir. Ich nehme an, dass sie in der Art, wie ich mir das Salz nahm, erwarteten, etwas Aufschlussreiches zu sehen. Sie schienen etwas Wichtiges darin zu finden, wie ich mein Ei pfefferte. Diese seltsam geformten Goldmengen, unter denen sie gestrauchelt waren, beschäftigten ihren Verstand. Dort lagen die Klumpen vor mir, jeder mit einem Wert von mehreren Tausend Pfund, und so unmöglich zu entwenden, wie ein Haus oder ein Stück Land. Als ich über meine Kaffeetasse in ihre neugierigen Gesichter sah, erkannte ich, in welche ungeheuer wüsten Erklärungen ich mich stürzen müsste, um mich wieder verständlich zu machen.

»Sie meinen nicht wirklich – «, fing der jüngste der Männer in einem Ton an, in dem man mit einem eigensinnigen Kind spricht.

»Geben Sie mir gerade den Toastständer«, sagte ich und ließ ihn damit völlig verstummen.

»Aber schauen Sie mal, sage ich«, fing einer der anderen an. »Wir werden Ihnen das nicht glauben, wissen Sie.«

»Ah, nun gut«, sagte ich und zuckte die Schultern.

»Er will es uns nicht erzählen«, sagte der jüngste Mann zur Seite gewandt, und dann fragte er mit größtmöglicher Gelassenheit: »Es macht Ihnen nichts aus, wenn ich eine Zigarette rauche?«

Ich gab ihm mit einem Handzeichen freundlich meine Zustimmung und setzte mein Frühstück fort. Zwei der anderen traten an das entferntere Fenster, blickten hinaus und sprachen unhörbar miteinander. Mir kam ein Gedanke. »Die Flut«, fragte ich, »geht gerade zurück?«

Es folgte eine Pause, man zweifelte, wer mir antworten sollte.

»Es ist fast Ebbe«, sagte der feiste kleine Mann.

»Nun, wie auch immer«, meinte ich, »sie wird nicht weit treiben.«

Ich köpfte mein drittes Ei und begann eine kleine Rede. »Sehen Sie«, sagte ich. »Bitte glauben Sie nicht, dass ich unwirsch bin oder Ihnen unhöfliche Lügen erzähle, oder etwas in der Art. Ich bin beinahe gezwungen, ein wenig kurz angebunden und geheimnisvoll zu sein. Ich kann vollkommen verstehen, dass dies so wunderlich ist, wie es nur sein kann, und dass Ihre Fantasie stark gefordert wird. Ich kann Ihnen versichern, Sie leben in einer denkwürdigen Zeit. Aber ich kann es Ihnen jetzt nicht verdeutlichen – es ist unmöglich. Ich gebe Ihnen mein Ehrenwort, dass ich vom Mond gekommen bin, und das ist alles, was ich Ihnen sagen kann … Trotzdem bin ich Ihnen unglaublich dankbar, wissen Sie, unglaublich. Ich hoffe, dass mein Verhalten Sie nicht in irgendeiner Weise beleidigt hat.«

»Oh, keineswegs!«, sagte der jüngste der Männer freundlich. »Wir können das vollkommen verstehen«, und starrte mich die ganze Zeit über fest an, kippte seinen Stuhl nach hinten, bis er beinahe umfiel und erlangte sein Gleichgewicht mit einiger Mühe wieder. »Nicht ein bisschen davon«, sagte der feiste junge Mann.

»Bilden Sie sich das nicht ein!«, und sie standen alle auf, verteilten sich, gingen umher und steckten sich Zigaretten an, und versuchten allgemein zu zeigen, dass sie vollkommen freundlich und unbefangen und gänzlich frei von jeglicher Neugier über mich und die Kapsel waren. »Ich werde trotzdem ein Auge auf das Schiff dort draußen haben«, hörte ich einen von ihnen halblaut sagen. Wenn sie sich nur dazu hätten zwingen können, dann glaube ich, wären sie sogar hinausgegangen und hätten mich zurückgelassen. Ich machte mit meinem dritten Ei weiter.

»Das Wetter«, bemerkte der fette, kleine Mann sogleich, »ist immens gewesen, nicht wahr? Ich weiß nicht, wann wir solch einen Sommer gehabt haben.«

Huui-zisch! Wie eine gewaltige Rakete!

Und irgendwo war ein Fenster zerbrochen …

»Was war das?«, fragte ich.

»Ist es nicht – ?«, rief der kleine Mann und eilte ans Eckfenster.

Die anderen stürzten ebenfalls zum Fenster. Ich saß da und starrte sie an.

Plötzlich sprang ich auf, warf mein drittes Ei um und eilte auch zum Fenster. Mir war gerade etwas eingefallen. »Dort ist nichts zu sehen«, rief der kleine Mann und stürzte zur Tür.

»Es ist dieser Junge!«, schrie ich mit vor Wut heiserer Stimme, »es ist dieser verfluchte Junge!«, und während ich mich umdrehte, stieß ich den Kellner zur Seite - er brachte mir gerade noch etwas Toast – und stürzte heftig aus dem Raum, hinunter und hinaus auf die seltsame kleine Promenade vor dem Hotel.

Das Meer, das glatt gewesen war, wogte jetzt mit dahineilenden Katzenpfoten-Wellen, und ringsum, wo die Kapsel gelegen hatte, war das Wasser wie vom Kielwasser eines Schiffs aufgewühlt. Weiter oben wirbelte eine kleine Dampfwolke wie sich auflösender Rauch, und drei oder vier Leute am Strand starrten mit fragenden Gesichtern auf den Ursprung jenes unerwarteten Knalls. Und das war alles! Hausknecht, Kellner und die vier jungen Männer in Sportjacken eilten nach mir hinaus. Aus den Fenstern und Türen drangen Rufe und allerlei besorgte Leute kamen in Sichtweite – gaffend.

Eine Weile stand ich dort, zu überwältigt von dieser neuen Entwicklung, um an die Leute zu denken.

Zuerst war ich zu perplex, um die Sache als eindeutiges Desaster zu sehen – ich war so benommen, wie man es nach einem unglücklich heftigen Schlag ist. Erst später erkennt man seine genaue Verletzung.

»Guter Gott!«

Ich fühlte mich, als ob jemand mir eine riesige Angst aus einer Kanne in den Nacken gießen würde. Meine Beine wurden weich. Ich hatte die erste Ahnung, was dieses Desaster für mich bedeutete. Da war dieser verdammte Junge – hoch am Himmel! Ich war vollkommen mir selbst überlassen. Da war dieses Gold im Gastzimmer – mein einziger Besitz auf Erden. Wie würde das alles gehen? Die allgemeine Auswirkung zeugte von einer gigantischen nicht zu beherrschenden Verwirrung.

»Hören Sie mal«, ertönte die Stimme des kleinen Mannes hinter mir. »Hören Sie mal, wissen Sie.«

Ich wirbelte herum und dort standen zwanzig oder dreißig Leute, eine Art ungleichmäßige Ansammlung von Menschen, die mich alle mit dummen Fragen, unendlichem Zweifel und Argwohn bestürmten. Ich spürte wie ihre Blicke unerträglich auf mir lasteten. Ich stöhnte laut.

»Ich *kann* nicht«, schrie ich. »Ich sage Ihnen, ich kann nicht! Ich bin dem nicht gewachsen. Sie müssen es selbst herausfinden – und zur Hölle mit Ihnen!«

Ich gestikulierte krampfhaft. Er machte einen Schritt zurück, als ob ich ihm gedroht hätte. Ich schob mich durch sie hindurch ins Hotel. Ich stürmte zurück ins Gastzimmer und läutete wütend die Glocke. Ich packte den Kellner, als er eintrat. »Hören Sie?«, rief ich. »Holen Sie sich Hilfe und tragen diese Stangen sofort auf mein Zimmer.«

Er verstand mich nicht und ich schrie ihn an und ging auf ihn los. Ein verängstigter kleiner alter Mann in einer grünen Schürze erschien und zwei der jungen Männer in Flanellhosen. Ich stürzte auf sie zu und nahm ihre Dienste in Anspruch. Sobald das Gold in meinem Zimmer war, fühlte ich mich bereit zu streiten. »Jetzt hinaus«, rief ich, »mit Ihnen allen, wenn Sie nicht jemanden vor Ihren

Augen wahnsinnig werden sehen wollen!« Und ich packte den Kellner bei der Schulter, als er im Türrahmen zögerte. Und dann, sobald ich die Tür hinter ihnen allen versperrt hatte, riss ich mir wieder die Kleidung des kleinen Mannes vom Leib, warf sie nach rechts und links und ging sofort zu Bett. Und dort lag ich fluchend und keuchend und beruhigte mein Gemüt über eine sehr lange Zeit.

Schließlich hatte ich mich soweit beruhigt, um aufzustehen, nach dem rundäugigen Kellner zu läuten, damit er mir ein Flanellnachthemd, Soda und Whisky und ein paar gute Zigarren brachte. Und nachdem mir diese Dinge mit einer ärgerlichen Verzögerung gebracht wurden, die mich mehrere Male dazu brachte zu läuten, sperrte ich die Tür erneut ab und fing an mich wohlüberlegt der Gesamtsituation zu stellen.

Das Bilanzergebnis des großen Experiments stellte sich als vollkommener Fehlschlag heraus. Es war eine Niederlage und ich war der einzige Überlebende. Es war eine absolute Pleite, und dies war das endgültige Desaster. Außer meiner eigenen Rettung gab es keine weiteren Möglichkeiten bei unserem Debakel. Mit einem schwerwiegenden Rückschlag als Krönung waren alle meine ungenauen Vorsätze einer Rückkehr und des Wiederfindens verschwunden. Mein Vorhaben auf den Mond zurückzukehren, eine Kapsel voll Gold zu holen, und später einen Cavoritbrocken analysieren zu lassen und so das große Geheimnis zu entdecken – letztlich vielleicht sogar Cavors Leiche zu finden – all diese Ideen verschwanden völlig.

Ich war der einzige Überlebende, und das war alles.

Ich denke ins Bett zu gehen, war eine meiner glücklichsten Einfälle, die ich jemals in einer Notlage gehabt habe. Ich glaube wirklich, dass ich anderenfalls verrückt geworden wäre oder irgendetwas Unvorsichtiges getan hätte. Aber hier, eingeschlossen und vor jeglicher Unterbrechung sicher, konnte ich die Lage komplett bestimmen und meine Vorbereitungen mit Muße treffen.

Natürlich war mir ziemlich klar, was dem Jungen zugestoßen war. Er war in die Kapsel gekrochen, hatte sich an den Hebeln zu schaffen gemacht, die Cavoritfenster geschlossen und war aufgestiegen. Es war äußerst unwahrscheinlich, dass er den Verschluss der Einstiegsluke zugeschraubt hatte, und selbst wenn, so standen seine Chancen tausend zu eins gegen seine Rückkehr. Es war ziemlich offensichtlich, dass er mit meinem Ballen irgendwo in der Mitte der Kapsel schweben und dort bleiben würde, und so aufhören würde von rechtmäßigem irdischem Interesse zu sein, wie bemerkenswert er wohl auch immer den Bewohnern eines entfernten Teils des Weltraums erscheinen mochte. Von diesem Punkt war ich sehr rasch überzeugt. Und was die Verantwortung angeht, die ich in dieser Angelegenheit haben könnte, je mehr ich darüber nachdachte, desto deutlicher wurde es, dass ich nur über die Sache schweigen musste, um mich nicht damit herumzuplagen. Wenn mir trauernde Eltern gegenüberstanden, die ihren verlorenen Sohn zurückforderten, brauchte ich bloß meine Kapsel zurückzuverlangen – oder sie zu fragen, was sie meinten. Anfangs hatte ich mir weinende Eltern und Vormunde und allerlei Schwierigkeiten vorgestellt, aber jetzt erkannte ich, dass ich einfach nur den Mund halten musste, und nichts Derartiges würde sich ereignen. Und wirklich, je länger ich dort lag, rauchte und nachdachte, desto offensichtlicher wurde mir die Weisheit der Undurchschaubarkeit.

Es ist das Recht jedes britischen Bürgers, vorausgesetzt er richtet keinen Schaden an oder benimmt sich unschicklich, plötzlich dort zu erscheinen, wo es ihm beliebt, und so zerlumpt und ungekämmt zu sein, wie er möchte, und so viel reines Gold zu besitzen, wie er in der Lage ist sich aufzuladen, und niemand hat irgendein Recht, ihn daran zu hindern oder aufzuhalten. Das formulierte ich mir schließlich aus, und wiederholte es als eine Art persönliche »Magna Charta« meiner Freiheit.

Nachdem ich diesen Sachverhalt beiseitegelegt hatte, konnte ich in gelassener Manier bestimmte Überlegungen aufgreifen und durchdenken, an die ich zuvor kaum zu denken gewagt hatte, nämlich die, die sich aus meiner Insolvenz ergaben. Aber nun, wenn ich diese Angelegenheit ruhig und mit Muße betrachte, konnte ich erkennen, dass, wenn ich meine Identität verschleierte, indem ich zeitweise einen weniger bekannten Namen annahm, und den zwei Monate alten Bart stehenließ, der mir gewachsen war, das Risiko einer Belästigung durch den tückischen Gläubiger, auf den ich bereits hingewiesen hatte, wirklich sehr gering sein würde. Davon ausgehend war es eine einfache Sache, einen bestimmten Kurs vernünftigen, weltlichen Handelns einzuschlagen. Es war alles erstaunlich belanglos, aber was blieb mir noch übrig?

Was immer ich tat, ich war entschlossen standhaft zu bleiben und mich nicht unterkriegen zu lassen.

Ich forderte Schreibmaterial an und setzte einen Brief an die New Romney Bank auf – die nächste, wie mir der Kellner mitteilte – und schrieb dem Direktor, dass ich ein Konto bei ihm zu eröffnen wünsche, und bat ihn, zwei vertrauenswürdige, gut verbürgte Personen in einer Kutsche mit gutem Pferd zu entsenden, um ein Paar Zentner Gold abzuholen, deren Last ich mir zufällig aufgebürdet hatte. Ich unterzeichnete den Brief mit »Blake«, was mir ein durchaus achtbarer Name zu sein schien. Danach besorgte ich mir ein Adressverzeichnis von Folkstone, suchte einen

Herrenausstatter heraus, und bat ihn, mir einen Schneider vorbeizuschicken, um für einen dunklen Tweedanzug Maß zu nehmen, während ich zeitgleich einen kleinen Handkoffer, einen Kleidersack, braune Stiefel, Hemden, einen Hut (zum Anprobieren) und so weiter bestellte, wie auch eine Uhr von einem Uhrmacher. Und als diese Briefe versandt waren, genoss ich das beste Mittagessen, das das Hotel zu bieten hatte, und saß dann Zigarre rauchend, so ruhig und unauffällig wie möglich da, bis gemäß meinen Anweisungen, zwei ordentlich verbürgte Bankbeamte kamen, mein Gold wogen und mitnahmen. Danach zog ich mir die Kleidung über die Ohren, um jedes Klopfen zu ersticken, und ging sehr geruhsam zu Bett.

Ich schlief ein. Zweifellos ist dieses Handeln sehr nüchtern für den ersten Menschen, der vom Mond zurückgekehrt ist, und ich kann mir vorstellen, dass der junge und fantasievolle Leser mein Verhalten enttäuschend findet. Aber ich war entsetzlich erschöpft und geplagt und, verdammt, was hätte ich sonst tun sollen? Es bestand sicherlich nicht die geringste Chance, dass man mir glaubte, wenn ich meine Geschichte damals erzählt hätte, und es hätte mich sicherlich unerträglichen Belästigungen ausgesetzt. So ging ich schlafen. Als ich schließlich erwachte, war ich bereit der Welt entgegenzutreten, wie ich es immer gewohnt war, ihr entgegenzutreten, seit ich mit den Jahren klüger geworden war. Und so ging ich nach Italien und schreibe dort diese Geschichte nieder. Wenn die Welt sie nicht als Tatsache anerkennen wird, dann soll sie sie als eine erfundene Geschichte annehmen. Das interessiert mich nicht.

Und jetzt, da dieser Bericht vollendet ist, denke ich erstaunt darüber nach, wie das Abenteuer gänzlich vorbei und abgeschlossen ist. Jeder glaubt, dass Cavor kein sehr brillanter wissenschaftlicher Vordenker war, der sein eigenes Haus und sich selbst in Lympne in die Luft gesprengt hat, und man erklärt sich den Knall, der meiner Ankunft in Littlestone folgte, indem man Bezug auf die Sprengstoffexperimente nimmt, die fortwährend in der Regierungseinrichtung von Lydd in zwei Meilen Entfernung durchgeführt werden. Ich muss gestehen, dass ich bisher meinen Anteil am Verschwinden von Master Tommy Simmons – das war der Name des kleinen Jungen – nicht anerkannt habe. Das könnte vielleicht ein Punkt sein, für dessen Wahrheitsgehalt man nur schwer eine plausible Erklärung liefern konnte. Mein Erscheinen, in Lumpen gehüllt und mit zwei Stangen aus eindeutigem Gold, am Strand von Littlestone, erklärten sie sich auf unterschiedlich geistreiche Weise – mich kümmert es nicht, was sie von mir denken. Man sagt, ich habe alle diese Dinge zusammengetragen, um nicht genau über den Ursprung meines Reichtums befragt zu werden. Ich möchte den Menschen sehen, der eine Geschichte erfindet, die so schlüssig ist wie diese. Nun, sie müssen es als Fiktion hinnehmen – da ist sie.

Ich habe meine Geschichte erzählt – und jetzt nehme ich an, muss ich die Sorgen des irdischen Lebens wieder aufnehmen. Auch wenn man auf dem Mond gewesen ist, muss man sich immer noch seinen Lebensunterhalt verdienen. So arbeite ich hier an der Amalfiküste am Szenario jenes Theaterstücks, das ich entwarf bevor Cavor in mein Leben trat, und ich versuche mein Leben wieder so zusammenzusetzen, wie es war, bevor ich ihn je gesehen hatte. Ich muss zugeben, dass es mir schwerfällt mich auf das Stück zu konzentrieren, wenn der Mondschein in mein Zimmer fällt. Hier ist Vollmond und letzte Nacht stand ich stundenlang draußen in der Laube, während ich in die

Ferne auf jenes leuchtende Weiß starrte, das so vieles verbirgt. Stellen Sie sich vor, Tische und Stühle, Stützen und Riegel aus Gold! Verdammt – wenn man nur wieder auf dieses Cavorit stoßen würde! Aber so etwas kommt nicht zweimal im Leben. Hier bin ich nun, ein bisschen besser dran als in Lympne, und das ist alles. Und Cavor hat auf eine kunstvollere Weise Selbstmord begangen, als es je ein menschliches Wesen zuvor getan hatte. So schließt sich die Geschichte genauso endgültig und vollkommen wie ein Traum. Sie fügt sich so wenig in all die anderen Dinge des Lebens ein, so vieles davon liegt gänzlich außerhalb jeglicher menschlicher Erfahrung – die Sprünge, das Essen, das Atmen und diese schwerelosen Zeiten – dass es tatsächlich Augenblicke gibt, in denen ich, trotz meines Mondgolds, mehr als halb glaube, dass die ganze Sache ein Traum war …

KAPITEL 22

Die erstaunliche Nachricht von Mr. Julius Wendigee

Als ich meinen Bericht über meine Rückkehr zur Erde in Littlestone beendet hatte, schrieb ich »Ende« darunter, machte einen Schnörkel und warf meinen Stift zur Seite, in der vollen Überzeugung, dass die ganze Geschichte der ersten Menschen im Mond abgeschlossen war. Nicht nur das hatte ich getan, sondern ich hatte mein Manuskript auch in die Hände eines Literaturagenten gegeben, mit der Erlaubnis es zu verkaufen, hatte das Erscheinen eines Großteils davon im *Strand Magazine* gesehen und meine Arbeit am Szenario des Theaterstücks fortgesetzt, das ich in Lympne angefangen hatte, ehe ich erfuhr, dass es doch noch nicht zu Ende war. Und dann erreichte mich (was jetzt etwa sechs Monate zurückliegt) eine der erstaunlichsten Mitteilungen, welche mir von der Amalfiküste nach Algier folgte, die mir je bestimmt war, sie zu empfangen. Sie teilte mir kurz mit, dass Mr. Julius Wendigee, ein holländischer Elektriker, der mit einem bestimmten Apparat, ähnlich dem, den Mr. Tesla in Amerika verwendete, experimentierte, in der Hoffnung eine Methode zur Kommunikation mit dem Mars zu entdecken, Tag für Tag eine merkwürdige bruchstückhafte Nachricht in englischer Sprache empfing, die unbestreitbar von Mr. Cavor im Mond ausging.

Zuerst dachte ich, dass es sich um einen wohldurchdachten angewandten Scherz von jemandem handelte, der das Manuskript meiner Erzählung gelesen hatte. Ich antwortete Mr. Wendigee scherzhaft, doch er schrieb auf eine Weise zurück, die jeglichen derartigen Argwohn beiseite fegte, und in einem Zustand unvorstellbarer Aufregung reiste ich schnell von Algier aus zu dem kleinen Observatorium auf dem Monte Rosa, wo er arbeitete. Im Angesicht seiner Aufzeichnung und seiner Vorrichtungen – und in erster Linie den eintreffenden Nachrichten von Cavor – schwanden meine letzten Zweifel. Ich entschied mich sofort, das Angebot bei ihm zu bleiben, anzunehmen, wobei ich ihm dabei helfen sollte, die tägliche Nachricht aufzuzeichnen und mir mit ihm die Mühe machte, eine Nachricht zum Mond zurückzusenden. Cavor, erfuhren wir, war nicht nur am Leben, sondern frei, mitten in dieser unvorstellbaren Gemeinschaft der ameisenähnlichen Wesen, diesen Ameisenmenschen, in der blauen Dunkelheit der Mondhöhlen. Er war lahm, wie es schien, aber ansonsten bei wirklich guter Gesundheit – bei besserer Gesundheit, als er für gewöhnlich auf der Erde gewesen war, wie er betonte. Er hatte Fieber gehabt, aber es waren keine Nachwirkungen geblieben. Aber merkwürdigerweise schien er sich mit der Überzeugung zu plagen, dass ich entweder tot im Mondkrater lag oder in den Tiefen des Weltraums verloren war.

Seine Nachricht wurde zum ersten Mal von Mr. Wendigee empfangen, als dieser Herr mit einer ganz anderen Untersuchung beschäftigt war. Der Leser wird sich zweifellos an die kleine Aufregung erinnern, mit der das Jahrhundert begann, die aus einer Ankündigung durch Mr. Nikola Tesla, die amerikanische Berühmtheit im Bereich der Elektrizität, resultierte, dass er eine Nachricht vom Mars empfangen hatte. Seine Mitteilung lenkte erneut Aufmerksamkeit auf die Tatsache, die Wissenschaftlern schon seit langem bekannt war, nämlich, dass von irgendeiner unbekannten Quelle im Weltraum Wellen elektromagnetischer Störung fortwährend die Erde erreichen, vollkommen ähnlich denen, die Signor Marconi für seine drahtlose Telegrafie verwendete. Neben Mr. Tesla ist noch eine Anzahl anderer Beobachter damit beschäftigt gewesen, das Gerät für Empfang und Aufzeichnung jener Schwingungen zu vollenden, doch nur wenige gingen so weit, sie als wirkliche Nachrichten eines außerirdischen Absenders zu sehen. Zu diesen wenigen müssen wir jedoch sicherlich Mr. Wendigee zählen. Seit 1898 hatte er sich diesem Thema beinahe vollständig verschrieben und da er ein reicher Mann war, hatte er ein Observatorium an den Flanken des Monte Rosa errichtet, das in jeder Hinsicht für solche Beobachtungen geeignet war.

Meine wissenschaftlichen Kenntnisse, wie ich zugeben muss, sind nicht groß, aber soweit sie mich zu einem Urteil befähigen, sind Mr. Wendigees Erfindungen zur Entdeckung und Aufzeichnung jeglicher Störungen in den elektromagnetischen Verhältnissen des Weltraums originell und ausgeklügelt. Und durch einen glücklichen Zufall wurden sie zwei Monate vor Cavors erstem Versuch die Erde anzufunken, aufgestellt und in Betrieb genommen. Dementsprechend haben wir Bruchstücke seiner Mitteilung sogar von Anfang an. Leider sind es nur Fragmente, und das Bedeutsamste, was er der Menschheit zu sagen hatte – das heißt die Anweisungen für die Cavoritherstellung, wenn er sie tatsächlich jemals übertrug – sind ohne aufgezeichnet zu werden im Weltraum verhallt. Es gelang uns nie eine Antwort an Cavor zu übersenden. Daher konnte er nicht wissen, was wir erhalten oder verpasst hatten, noch wusste er in der Tat überhaupt davon, dass jemand auf der Erde wirklich von seinen Bemühungen, uns zu erreichen, wusste. Und die Beharrlichkeit, die er an den Tag legte, in dem er achtzehn lange Beschreibungen der Mondverhältnisse sendete – so viele wären es gewesen, wenn wir sie denn vollständig gehabt hätten – zeigt, wie sehr sich sein Sinn auf seinen Heimatplaneten gerichtet haben muss, seit er ihn vor zwei Jahren verlassen hatte.

Man kann sich vorstellen, wie erstaunt Mr. Wendigee gewesen sein muss, als er entdeckte, dass seine Aufzeichnung elektromagnetischer Störungen durch Cavors unumwundenes Englisch überlagert wurden. Mr. Wendigee wusste nichts von unserer wilden Reise zum Mond, und plötzlich – kam jenes Englisch aus der Leere!

Es ist gut, dass der Leser die Bedingungen verstehen würde, unter denen diese Nachrichten wohl gesendet worden waren. Irgendwo im Inneren des Mondes hatte Cavor gewiss eine Zeitlang Zugang zu einer beträchtlichen Menge elektrischer Geräte gehabt, und es schien, als ob er – vielleicht heimlich – eine Übertragungsvorrichtung nach Marconi zusammenbastelte. Diese konnte er in unregelmäßigen Abständen verwenden: manchmal für etwa eine halbe Stunde, manchmal für drei oder vier Stunden am Stück. Zu diesen Zeiten übertrug er seine Nachricht an die Erde, ungeachtet der Tatsache, dass sich die relative Position des Mondes und der Punkte auf der Erdoberfläche ständig verändern. Als Konsequenz daraus und aufgrund der wichtigen Unzulänglichkeiten unserer Aufzeichnungsinstrumente kommt und geht seine Mitteilung in unseren Aufzeichnungen auf eine außerordentlich unruhige Weise: sie wird undeutlich, wird »langsam leiser« auf eine geheimnisvolle und vollkommen verzweifelte Art. Und dazu kommt die Tatsache, dass er kein fachkundiger Telefonist war, er hatte den allgemein gebräuchlichen Code teilweise vergessen oder niemals vollständig beherrscht, und als er müde wurde, vergaß er Wörter und buchstabierte auf merkwürdige Weise.

Insgesamt haben wir wahrscheinlich gut die Hälfte seiner Nachrichten verloren, und vieles, von dem was wir haben, ist beschädigt, unterbrochen und teilweise ausgelöscht. In der jetzt folgenden Zusammenfassung muss der Leser deshalb auf eine beträchtliche Anzahl von Unterbrechungen, Lücken und Themenwechsel vorbereitet sein. Mr. Wendigee und ich arbeiteten gemeinsam an einer vollständigen und kommentierten Ausgabe von Cavors Bericht, auf dessen Herausgabe wir hoffen, zusammen mit einer detaillierten Darstellung der verwendeten Gerätschaften, wobei der erste Band im nächsten Januar erscheint. Das wird der vollständige und wissenschaftliche Bericht sein, von dem dies hier nur die allgemeine Abschrift ist. Aber hier haben wir wenigstens genügend zusammengetragen, um die Geschichte zu vervollständigen, die ich erzählt habe, und den Zustand jener anderen Welt zu umreißen, die so nah, so ähnlich und doch so verschieden zu unserer eigenen ist.

KAPITEL 23

Ein Auszug der ersten sechs erhaltenen Nachrichten von Mr. Cavor

Die zwei vorangegangenen Nachrichten von Mr. Cavor können sehr gut für jenen größeren Band aufgehoben werden. Sie berichten einfach kurzgefasst und mit einer Abweichung mehrerer Details, was interessant aber nicht von wesentlicher Bedeutung ist, die bloßen Tatsachen über den Bau der Kapsel und unseren Abflug von der Erde. Durchgehend sprach Cavor von mir, als ob ich tot sei, aber mit einem merkwürdigen Stimmungswechsel, als er der Beschreibung unserer Mondlandung näherkam. »Armer Bedford«, sagte er über mich, und »dieser arme junge Mann«, und er machte sich Vorwürfe, einen jungen Mann, der »keineswegs für solche Abenteuer gut gerüstet ist«, verführt zu haben, den Planeten, »auf dem er unbestreitbar Erfolgsaussichten hatte«, für solch eine heikle Mission zu verlassen. Ich glaube, er unterschätzt die Rolle, die meine Energie und praktische Veranlagung bei der Realisierung seiner Kapsel in der Theorie spielte. »Wir kamen an«, sagte er ohne weiter auf unsere Reise durch das Weltall einzugehen, als ob wir eine gewöhnliche Reise in der Eisenbahn unternommen hatten.

Und dann wird er mir gegenüber zunehmend ungerecht. Wahrhaftig ungerecht in einem Ausmaß, das ich bei einem Mann, der zur Suche nach der Wahrheit ausgebildet ist, nicht erwartet habe. Wenn ich auf meinen zuvor verfassten Bericht über jene Dinge zurückblicke, muss ich darauf bestehen, dass ich insgesamt gerechter gegenüber Cavor gewesen bin, als er es gewesen ist. Ich habe nichts abgemildert und nichts niedergehalten. Aber sein Bericht lautet:

»Es wurde schnell klar, dass die ganze Fremdartigkeit unserer Situation und Umgebung – großer Gewichtsverlust, verdünnte aber sehr sauerstoffreiche Luft, daraus resultierende Muskelüberanstrengung, rasante Entwicklung merkwürdiger Pflanzen aus unbekannten Sporen und ein greller Himmel – meinen Gefährten übermäßig aufregte. Auf dem Mond schien sich sein Wesen zu verschlechtern. Er wurde unbesonnen, vorschnell und streitsüchtig. In kurzer Zeit führte seine Torheit – er verschlang einige riesige Samenblasen – aufgrund der nachfolgenden Vergiftung zu unserer Gefangennahme durch die Seleniten – bevor wir auch nur die geringste Möglichkeit hatten, ihre Gepflogenheiten genau zu beobachten …«

(Sie bemerken, er sagt nichts über seinen eigenen Genuss jener »Blasen«.)

Und von diesem Punkt an fährt er fort zu sagen, dass »wir mit ihnen an einen schwierigen Übergang gelangten, und Bedford, der bestimmte Gesten von ihnen missverstand« – feine Gesten waren das – »verfiel in eine panische Gewalttätigkeit. Er lief Amok, tötete drei, und notgedrungen musste ich mit ihm nach dieser Gewalttat fliehen. Anschließend kämpften wir noch mit einer Anzahl von ihnen, die sich bemühten uns den Weg zu versperren, und erschlugen sieben oder acht weitere. Es sagt viel über die Toleranz dieser Wesen aus, dass sie mich bei meiner erneuten Gefangennahme nicht umgehend erschlugen. Wir machten uns auf den Weg nach draußen und teilten uns im Krater unserer Landung auf, um unsere Chancen zu erhöhen, die Kapsel wiederzufinden. Aber bald stieß ich auf eine Menge Seleniten, die von zweien angeführt wurden, die sich auch in ihrer Gestalt merkwürdig von jenen, die wir bisher gesehen hatten, unterschieden, mit größeren Köpfen und kleineren Körpern und viel aufwendiger verhüllt. Und nachdem ich ihnen einige Zeit ausgewichen war, fiel ich in eine Spalte, schnitt mir ziemlich schlimm den Kopf auf und verrenkte mir meine Kniescheibe, und da ich es sehr schmerzhaft fand zu kriechen, entschied ich mich dazu aufzugeben – wenn sie es mir noch erlauben würden. Sie taten es, und als sie meine hilflose Verfassung erkannten, trugen sie mich mit sich wieder ins Innere des Mondes. Und von Bedford habe ich nichts mehr gehört oder gesehen, und soweit ich es mitbekommen habe, auch keiner der Seleniten. Entweder hat ihn die Nacht im Krater überwältigt, oder, was wahrscheinlicher ist, er hat die Kapsel gefunden und in dem Wunsch, mir zuvorzukommen, ist er mit ihr davongeflogen – nur fürchte ich, fand er sie unlenkbar und hat ein langsameres Schicksal im äußeren Weltraum gefunden.«

Und damit gab mich Cavor auf und ging zu interessanteren Themen über. Ich mag die Vorstellung nicht, dass ich meine Position als Herausgeber scheinbar nutzen würde, um die Geschichte zu meinen Gunsten anzupassen, aber ich bin gezwungen, hier gegen die Wendung zu protestieren, die er jenen Ereignissen gibt. Er sagt nichts über jene atemlose Nachricht auf dem blutbefleckten Papier, in der er eine ganz andere Geschichte erzählte, oder versuchte zu erzählen. Dass er sich selbst würdevoll ergeben hat, ist ein vollkommen neuer Blickwinkel der Angelegenheit, der ihm eingefallen ist, worauf ich bestehe, seit er anfing sich sicher unter den Mondbewohnern zu fühlen, und bezüglich der Idee, »ihm zuvorzukommen«, bin ich sehr bereit den Leser zwischen uns beiden entscheiden zu lassen, anhand dessen, was ihm vorliegt. Ich weiß, ich bin kein mustergültiger Mensch – ich habe keinen Anspruch darauf gestellt. Aber bin ich das?

Allerdings enden damit die Beleidigungen meiner Person. Von dieser Stelle an kann ich Cavor mit ruhiger Absicht wiedergeben, denn er erwähnt mich nicht mehr.

Es scheint wohl so, als ob die Seleniten, die auf ihn gestoßen waren, ihn zu einem Ort im Inneren »eines großen Schachts« brachten, mittels »einer Art Ballon«, wie er es beschreibt. Aus diesem ziemlich verwirrenden Abschnitt und einer Anzahl zufälliger Andeutungen, Anspielungen und späteren Nachrichten geht hervor, dass dieser »große Schacht« zu einem riesengroßen System künstlicher Schächte gehört, die alle, von einem sogenannten »Mondkrater«, fast hundert Meilen hinab zum Mittelbereich unseres Trabanten führen. Diese Schächte sind durch querverlaufende Tunnel miteinander verbunden, weisen bodenlose Höhlen auf und erweitern sich zu großen runden Plätzen, wobei die gesamte Substanz des Mondes bis hundert Meilen ins Innere tatsächlich aus schwammartigem Gestein besteht. »Teilweise«, sagt Cavor, »ist diese Schwammartigkeit natürlich, aber zu einem großen Teil ist sie durch die ungeheure Industrie der Seleniten in der Vergangenheit verursacht worden. Diese riesigen kreisförmigen Hügel aus ausgehobenem Gestein und Erde bilden jene großen Ringe um die Tunnel, die irdischen Astronomen (die sich von einer irrigen Ähnlichkeit täuschen ließen) als Vulkane geläufig sind.«

Diesen Schacht brachten sie ihn hinab in jener »Art Ballon«, die er erwähnte, zuerst in eine tiefste Schwärze und dann in eine Gegend stetig zunehmender Phosphoreszenz. Cavors Ausführungen zeigen ihn als einen Wissenschaftler, der sich wenig um Details kümmerte, aber wir erfahren, dass dieses Licht den Wasserläufen und stufenförmigen Wasserfällen geschuldet war – »zweifellos enthalten sie irgendeinen phosphoreszierenden Organismus« – die immer reichhaltiger abwärts auf das Zentralmeer zuflossen. Und als er abstieg, sagte er: »Die Seleniten wurden auch leuchtend.« Und schließlich sah er weit unter sich, gleichsam einem See aus nicht heißem Feuer, die Wasser des Zentralmeeres, die in seltsamer Unruhe glühten und wirbelten, »wie leuchtende blaue Milch, die gerade aufkocht«.

»Dieses Mondmeer«, sagt Cavor in einem späteren Abschnitt, »ist kein stagnierender Ozean, eine solare Gezeit schickt sie in einem immerwährenden Strom um die Mondachse, und in seinen Wassern treten seltsame Stürme, Brodeln und Rauschen auf, und gelegentlich steigen kalte Winde und Donner daraus in die geschäftigen Wege des großen Ameisenhügels darüber auf. Nur wenn das Wasser in Bewegung ist, gibt es Licht ab, in seinen seltenen Ruhezeiten ist es schwarz. Gewöhnlicherweise, wenn man es sieht, steigen und fallen seine Wasser in einem öligen Wellengang, und Flocken und große Mengen leuchtenden, blasigen Schaums treiben mit dem trägen, schwach glühenden Strom. Die Seleniten befahren die Meerengen der Höhlen und die Lagunen in kleinen, flachen Booten, die eine kanuähnliche Form haben, und noch vor meiner Reise zu den Emporen des Großen Lunars, dem Herrscher des Mondes, war es mir erlaubt, einen kurzen Ausflug auf dem Wasser zu unternehmen.

Die Höhlen und Fahrwege sind natürlich sehr gewunden. Ein großer Teil dieser Wege ist nur den erfahrenen Steuermännern unter den Fischern bekannt, und nicht selten gehen Seleniten für immer in ihren Labyrinthen verloren. In ihren abgelegeneren Winkeln, sagt man mir, lauern seltsame Geschöpfe, von denen manche schrecklich und gefährlich sind, so dass die Wissenschaft des Mondes nicht in der Lage war sie auszurotten. Besonders ist der Rapha zu nennen, eine unentwirrbare Masse aus klammernden Tentakeln, die sich nur vermehren kann, wenn man sie in Stücke hackt, und der Tzee, eine huschende Kreatur, die man nie zu Gesicht bekommt, so geschickt und plötzlich tötet sie …«

Er gibt uns einen Ansatz einer Beschreibung.

»Auf diesem Ausflug wurde ich daran erinnert, was ich über die Mammoth Caves gelesen habe: wenn ich nur eine gelbe Fackel statt des durchdringenden blauen Lichts, und einen verlässlich wirkenden Bootsmann mit einem Ruder statt eines wackelköpfigen Seleniten, der eine Maschine im Heck des Kanus betätigte, gehabt hätte, dann hätte ich mir einbilden können, plötzlich wieder zurück auf der Erde zu sein. Die Felsen, die uns umgaben, waren sehr unterschiedlich, manchmal schwarz, manchmal blassblau und geädert, und einmal funkelten und glitzerten sie, als ob wir in eine Saphirmine gekommen wären. Und unten sah man die geisterhaft phosphoreszierenden Fische aufblitzen und in der kaum weniger phosphoreszierenden Tiefe verschwinden. Dann kam bald darauf ein langer ultramarineblauer Ausblick hinab auf den schwellenden Strom einer der Verkehrskanäle und eine Anlegestelle, und dann wohl der flüchtige Blick den ungeheuer überfüllten Schacht einer der senkrechten Straßen hinauf.«

»An einem großen Platz, der schwer mit glitzernden Stalaktiten behängt war, fischte eine Anzahl Boote. Wir hielten uns an der Längsseite von einem jener Boote und beobachteten die langarmigen Seleniten, wie sie ein Netz einholten. Sie waren kleine, bucklige Insekten, mit sehr langen starken Armen, krummen Beinen und zerknitterten Gesichtsmasken. Als sie daran zogen, schien das Netz das schwerste zu sein, dem ich im Mondinneren begegnet war, es war mit Gewichten – ohne Zweifel aus Gold – beschwert, denn in jenen Gewässern halten sich die größeren und genießbareren Fische in der Tiefe versteckt. Die Fische im Netz kamen wie ein blauer, aufgehender Mond empor – eine Glut aus zuckendem und umherschleuderndem Blau.«

»Unter ihrem Fang war ein bösartig blickendes schwarzes, sich wild bewegendes Ding mit vielen Tentakeln, dessen Erscheinen sie mit Schreien und Zwitschern begrüßten, und es mit schnellen, fahrigen Bewegungen mittels kleiner Beile in Stücke hackten. Alle seine abgetrennten Gliedmaßen peitschten und krümmten sich weiter auf bösartige Weise. Später, als mich das Fieber plagte, träumte ich immer wieder von jener erbitterten, wilden Kreatur, die sich so kraftvoll und beweglich aus der unbekannten See erhob. Es war das lebhafteste und bösartigste Wesen aller lebenden Geschöpfe, die ich bisher in dieser Welt im Inneren des Mondes gesehen habe …«

»Die Oberfläche dieses Meeres muss schon beinahe zweihundert Meilen (wenn nicht mehr) unter dem Niveau der Mondoberfläche liegen. Alle Städte des Mondes befinden sich, wie ich lernte, unmittelbar über jenem Zentralmeer in solchen höhlenartigen Plätzen und künstlichen Emporen, wie ich beschrieben habe, und sie stehen mit der Oberfläche durch die riesigen senkrechten Schächte in Verbindung, die sich ausnahmslos in dem öffnen, was irdische Astronomen als ›Mondkrater‹ bezeichnen. Den Deckel, der eine solche Öffnung verschließt, habe ich bereits während meines Umherirrens vor meiner Gefangennahme gesehen.«

»Über den Zustand des weniger zentralen Bereichs des Mondes habe ich bis jetzt noch keine sehr genaue Kenntnis erlangt. Es gibt ein gewaltiges Höhlensystem, in dem die Mondkälber nachts untergebracht sind, und es gibt Schlachthäuser und ähnliches - in einem dieser kämpften Bedford und ich mit den Schlachtern der Seleniten – und ich habe seitdem gesehen, wie Ballons, mit Fleisch beladen, aus der oberen Dunkelheit herabstiegen. Ich habe bisher kaum so viel über diese Dinge erfahren, wie in der gleichen Zeitspanne ein Zulu in London über die britische Kornzufuhr erfahren würde. Es ist allerdings klar, dass diese senkrechten Schächte und die Vegetation der Oberfläche eine wesentliche Rolle bei der Belüftung und dem Frischhalten der Mondatmosphäre spielen müssen. Einmal und besonders als ich zum ersten Mal aus meinem Gefängnis hinaustrat, blies ein zweifellos kalter Wind den Schacht *hinab*, und später wehte eine Art Scirocco[5] den Schacht hinauf, der der Temperatur meines Fiebers entsprach. Denn nach ungefähr drei Wochen erkrankte ich an einem Fieber unbestimmbarer Art, und trotz Schlaf und der Chinintabletten, die ich glücklicherweise in meiner Tasche mitgebracht hatte, blieb ich krank und quälte mich elendig, bis fast zu der Zeit, als ich zum Großen Lunar, dem Herrscher des Mondes, gebracht wurde.«

»Ich werde mich nicht über meinen elenden Zustand auslassen«, bemerkt er, »während jener Tage der Krankheit.« Und er fährt mit großer Ausführlichkeit mit Einzelheiten fort, die ich an dieser Stelle weglasse. »Meine Temperatur«, schließt er ab, »blieb für eine lange Zeit anormal hoch, und ich verlor jegliches Verlangen nach Nahrung. Ich hatte träge Wachphasen und mein Schlaf wurde durch

5 Scirocco ist ein heißer, gleichmäßiger Wüstenwind aus südlichen bis süd-östlichen Richtungen, der von der Sahara in Richtung Mittelmeer weht.

Träume geplagt, und in einer Phase war ich, so erinnere ich mich, so schwach, dass ich Heimweh nach der Erde hatte und beinahe hysterisch wurde. Ich sehnte mich fast unerträglich nach einer Farbe, die das ewige Blau unterbrach …«

Bald kehrt er wieder zu dieser schwammartigen Mondatmosphäre zurück. Mir wurde von Astronomen und Physikern gesagt, dass alles, was er erzählt vollkommen mit dem übereinstimmt, was bereits über den Zustand des Mondes bekannt ist. Hätten irdische Astronomen den Mut und die Vorstellungskraft besessen, einen unerschrockenen Rückschluss zu ziehen, sagt Mr. Wendigee, hätten sie beinahe alles vorhersagen können, was Cavor über den allgemeinen Aufbau des Mondes zu erzählen hatte. Sie wissen jetzt ziemlich sicher, dass Mond und Erde nicht so sehr Trabant und Hauptplanet sind, als vielmehr kleinere und größere Geschwister, die aus einer Masse bestehen und somit aus dem gleichen Material erschaffen wurden. Und da die Dichte des Mondes nur drei Fünftel von der der Erde beträgt, kann es nicht anders sein, als dass er durch ein großes Höhlensystem ausgehöhlt ist. Es bestand keine Notwendigkeit, sagte Sir Jabez Flap, Mitglied der Royal Society, jener mit der kurzweiligen Auffassung einer scherzhaften Seite der Sterne, dass wir jemals zum Mond hätten reisen müssen, um solche einfachen Folgerungen zu ziehen, und er unterstreicht den Wortwitz mit einer Anspielung auf Gruyere, aber sicherlich hätte er seine Kenntnis, dass der Mond hohl sei, vorher bekanntgegeben. Und wenn der Mond hohl ist, dann ist das offensichtliche Fehlen von Luft und Wasser natürlich ziemlich einfach zu erklären. Das Meer liegt im Inneren am Grund der Höhlen und die Luft verläuft durch den riesigen Schwamm aus Stollen, gemäß einfacher physikalischer Gesetze. Insgesamt sind die Mondhöhlen sehr windige Orte. Wenn das Sonnenlicht um den Mond wandert, erhitzt sich die Luft in den äußeren Stollen auf jener Seite, ihr Druck erhöht sich, einige Luft gelangt an die Oberfläche, wo sie sich mit der sich verflüchtigenden Luft der Krater (wo die Pflanzen die Kohlensäure herausfiltern) mischt, während der Großteil durch die Stollen strömt, um die abnehmende Luft der abgekühlten Seite zu ersetzen, die von der Sonne gerade nicht bestrahlt wird. Daher gibt es einen stetig nach Osten gerichteten Wind in der Luft der äußeren Stollen, und einen die Schächte aufwärts verlaufenden Luftstrom während des Mondtages, natürlich sehr komplex aufgrund der verschieden ausgeformten Stollen und den ausgeklügelten Erfindungen, die dem selenitischen Verstand entsprangen …

KAPITEL 24

Die Naturgeschichte der Seleniten

Cavors Nachrichten von sechs bis siebzehn sind größtenteils so lückenhaft und bestehen aus zahlreichen Wiederholungen, dass sie kaum eine zusammenhängende Erzählung bilden. Sie werden in dem wissenschaftlichen Bericht natürlich vollständig wiedergegeben werden, aber hier wird es weit mehr dienlich sein, einfach mit Auszügen und Zitaten, wie im vorangegangenen Kapitel, fortzufahren. Wir haben jedes Wort einer ausgeprägten kritischen Untersuchung unterworfen, und meine eigenen kurzen Erinnerungen und Eindrücke von den Dingen auf dem Mond sind eine unschätzbare Hilfe bei der Auslegung gewesen, was andernfalls im undurchdringlichen Dunkel geblieben wäre. Und natürlich konzentrierte sich unser Interesse als lebende Wesen, weit mehr auf die seltsame Gemeinschaft der Mondinsekten, in der er lebte, augenscheinlich als ein Ehrengast, und nicht aufgrund seiner bloßen körperlichen Anwesenheit in ihrer Welt.

Ich habe bereits verdeutlicht, wie ich denke, dass die Seleniten, die ich sah, dem Menschen, in der aufrechten Haltung und dem Vorhandensein von vier Gliedmaßen, glichen, und habe das allgemeine Erscheinungsbild ihrer Köpfe und ihrer Gliedergelenke mit dem von Insekten verglichen. Ich habe auch ihre zerbrechliche Schwäche erwähnt, die als besondere Folge der geringeren Gravitation des Mondes anzusehen ist. Cavor bestätigt mich in allen diesen Punkten. Er bezeichnet sie als »Tiere«, obwohl sie natürlich in keine Abteilung der Klassifizierung irdischer Lebewesen fallen, und er zeigt auf, dass »die Insektenart in der Anatomie, glücklicherweise für die Menschen, niemals eine relativ geringe Größe überschritten hatte«. Die größten irdischen Insekten, ob lebend oder ausgestorben, messen in der Tat nicht mehr als sechs Zoll in der Länge, »aber hier, entgegen der geringeren Anziehungskraft des Mondes, scheint ein Wesen, das gewiss ebenso Insekt wie Wirbeltier ist, in der Lage gewesen zu sein, menschliche und übermenschliche Ausmaße zu erreichen.«

Er erwähnt die Ameise nicht, aber im Verlauf seiner Anspielungen wird mir ständig die Ameise vor Augen gebracht, in ihrer schlaflosen Geschäftigkeit, ihrer Intelligenz und Gesellschaftsorganisation, ihrem Aufbau und insbesondere in der Tatsache, dass sie zusätzlich zu den beiden Formen – Männchen und Weibchen – die beinahe alle anderen Tiere besitzen, eine Vielzahl anderer geschlechtsloser Wesen, Arbeiter, Soldaten und dergleichen aufweist, die sich voneinander in Struktur, Charakter, Kraft und Einsatzgebiet unterscheiden, aber doch alle Mitglieder der selben Spezies sind. Denn diese Seleniten variieren auch sehr in ihrem Erscheinungsbild. Natürlich sind sie nicht nur gewaltig viel größer als Ameisen, sondern auch in ihrer Intelligenz, Moralvorstellung und ihrer gesellschaftlichen Weisheit den Menschen weit überlegen, jedenfalls nach Cavors Meinung. Und statt der vier oder fünf verschiedenen Ameisenformen, die gefunden wurden, gibt es fast unzählbar viele Selenitenformen. Ich hatte mich bemüht, auf den sehr beträchtlichen wahrnehmbaren Unterschied der Seleniten der oberen Kruste hinzuweisen: die Unterschiede in Größe und Proportionen waren sicherlich ebenso groß, wie die Unterschiede zwischen den am weitesten voneinander getrennten

Menschenrassen. Aber solche Unterschiede, die ich sah, verblassen zu Nichts, im Vergleich zu den gewaltigen Unterschieden, von denen Cavor berichtet. Es scheint, dass die äußeren Seleniten, die ich sah, tatsächlich zumeist mit gleichartigen Berufen beschäftigt waren – Hirten der Mondkälber, Schlachter, Fleischer und dergleichen. Aber im Mondinneren, für mich eigentlich unvermutet, lebt wohl eine Vielzahl anderer Selenitenarten, die sich in Größe, in der relativen Größe einzelner Körperteile, in Kraft und Erscheinungsbild unterscheiden, und doch keine verschiedenen Arten von Wesen sind, sondern nur verschiedene Formen einer Spezies, und trotz aller ihrer Abweichungen eine gewisse Ähnlichkeit aufweisen, die ihre spezifische Einheit kennzeichnet. Der Mond ist in der Tat eine Art riesiger Ameisenhügel, nur dass es statt vier oder fünf Ameisensorten viele hundert verschiedene Selenitenformen gibt, und zwischen zwei Sorten beinahe jede Abstufung besteht.

Es scheint, dass Cavor diese Entdeckung sehr schnell gemacht hat. Ich schlussfolgere das mehr, als dass ich es aus seiner Erzählung erfahre, dass er von den Mondkalbherden unter der Führung jener anderen Seleniten gefangen wurde, die »größere Hirnschalen (Köpfe?) und sehr kurze Beine besaßen«. Als sie feststellten, dass er nicht mal mit Hilfe des Treibstachels laufen würde, trugen sie ihn in die Dunkelheit, überquerten eine schmale, plankenartige Brücke, die wohl jene gewesen sein mag, die ich verweigert hatte, zu überqueren, und legten ihn in etwas, das anfangs wie eine Art Lift erschienen sein muss. Dies war der Ballon – er war für uns gewiss vollkommen unsichtbar in der Dunkelheit gewesen – und das, was wie eine bloße Planke gewirkt hatte, die ins Nichts führte, war in Wirklichkeit zweifellos der Steg der Landungsbrücke.

In diesem Ballon stieg er hinab zu den beständig erhellten Höhlen des Mondes. Zuerst sanken sie lautlos in die Tiefe – abgesehen von den Zwitschergeräuschen der Seleniten – und dann bewegte sich der Wind rege. Nach kurzer Zeit hatte die tiefe Dunkelheit seine Augen so überempfindlich gemacht, dass er immer mehr von den Dingen um sich herum wahrnahm, und schließlich das Unbekannte Gestalt annahm.

»Man stelle sich einen ungeheuren zylindrischen Raum vor«, sagt Cavor in seiner siebten Nachricht, »mit einem Durchmesser von vielleicht einer Viertelmeile, erst sehr schwach erleuchtet und dann heller, mit großen Plattformen, die sich an seiner Seite spiralförmig hinabwinden und schließlich in der blauen Tiefe verschwinden, immer heller erleuchtet – man konnte nicht sagen, warum oder wie. Denken Sie an den Schacht der größten Wendeltreppe oder einen Liftschacht, den sie jemals hinabgeblickt haben und multiplizieren Sie das mit hundert. Man stelle ihn sich im Zwielicht vor, wenn man durch blaues Glas sieht. Man stelle sich vor, dort hinabzublicken, nur dass man sich auch vorstellt, sich außerordentlich leicht zu fühlen, und jegliches Schwindelgefühl verloren zu haben, das man auf der Erde hätte, und damit erhält man die ersten Gegebenheiten meines Eindrucks. Rings um diesen gewaltigen Schacht stelle man sich eine breite Galerie vor, deren spiralförmiger Verlauf viel steiler ist, als es auf der Erde denkbar wäre, und die eine steile Straße bildet, die nur mittels einer kleinen Brüstung, die zu guter Letzt durch die Perspektive ein paar Meilen tiefer verschwindet, vor dem Abgrund schützt.«

»Als ich nach oben blickte, sah ich das absolute Gegenstück der abwärts gerichteten Aussicht, was natürlich den Eindruck weckte, man würde in einen sehr steilen

Kegel schauen. Ein Wind blies den Schacht hinab und weit oben, glaube ich das immer schwacher werdende Gebrüll der Mondkälber zu hören, die von ihrer abendlichen Weide an der Oberfläche wieder hinabgetrieben wurden. Und die spiralförmigen Galerien hinauf und hinab standen zahllose Mondmenschen, blasse, schwach erleuchtete Wesen, die unser Auftauchen beobachteten oder mit unbekannten Besorgungen beschäftigt waren.«

»Entweder bildete ich es mir ein, oder eine Schneeflocke wirbelte mit der eisigen Brise hinab. Und dann fiel, einer Schneeflocke gleich, eine kleine Gestalt, ein kleines menschliches Insekt, das an einem Fallschirm hing, an uns vorbei sehr rasch auf die zentralen Teile des Mondes zu.«

»Der Selenit mit dem großen Kopf, der neben mir saß, sah wie ich meinen Kopf bewegte, um einen Blick zu erhaschen, und zeigte mit seiner rüsselförmigen ›Hand‹ auf eine Art Steg, der sehr langsam in Sichtweite kam: einer Anlegebrücke gleich, die in der Leere hing. Als er hinaufgezogen wurde, verringerte sich unsere Geschwindigkeit sehr rasch, und in wenigen Augenblicken, wie es schien, waren wir auf derselben Höhe und lagen still. Ein Tau zur Verankerung wurde geworfen und aufgefangen, und ich fand mich auf der gleichen Ebene mit einer großen Selenitenmenge wieder, die sich gegenseitig anrempelten, um mich zu sehen.«

»Es war eine unvorstellbare Menge. Plötzlich und heftig wurde meine Aufmerksamkeit auf die ungeheuren Unterschiede gelenkt, die zwischen jenen Mondwesen bestanden.«

»In der Tat schienen sich in dieser ganzen, sich drängenden Menge keine zwei zu gleichen. Sie unterschieden sich in Gestalt, Größe und sie besaßen alle schrecklichen

Veränderungen, die es im Bereich der selenitischen Gestalten gibt! Einige waren bauchig und überhängend, andere liefen zwischen den Füßen ihrer Kumpane umher. Alle von ihnen erinnerten absurd und beunruhigend an ein Insekt, das es irgendwie bewerkstelligte, Menschlichkeit vorzutäuschen, doch alle schienen ein besonderes Merkmal unglaublich überzeichnet darzustellen: einer hatte einen riesigen rechten Arm, einem Fühlerarm gleich, einer schien nur aus Beinen zu bestehen, balancierte wie auf Stelzen, bei einem weiteren schob sich die Gesichtsmaske zu einem nasenähnlichen Organ nach vorne, was ihn überraschend menschlich wirken ließ, bis man seinen ausdruckslos klaffenden Mund sah. Der seltsame und (außer dem fehlenden Unterkiefer und den Fühlern) einem Insekt am ähnlichsten kommende Kopf der Mondkalbhirten durchlief tatsächlich die unglaublichsten Umbildungen: hier war er breit und niedrig, hier hoch und schmal, dort war die ledrige Stirn zu Hörnern und seltsamen Zügen verlängert, bei anderen war er bärtig und gespalten, und dort mit einem grotesken menschlichen Profil. Eine Verzerrung war besonders auffällig. Es gab mehrere Hirnschalen, die wie Blasen zu einer enormen Größe aufgebläht waren, während sich die Gesichtsmaske auf ziemlich kleine Verhältnisse zusammengeschrumpft hatte. Einige erstaunliche Formen gab es da, mit Köpfen, die auf mikroskopische Proportionen reduziert waren und tropfenförmigen Körpern, und fantastische hauchdünne Wesen, die scheinbar nur als Grundlage für gewaltige, trompetenförmige Vorwölbungen des unteren Maskenteils dienten. Und das, was mir in diesem Moment am Merkwürdigsten erschien, waren zwei oder drei seltsame Bewohner dieser unterirdischen Welt, einer Welt, die durch unzählbare Meilen aus Gestein vor Sonne oder Regen geschützt war, die in ihren Tentakelhänden *Regenschirme trugen* – Regenschirme, die wirklich wie die auf der Erde aussahen! Und dann fiel mir der Fallschirmspringer wieder ein, den ich bei seinem Sinkflug beobachtet hatte.«

»Diese Mondmenschen verhielten sich genau wie es eine Menschenmenge unter ähnlichen Umständen getan hätte: sie rempelten sich an und schubsten einander, sie schoben sich gegenseitig zur Seite, sie kletterten sogar übereinander, um einen Blick auf mich zu erhaschen. Jeden Augenblick wurden sie mehr, und drängten sich immer eiliger gegen die runden Scheiben meiner Aufpasser« – Cavor erklärt nicht, was er damit meint – »jeden Moment tauchten neue Gestalten aus den Schatten auf und drängten sich meiner verblüfften Aufmerksamkeit auf. Und bald darauf wurde mir ein Zeichen gegeben und in eine Art Sänfte geholfen, die auf die Schultern von Trägern mit starken Armen gehoben wurde, und so wurde ich durch die Dämmerung über jene brodelnde Masse in Richtung der Räumlichkeiten getragen, die man mir im Mond vorbereitet hatte. Rings um mich herum waren Augen, Gesichter, Masken, ein ledriges Knarren wie von raschelnden Käferflügeln, ein lautes Gemecker und das grillenartige Zwitschern der Selenitenstimmen.«

Wir entnehmen, dass er in ein »sechseckiges Gemach« gebracht und dort eine Zeitlang eingesperrt wurde. Später gewährte man ihm eine beträchtlichere Freiheit, in der Tat beinahe so viel Freiheit, wie man in einer zivilisierten Stadt der Erde besitzt. Und es scheint, dass das geheimnisvolle Wesen, das der Herrscher und Meister des Mondes ist, zwei Seleniten »mit großen Köpfen« bestimmte, ihn zu bewachen und zu beobachten und zu ermitteln, welche mentalen Verbindungen mit ihm möglich waren. Und so erstaunlich und unglaublich es scheinen mag, diese zwei Gestalten, diese fantastischen menschlichen Insekten, diese Wesen einer anderen Welt, verständigten sich alsbald mit Cavor mittels irdischer Sprache.

Cavor nennt sie Phi-u und Tsi-puff. Phi-u, sagt er, war etwa 5 Fuß groß, besaß kleine, schlanke Beine von ungefähr 18 Zoll Länge, und zarte Füße, wie sie auf dem Mond üblich waren. Auf diesen balancierte ein kleiner Körper, der von den Herzschlägen pulsierte. Er hatte lange, weiche Arme mit vielen Gelenken, die in einer tentakelartigen Hand endeten, und sein Hals war auf gewöhnliche Weise mit mehreren Gelenken versehen, aber außergewöhnlich kurz und dick. »Sein Kopf«, sagt Cavor – wobei er offensichtlich auf eine frühere Beschreibung anspielt, die im All verloren gegangen ist – »ist von gewöhnlicher lunarer Form, aber seltsam verändert. Der Mund besitzt die übliche ausdruckslose Öffnung, aber ist ungewöhnlich schmal und zeigt nach unten, und die Maske ist auf die Größe eines flachen Nasenflügels zusammengeschrumpft. Auf jeder Seite befindet sich ein kleines Auge.«

»Der übrige Kopf ist auf eine riesige Kugel angeschwollen und die chitinartige Lederhaut des Mondkalbhirten verdünnt sich zu einer bloßen Membran, durch die man deutlich die pulsierenden Bewegungen des Gehirns sehen kann. Er ist wirklich ein Geschöpf mit einem hypertrophierten Gehirn, während sein restlicher Organismus vergleichsweise relativ kümmerlich ist.«

In einem anderen Abschnitt vergleicht Cavor seine Rückenansicht mit Atlas, der die Weltkugel trägt. Tsi-puff war scheinbar ein sehr ähnliches Insekt, aber sein »Gesicht« war beträchtlich lang gezogen und die Hypertrophie des Gehirns befand sich in anderen Regionen, weshalb sein Kopf nicht rund, sondern einer Birne mit dem

Stängel nach unten glich. In Cavors Gefolge befanden sich auch Sänftenträger, schiefe Wesen mit ungeheuren Schultern, sehr spinnenartige Wächter und ein plumpfüßiger Bediensteter.

Die Art und Weise mit der Phi-u und Tsi-puff das Sprachproblem angingen, war ziemlich naheliegend. Sie betraten die »sechseckige Zelle« in der Cavor eingesperrt war und fingen an, jedes Geräusch, das er machte, nachzuahmen, zuerst ein Husten. Er scheint ihre Absicht sehr schnell erfasst zu haben, und er fing an Wörter zu wiederholen und ihnen deren Verwendung aufzuzeigen. Der Ablauf war wahrscheinlich immer der gleiche. Phi-u würde eine Zeitlang auf Cavor achten, dann auch etwas verdeutlichen und das gehörte Wort sagen.

Das erste Wort, das er bewältigte war »Mensch« und das zweite »Mondler« – was Cavor wohl spontan anstatt »Selenit« als Bezeichnung für die Mondrasse verwendet hat. Sobald Phi-u sich der Bedeutung eines Wortes sicher war, wiederholte er es vor Tsi-puff, der es fehlerfrei behielt. In ihrem ersten Lehrabschnitt meistern sie über einhundert englische Hauptwörter.

Später, so scheint es, brachten sie einen Künstler mit, um die Erklärungsarbeit mit Zeichnungen und Diagrammen zu unterstützen – Cavors Zeichnungen sind eher primitiv. »Er war«, beschreibt Cavor, »ein Wesen mit einem regen Arm und einem fesselnden Auge«, und er schien mit unglaublicher Schnelligkeit zu zeichnen.

Die elfte Nachricht ist zweifellos nur ein Bruchteil einer längeren Botschaft. Nach einigen bruchstückhaften Sätzen, deren Aufzeichnung unverständlich ist, fährt sie fort:

»Aber es wird nur Linguisten interessieren und mich zu lange aufhalten, wenn ich die Einzelheiten der Reihe angestrengter Unterredungen, von denen diese den Anfang bildeten, wiedergebe, und ich bezweifle in der Tat sehr, dass ich all die Drehungen und Wendungen, die wir in unserem Streben gegenseitiger Verständigung unternahmen, in nur annähernd der richtigen Reihenfolge wiedergeben könnte. Verben waren bald eine einfache Sache – zumindest solche aktiven Verben, die ich über Zeichnungen ausdrücken konnte, einige Adjektive waren einfach, aber als es um abstrakte Hauptwörter bis hin zu Präpositionen und die Art abgedroschener Redewendungen ging, durch die auf der Erde so viel ausgedrückt wird, war es wie Tauchen in einer Rettungsweste. Zugegebenermaßen waren diese Schwierigkeiten unüberwindbar, bis zur sechsten Unterrichtseinheit ein vierter Helfer auftauchte, ein Wesen mit einem riesengroßen, fußballförmigen Kopf, dessen Stärke offensichtlich die Beschäftigung mit komplizierten Analogien war. Er trat gedankenverloren ein, stolperte gegen einen Stuhl, und die Schwierigkeiten, die sich ergeben hatten, mussten ihm mit einem gewissen Umfang an Geschrei, Klapsen und Stößen dargelegt werden, bevor sie seine Aufmerksamkeit weckten. Aber sobald er beteiligt war, war sein Scharfsinn verblüffend. Wann immer es nötig wurde, über Phi-us keineswegs begrenztes Betätigungsfeld hinauszudenken, wurde diese plattköpfige Person hinzugezogen, aber er berichtete ausnahmslos Tsi-puff die Schlussfolgerung, damit man sich daran erinnern könne, denn Tsi-puff war stets der Speicher für Fakten. Und so kamen wir wieder voran.«

»Es schien lang und doch kurz – eine Angelegenheit von Tagen – zu dauern, bis ich ohne jeden Zweifel mit diesen Mondinsekten sprach. Natürlich war es zuerst ein unendlich mühsamer und lediger Austausch, aber unmerklich war er zum Verständnis herangewachsen. Und meine Geduld ist an ihre Grenzen gelangt, während Phi-u derjenige ist, der immer spricht. Er führt es mit einer großen Menge nachdenklicher, vorläufiger ›M'm – M'ms‹ aus und hat ein oder zwei Sätze aufgeschnappt, nämlich: ›Wenn ich sagen darf‹, ›Wenn Sie verstehen‹, und er bildet seine ganze Rede mit ihnen.«

»So in etwa sprach er. Stellen Sie sich vor, wie er seinen Künstler beschreibt.«

»M'm – M'm – er – wenn ich sagen darf – zeichnen. Essen wenig – trinken wenig – zeichnen. Lieben Zeichnen. Nichts anderes. Hassen alle, die nicht zeichnen, wie er. Wütend. Hassen alle, die zeichnen besser als er. Hassen die meisten Leute. Hassen alle, die nicht meinen ganze Welt um zu zeichnen. Wütend. M'm. Alle Dinge für ihn bedeuten nichts – nur zeichnen. Er mögen Sie … wenn Sie verstehen … Neues Ding zu zeichnen. Hässlich – auffallend. Nicht?«

»›Er‹ – wandte sich an Tsi-puff – ›lieben Worte behalten. Behalten erstaunlich mehr als alle. Denken nein, zeichnen nein – behalten. Sagen‹ – hier griff er für ein Wort auf seinen begabten Helfer zurück – ›Geschichten – alle Dinge. Er hören einmal – sagen immer.‹«

»Es ist für mich wundervoller, als ich mir erträumte, dass irgendetwas je wieder so sein könnte, wie diese außergewöhnlichen Wesen in dieser immerwährenden Dunkelheit zu hören – denn selbst Vertrautheit schafft es nicht ihr unmenschliches Erscheinungsbild abzuschwächen – während ihr fortwährendes Pfeifen immer näher an zusammenhängende irdische Sprache kommt – wobei sie Fragen stellen und Antworten geben. Ich fühle mich wieder in die Zeit der Kindheit zurückversetzt, in der man die Fabel hört, als Ameise und Grashüpfer miteinander sprachen und die Biene zwischen ihnen entschied …«

Und während diese Sprachübungen weitergingen, scheint Cavor eine beträchtliche Lockerung seiner Gefangenschaft erfahren zu haben. »Die erste Angst und das Misstrauen, das sich aus unserem unglücklichen Zusammenstoß ergab«, sagte er, »wird stetig durch wohlüberlegte Vernunft bei allem, was ich tue, ausgelöscht ... Ich kann jetzt kommen und gehen, wie es mir beliebt, oder ich werde nur zu meinem eigenen Wohl eingeschränkt. So bin ich in der Lage gewesen an diesen Apparat zu kommen, und mit Hilfe eines glücklichen Fundes inmitten des Materials, das sich in dieser gewaltigen Vorratshöhle türmt, habe ich es bewerkstelligt, diese Nachrichten zu versenden. Bis jetzt ist nicht der kleinste Versuch unternommen worden, mich dabei zu stören, obwohl ich Phi-u ziemlich deutlich gemacht habe, dass ich Signale zur Erde schicke«.

»›Sie reden mit andere?‹, fragte er, während er mich beobachtete.«

»›Anderen‹, sagte ich.«

»›Anderen‹, wiederholte er. ›Oh ja, Menschen?‹«

»Und ich fuhr mit meiner Übertragung fort.«

Cavor machte in seinen früheren Berichten über die Seleniten fortwährend Korrekturen, als ihn neue Tatsachen erreichten, um seine Rückschlüsse anzupassen, und dementsprechend gibt man die folgenden Zitate unter einem gewissen Vorbehalt wieder. Sie sind aus der neunten, der dreizehnten und der sechzehnten Nachricht entnommen, und so vollkommen ungenau und bruchstückhaft sie auch sind, geben sie uns so wahrscheinlich das vollständigste Bild vom gesellschaftlichen Leben dieser seltsamen Gemeinschaft, von dem die Menschheit jetzt hoffen kann, es für viele Generationen zu bewahren.

»Im Mond«, sagt Cavor, »kennt jeder Bürger seinen

Platz. Er ist für diesen Platz geboren, und die sorgfältig ausgeführte Disziplin von Training, Ausbildung und Behandlung, die er durchläuft, passt ihn seinem Platz schließlich so vollständig an, dass er für eine darüberhinausgehende Aufgabe weder Ideen noch Organe hat. ›Warum sollte er?‹, würde Phi-u fragen. Wenn beispielsweise ein Selenit zum Mathematiker bestimmt ist, stecken seine Lehrer und Ausbilder sofort dieses Ziel fest. Sie überprüfen jede beginnende Neigung zu anderen Beschäftigungen, sie regen seine mathematische Vorliebe mit vollendeter psychologischer Fähigkeit an. Sein Gehirn wächst, oder zumindest wachsen die mathematischen Bereiche seines Gehirns, und der Rest von ihm wächst nur so weit wie nötig, um diesen wesentlichen Teil von ihm zu erhalten. Schließlich liegt sein einziges Vergnügen, abgesehen von Erholung und Nahrung, in der Ausübung und Vorführung seiner Fähigkeit, sein einziges Interesse gilt seiner Anwendung, seine einzige Gesellschaft sind andere Spezialisten seines Bereichs. Sein Gehirn wächst beständig weiter, zumindest die Teile, die sich mit der Mathematik beschäftigen, sie treten immer mehr hervor und scheinen aus seinem restlichen Körper alles Leben und allen Elan auszusaugen. Seine Gliedmaßen verkümmern, sein Herz und die Verdauungsorgane verkleinern sich, sein insektenartiges Gesicht wird unter den sich vorwölbenden Umrissen verborgen. Seine Stimme wird zum bloßen Zirpen zur Angabe von Formeln, er scheint für alles taub zu sein, außer geeignet formulierten Problemen. Die Fähigkeit zu lachen, geht ihm verloren, außer bei der plötzlichen Entdeckung irgendeines Paradoxons. Seine tiefempfundene Gefühlsregung ist die Entwicklung einer neuartigen Berechnung. Und so erreicht er sein Ziel.«

»Oder wiederum ein Selenit, der dazu bestimmt ist,

ein Mondkalbhirte zu werden, wird von den ersten Jahren an dazu angeregt, wie ein Mondkalb zu denken und zu leben, sein Vergnügen im überlieferten Wissen über die Mondkälber zu finden, und sich in ihrer Pflege und Beschäftigung zu üben. Er wird ausgebildet, um drahtig und lebhaft zu werden, sein Blick ist auf die engen Windungen fokussiert, die kantigen Umrisse, die eine elegante ›Mondkalbigkeit‹ bezeugen. Letztendlich hat er kein Interesse mehr an den tieferliegenden Regionen des Mondes, er betrachtet alle Seleniten, die nicht genauso erfahren mit Mondkälbern sind, mit Gleichgültigkeit, Hohn oder Feindseligkeit. Seine Gedanken kreisen um Mondkalbweiden und sein Dialekt gleicht einer vollkommenen Fachsprache über Mondkälber. So liebt er auch seine Arbeit und erfüllt in vollendeter Zufriedenheit seine Pflicht, die sein Dasein rechtfertigt. Und so verhält es sich mit allen Arten und Gegebenheiten der Seleniten – jeder ist eine perfekte Einheit in einer Weltenmaschinerie …«

»Diese Wesen mit großen Köpfen, denen die intellektuellen Arbeiten zufallen, bilden in dieser seltsamen Gesellschaft eine Art Aristokratie, und deren Oberhaupt, der Inbegriff des Mondes, ist jenes wunderbare Nervensystem gigantischen Ausmaßes, der Große Lunar, in dessen Gesellschaft ich letztendlich kommen sollte. Die unbegrenzte Entwicklung des Verstands der intellektuellen Klasse wird ermöglicht durch das Fehlen jeglicher Schädelknochen bei der Lunaranatomie, jener merkwürdigen Knochenschale, die sich um das sich entwickelnde Gehirn des Menschen klammert, wobei sie gebieterisch allen seinen Möglichkeiten ein ›bis hierher und nicht weiter‹ entgegenstellt. Sie unterteilen sich in drei Hauptklassen, die sich sehr in Einfluss und Respekt unterscheiden. Da gibt es Verwalter, zu denen Phi-u gehört, Seleniten mit einer beträchtlichen Entschlusskraft und Vielseitigkeit, von denen ein jeder für einen Kubikanteil der Mondmasse verantwortlich ist, dann die Fachkundigen, wie der Denker mit dem fußballförmigen Kopf, die für die Durchführung bestimmter Arbeitsprozesse ausgebildet sind, und die Gelehrten, die alles Wissen verwahren. Zur letztgenannten Klasse gehört Tsi-puff, der erste Mondprofessor für irdische Sprachen. In Bezug auf diese letzteren ist eine eigentümliche kleine Sache anzumerken, dass das unbeschränkte Wachstum des lunaren Gehirns die Erfindung alle dieser mechanischen Hilfsmittel zur Denkarbeit unnötig gemacht hat, die den Werdegang des Menschen geprägt haben. Es gibt keine Bücher, keinerlei Aufzeichnungen, keine Bibliotheken oder Inschriften. Alles Wissen wird in ausgedehnten Gehirnen gespeichert, genauso wie die Honigameisen in Texas den Honig in ihren dehnbaren Unterleibern bevorraten. Somerset House und die Bibliothek des Britischen Museums sind auf dem Mond Sammlungen lebendiger Gehirne …«

»Die weniger spezialisierten Verwalter, stelle ich fest, zeigen größtenteils ein sehr lebhaftes Interesse an mir, wann immer sie mir begegnen. Sie verlassen ihren Pfad, starren mich an und stellen Fragen, die Phi-u beantwortet. Ich sehe sie hin- und hergehen mit einem Gefolge aus Trägern, Gehilfen, Ausrufern, Fallschirmträgern und so weiter – wunderlich anzusehende Gruppen. Die Fachkundigen ignorieren mich zum größten Teil komplett, wie sie sich gegenseitig ignorieren, oder sie beachten mich nur, um eine lärmende Zurschaustellung ihres charakteristischen Fachkönnens anzufangen. Die Gelehrten sind zum größten Teil in eine undurchdringliche und apoplektische Selbstzufriedenheit versunken, aus der sie nur eine Verleugnung ihrer Gelehrtheit reißen kann. Gewöhnlich werden sie von kleinen Wächtern und Dienern geführt, und oft sind da kleine lebhaft aussehende Wesen, normalerweise kleine Weibchen, von denen ich annehme, dass sie eine Art Ehefrau für sie sind, doch einige der tiefdenkenden Wissenschaftler sind gänzlich zu groß für die Fortbewegung und werden in einer Art Kübelsänfte von einem Ort zum anderen getragen, eine wackelnde, gallertartige Masse des Wissens, die mein respektvolles Erstaunen wecken. Auf dem Weg zu diesem Ort, an dem ich mich mit jenen elektrischen Spielsachen vergnügen darf, bin ich gerade an einem vorbeigekommen - einem riesigen, kahlgeschorenen, wankenden Kopf, haarlos und mit dünner Haut überzogen, getragen auf einer grotesken Bahre. Davor und dahinter kamen seine Träger und merkwürdige, trompetengesichtige Neuigkeitenverbreiter schrien seinen Ruhm heraus.«

»Die Gefolgschaft, die die meisten Gelehrten begleitete, habe ich bereits erwähnt: Führer, Träger, Diener, gleichsam fremden Tentakeln und Muskeln, die die unvollkommenen Körperkräfte dieser hypertrophen Gehirne ersetzten. Träger begleiteten sie beinahe immer. Es gibt auch ausnehmend schnelle Boten mit spinnenähnlichen Beinen und ›Händen‹, um Fallschirme zu halten, und Gehilfen mit Stimmorganen, die nahezu Tote erwecken könnten. Getrennt von ihrer kontrollierenden Intelligenz sind diese Untergebenen so reglos und hilflos wie Regenschirme in einem Ständer. Sie existieren nur in Bezug auf die Befehle, denen sie gehorchen müssen und die Pflichten, die sie zu erfüllen haben.«

»Die Masse jener Insekten allerdings, die auf den spiralförmigen Straßen hin- und herlaufen, die emporsteigenden Ballons füllen und an dünne Fallschirme geklammert, an mir vorbeifliegen, zähle ich zur Arbeiterklasse.

In der Tat sind manche von ihnen im eigentlichen Sinn ›Maschinenhände‹ – was keine Redewendung ist, denn der einzelne Fühler des Mondkalbhirten ist umfassend zum Greifen, Heben und Lenken ausgebildet, während der Rest seines Körpers nicht mehr als ein untergeordnetes Anhängsel dieses wesentlichen Instruments ist, das ungeheuer entwickelte Hörorgane besitzt. Manche, deren Arbeit heikle, chemische Tätigkeiten umfasst, besitzen ein hervorstehendes, riesiges Riechorgan, andere wiederum haben flache Füße für Tretkurbeln mit versteiften Gelenken, und wieder andere – die Glasbläser sind, wie man mir sagte – scheinen bloße Lungenblasebälge zu sein. Aber jeder einzelne der Seleniten, die ich bei der Arbeit gesehen habe, ist ausnehmend an das soziale Bedürfnis angepasst, welches ihm begegnet. Feinarbeit wird von Abfeilern erledigt, die erstaunlich klein und geschickt sind. Manche von ihnen könnte ich in meiner Handfläche halten. Es gibt sogar eine Art sehr gewöhnlicher Seleniten zum Braten wenden, deren Pflicht und einzige Freude es ist, die Antriebskraft für verschiedene kleine Geräte zu liefern. Und um über diese Dinge zu herrschen und jegliche fehlerhafte Neigung zu ordnen, die in manchen abnormalen Naturen vorhanden sein mag, gibt es die am meisten bemuskelten Wesen, die ich auf dem Mond gesehen habe, eine Art Mondpolizei, die von frühester Kindheit an dafür ausgebildet worden sind, den aufgeschwollenen Köpfen vollkommenen Respekt und Gehorsam zu erweisen.«

»Die Entstehung dieser verschiedenen Arbeiterarten muss ein sehr merkwürdiger und interessanter Vorgang sein. Ich tappe diesbezüglich noch sehr im Dunkeln, aber vor kurzem stieß ich auf eine Anzahl junger Seleniten, die in Gefäße gesperrt waren, aus denen nur die vorderen Gliedmaßen herausstanden – sie wurden zusammengedrückt, um Maschinenwärter einer besonderen Art zu werden. Die hervorstehende ›Hand‹ wird durch Reizstoffe angeregt und mittels Injektion ernährt, während der Rest des Körpers hungert. Phi-u erklärte, wenn ich nicht missverstand, dass diese wunderlichen kleinen Geschöpfe in ihren frühen Entwicklungsphasen fähig sind, Anzeichen für Leiden in ihren unterschiedlich eingeengten Lagen zu zeigen, aber sie härten mühelos ab durch ihr Schicksal. Und er führte mich weiter zu einer Anzahl Boten mit biegsamen Gelenken, die in die Länge gezogen und gebrochen wurden. Ich weiß, es ist ziemlich unsinnig, aber solche Einblicke in die Bildungsmethoden dieser Wesen berühren mich unangenehm. Jedoch hoffe ich, dass dies vorbeigehen wird und ich vielleicht in der Lage sein werde, mehr von diesem Aspekt ihrer wundervollen Sozialordnung zu sehen. Jenes erbärmlich aussehende Handtentakel, das aus seinem Gefäß hervorstand, schien einen schlaffen Anreiz für verlorene Möglichkeiten darzustellen, er verfolgt mich noch immer, obwohl es natürlich am Ende ein weitaus menschlicheres Verfahren ist als unsere irdische Methode, Kinder zu menschlichen Wesen heranwachsen zu lassen, und dann Maschinen aus ihnen zu machen.«

»Ebenfalls vor kurzem – ich denke, es war beim elften oder zwölften Besuch, den ich diesem Apparat abstattete – erlangte ich eine merkwürdige Erkenntnis über diese Arbeiter. Ich wurde über einen Abkürzungsweg hierher geführt, anstatt über die spiralförmige Straße hinab und vorbei an den Uferstraßen des Zentralmeeres. Aus den gewundenen Wegen einer langen, dunklen Galerie tauchten wir in eine ungeheuer große, niedrige Höhle ein, die ein erdiger Geruch durchzog, und die im Gegensatz zu jener Dunkelheit ziemlich hell erleuchtet war. Das Licht stammte von einem wachsenden Gewirr fahler, pilzartiger

Umrisse – einige waren unseren irdischen Pilzen sonderbar ähnlich, aber sie standen mannshoch und höher.

»›Mondler essen diese?‹, fragte ich Phi-u.«

»›Ja, Nahrung.‹«

»›Du meine Güte!‹, rief ich, ›was ist das?‹«

»Mein Blick war gerade auf die Gestalt eines ausnehmend großen und plumpen Seleniten gefallen, der regungslos mit dem Gesicht nach unten zwischen den Stängeln lag. Wir blieben stehen.«

»›Tot?‹, fragte ich. (Denn bisher hatte ich noch keine Toten im Mond gesehen und bin neugierig geworden.)

»›Nein!‹, stieß Phi-u hervor. ›Er – Arbeiter – keine Arbeit zu tun. Dann geben bisschen Trinken – einschlafen – bis wir ihn brauchen. Wozu gut er wach sein, hm? Nicht wollen er herumgehen.‹«

»›Da ist noch einer!‹, rief ich.«

»Und tatsächlich war diese gewaltig große Pilzfläche, wie ich feststellte, mit jenen ausgestreckt liegenden Gestalten übersät, die aufgrund eines Opiats schliefen, bis sie der Mond brauchte. Es gab Dutzende aller Art von ihnen, und wir konnten einige von ihnen umdrehen und genauer untersuchen, als es mir zuvor möglich gewesen war. Dabei atmeten sie geräuschvoll, wachten aber nicht auf. An einen erinnere ich mich sehr deutlich: er hinterließ einen starken Eindruck, weil die Beleuchtung mir einen Streich spielte und seine Haltung sehr stark an eine menschliche Gestalt erinnerte, so denke ich. Seine Vordergliedmaßen waren lange, zarte Tentakel – er war irgendein raffinierter Handwerker – und seine Schlummerposition deutete auf demütiges Leid hin. Zweifellos war es ein Fehler seine Haltung derart zu deuten, aber ich tat es dennoch. Und als Phi-u ihn wieder in die Dunkelheit zwischen die fahle Fleischigkeit zurückrollte, verspürte ich eine deutlich unangenehme Empfindung, als ob dieser Vorgang das Insekt in ihm zum Vorschein gebracht hätte.«

»Er verdeutlicht einfach die gedankenlose Art, mit der man Gefühlsgewohnheiten übernimmt. Den Arbeiter, den man nicht benötigt, zu betäuben und beiseite zu rollen, ist sicherlich weit besser, als ihn aus seiner Fabrik hinauszuwerfen, damit er hungrig durch die Straßen zieht. In jedem komplexen Sozialverband entstehen zwangsläufig Beschäftigungspausen für alle spezialisierten Arbeiten, und auf diese Weise wird die Sorge um ein ›Arbeitslosenproblem‹ vollkommen vorweggenommen. Und doch, so vernunftwidrig es wissenschaftlich geschulten Geistern auch scheinen mag, mag ich die Erinnerung an jene hingestreckt liegenden Gestalten zwischen diesen lautlosen, leuchtenden Arkaden aus fleischigem Wuchs nicht, und ich vermeide diese Abkürzung trotz der Unbequemlichkeiten der längeren, geräuschvolleren und dicht gedrängten Alternative.«

»Mein Ausweichweg führt mich durch eine gewaltige schattige Höhle, die sehr überfüllt und laut ist, und hier sehe ich sie aus den sechseckigen Öffnungen einer bienenwabenartigen Wand spähen oder auf einer dahinterliegenden großen offenen Fläche stolzieren, oder wie sie sich die Spielsachen und Amulette aussuchen, die ihnen zu ihrer Erbauung von den Goldschmieden mit ihren anmutigen Tentakeln in den unterhalb liegenden Hütten gefertigt wurden – gleichsam den Bienenköniginnen eines Bienenstocks. Es sind vornehm aussehende Wesen, fantastisch und bisweilen gänzlich schön geschmückt, mit stolzer Haltung und beinahe mikroskopisch kleinen Köpfen, abgesehen von ihren Mündern.«

»Von der Beschaffenheit der Geschlechter auf dem Mond, vom Heiraten und Freien, und von Geburt und dergleichen mehr unter den Seleniten, habe ich bis jetzt nur sehr wenig in Erfahrung bringen können. Mit Phi-us stetigen Englischfortschritten, wird mein Unwissen allerdings stetig weniger werden. Ich bin der Meinung, dass es, wie bei Ameisen und Bienen, eine große Mehrheit geschlechtsneutraler Mitglieder in dieser Gemeinschaft gibt. Gewiss leben auf der Erde in unseren Städten jetzt viele, die niemals eine Elternschaft eingehen, was zum natürlichen Leben des Menschen gehört. Hier ist es, wie bei den Ameisen, zu einer normalen Erhaltung der Rasse geworden, und die Sache mit jener Nachfolgerschaft, die nötig ist, fällt jener besonderen und beileibe nicht vielzähligen Klasse von Matronen zu, den Müttern der Mondwelt, große und prächtige Wesen, die wundervoll geeignet sind, die Selenitenlarve auszutragen. Wenn ich eine Erklärung von Phi-u nicht falsch verstehe, dann sind sie vollkommen unfähig die Jungen, die sie in den Mond bringen, zu pflegen: Zeitabschnitte törichter Nachgiebigkeit wechseln sich mit Launen aggressiver Gewalttätigkeit ab, und so bald wie möglich, werden die kleinen Geschöpfe, die ganz weich, schlaff und blass sind, in die Obhut lediger Weibchen übergeben, gewissermaßen weiblichen ›Arbeitern‹, die in manchen Fällen Gehirne von fast männlichen Ausmaßen besitzen.«

Gerade in diesem Punkt brach leider die Nachricht ab. So bruchstückhaft und verlockend der Inhalt dieses Kapitels auch ist, vermittelt er dennoch einen undeutlichen, ausgedehnten Eindruck einer vollkommen seltsamen und wundervollen Welt – eine Welt mit der unsere eigene vielleicht rechnen muss, wenn wir auch nicht wissen, wie schnell. Diese unregelmäßigen Nachrichtenbruchteile, das Flüstern der Aufzeichnungsnadel in der Stille der Berghänge, ist die erste Warnung einer solchen Änderung der menschlichen Verhältnisse, wie es sich die Menschheit bisher kaum vorgestellt hat. In jenem unserem Trabanten gibt es neue Elemente, neue Apparate, Traditionen, eine überwältigende Lawine aus neuen Ideen, eine seltsame Rasse, mit der wir unvermeidbar um die Herrschaft ringen müssen – und Gold, das so gewöhnlich wie Eisen oder Holz ist …

KAPITEL 25

Der Große Lunar

Die vorletzte Nachricht beschreibt, gelegentlich sehr ausführlich, das Zusammentreffen von Cavor und dem Großen Lunar, der der Gebieter oder Herr des Mondes ist. Cavor scheint den größten Teil davon ohne Störung gesendet zu haben, ist aber im Schlussteil unterbrochen worden. Der zweite Teil kam nach dem Zwischenraum von einer Woche.

Die erste Nachricht beginnt mit: »Endlich bin ich in der Lage dies fortzuführen« – dann wird sie für eine Zeitlang unleserlich und wurde nach einer Weile mitten im Satz fortgesetzt.

Die fehlenden Worte des Folgesatzes lauten wahrscheinlich »die Menge«. dann folgt ziemlich klar: »wurde immer dichter, als wir uns dem Palast des Großen Lunar näherten – wenn ich denn eine Reihe von Aushöhlungen als einen Palast bezeichnen kann. Überall starrten mich Gesichter an – leere, chitinartige, offenstehende Münder und Masken, Augen die über riesige Riechorgane spähten, Augen unter monströsen Stirnplatten, und unten, dicht gedrängt, waren kleinere Wesen, geduckt und schreiend, und behelmte Gesichter, die auf biegsamen Hälsen mit langgestreckten Gelenken balancierten, erschienen nach vorne gereckt über Schultern und unter Achselhöhlen. Um mich herum marschierte ein Spalier aus Wachen mit eingezogenen Köpfen, die Platz für meinen Empfang freihielten, und zu uns gestoßen waren, als wir das Boot verließen, mit dem wir durch die Kanäle des Zentralmeeres gefahren waren. Der scharfäugige Künstler mit dem kleinen Gehirn gesellte sich ebenfalls zu uns, und ein dichter Pulk aus schlanken Trägerinsekten schwankte und strauchelte unter der Vielzahl von Annehmlichkeiten, die für meinen Status als notwendig erachtet wurden. Während der letzten Etappe unserer Reise wurde ich in einer Sänfte getragen. Diese Sänfte bestand aus irgendeinem sehr biegsamen Metall, das für mich dunkel aussah, netzartig und verwoben, mit Querstreben aus einem blasseren Metall versehen war, und um mich herum bildete sich ein langer und verworrener feierlicher Umzug, je näher ich kam.«

»Vor uns, in Manier der Herolde, marschierten vier trompetengesichtige Gestalten, die ein verheerendes Geschrei veranstalteten, und dann kamen davor und dahinter, untersetzte Führer mit entschlossenen Bewegungen, und auf jeder Seite eine Gruppe gelehrter Köpfe, eine Art lebendiger Enzyklopädie, die, wie Phi-u erklärte, dem Großen Lunar als Quellenangabe zur Verfügung standen. (Es gab keine Sache der Mondwissenschaft, keine Anschauungsweise oder Denkweise, die jene wundervollen Wesen nicht in ihren Köpfen mit sich trugen!) Wachen und Träger folgten nach, und dann kam Phi-us bebendes Gehirn, das ebenfalls auf einer Sänfte getragen wurde. Als nächster kam Tsi-puff in einer etwas unbedeutenderen Sänfte und dann ich selbst in einer Sänfte, die erlesener als jede andere war, umgeben von meinen Dienern, die mir bei Speisen und Getränken behilflich waren. Danach kamen weitere Trompeter mit heftigen Aufschreien, die einem das Trommelfell bersten ließen, und dann mehrere große Gehirne, die man als Sonderberichterstatter oder Geschichtsschreiber bezeichnen kann, die mit der Aufgabe betraut waren, jede Einzelheit dieser bahnbrechenden

Unterredung zu beobachten und zu behalten. Eine Gruppe Diener, die Banner und Massen von duftenden Pilzen trugen und nachschleppten, verschwand in der dahinterliegenden Dunkelheit. Die Straße war von Platzanweisern und Offizieren in Schabracken, die wie Stahl glänzten, gesäumt, und jenseits ihrer Reihe, breiteten sich die Köpfe dieser gewaltigen Menge aus, soweit meine Augen die Dunkelheit durchdringen konnten.«

»Ich muss gestehen, dass ich immer noch keineswegs an die eigentümliche Auswirkung des selenitischen Erscheinungsbildes gewöhnt war, und mich gewissermaßen auf diesem weiträumigen Meer aus aufgeregten Insekten wiederzufinden, war keinesfalls angenehm. Nur einen kurzen Moment verspürte ich etwas, was dem sehr ähnlich kam, was Leute in meiner Vorstellung als ›Grauen‹ bezeichnen. Es war schon zuvor in diesen Mondhöhlen über mich gekommen, als ich mich von Zeit zu Zeit waffenlos und mit ungedecktem Rücken mitten in einer Menge dieser Seleniten wiedergefunden habe, aber niemals ganz so eindringlich. Es ist natürlich ein so vollkommen unvernünftiges Gefühl, wie man es nur verspüren kann, und ich hoffe es allmählich zu bezwingen. Aber einen Augenblick lang, als ich in das Durcheinander der riesigen Menge gerissen wurde, konnte ich einen Aufschrei oder eine ähnliche Regung nur unterbinden, indem ich mich fest an die Sänfte klammerte und meine ganze Willenskraft zusammennahm. Es hielt vielleicht drei Minuten an, dann hatte ich mich wieder unter Kontrolle.«

»Wir stiegen einige Zeit den gewundenen Weg einer steil emporgehenden Straße hinauf, und kamen dann durch eine Reihe gewaltiger Hallen mit kuppelartiger Decke und kunstvoller Verzierung. Sicherlich sollte es einem einen lebhaften Eindruck seiner Größe vermitteln, wenn man sich dem Großen Lunar näherte. Jede Höhle, die man betrat, schien größer und auffallender gewölbt zu sein, als ihre Vorgängerin. Dieser Eindruck zunehmender Größe wurde durch einen dünnen Schleier aus schwach phosphoreszierendem blauem Weihrauch verstärkt, der sich verdichtete, je weiter man kam, und selbst die nahestehenden Gestalten unscharf machte. Ich schien beständig zu etwas Größerem, Trüberen und weniger Materiellen vorzudringen.«

»Ich muss zugeben, dass mir diese ganze Menge das Gefühl gab, äußerst schäbig und unwürdig zu sein. Ich war unrasiert und zerzaust, denn ich hatte kein Rasiermesser mitgebracht, und ein grober Bart wuchs um meinen Mund. Auf der Erde habe ich stets dazu tendiert, jegliche Aufmerksamkeit meiner Person gegenüber zu missbilligen, die über eine angemessene Sorgfalt bei der Reinigung hinausging, doch unter den außergewöhnlichen Umständen, in denen ich mich befand und meinen Planeten und meine Art repräsentierte, und ein angemessener Empfang zum Großteil von der Anziehungskraft meiner Erscheinung abhing, hätte ich viel für etwas gegeben, das ein wenig kunst- und würdevoller war, als die Hülle, die ich trug. Ich hatte so abgeklärt geglaubt, dass der Mond unbewohnt war, dass ich solche Vorsorgemaßnahmen vollkommen übersehen hatte. So war ich in eine Flanelljacke, Kniebundhosen und Golfstrümpfe gekleidet, befleckt mit jeder Art von Schmutz, die der Mond bietet, Schlupfschuhen (an denen der linke Absatz fehlte) und einer Decke, die ein Loch hatte, durch das ich meinen Kopf gesteckt hatte. (Diese Kleidung trage ich tatsächlich immer noch). Spitze Borsten sind alles andere als eine Verbesserung für meine Gesichtszüge, und am Knie meiner Kniebundhose befand sich ein ungeflicktes Loch, das recht auffällig war, während ich in meiner Sänfte hockte, und mein rechter Strumpf rutschte andauernd auf den Knöchel hinab. Ich bin mir voll bewusst, welches Unrecht mein Erscheinungsbild der Menschheit antut, und wenn ich mir durch irgendeinen Ausweg etwas behelfen könnte, hätte ich es getan. Aber ich hatte keine Idee. Ich tat mit meiner Decke, was ich konnte – faltete sie ein bisschen nach Art einer Toga und saß die restliche Zeit über so aufrecht, wie es mir die schwankende Sänfte erlaubte.«

»Man stelle sich die größte Halle vor, in der man je gewesen ist, unvollständig durch blaues Licht erleuchtet und durch einen graublauen Nebel abgeschattet, wogend vor metallischen oder fahlgrauen Gestalten von einer so irrwitzigen Verschiedenartigkeit, wie ich angedeutet habe. Man stelle sich vor, diese Halle laufe in einen offenen Bogengang aus, hinter dem eine noch größere Halle liegt, und dahinter noch eine weitere noch größere, und so weiter. Am Ende dieses Ausblicks ist schwach eine Treppenflucht zu sehen, wie die Stufen der Aracoeli in Rom, die sich erhebt, bis sie nicht mehr zu sehen ist. Je näher man ihrem Fundament kommt, umso höher und höher scheinen die Stufen emporzugehen. Aber schließlich trat ich unter einem riesigen Torbogen hervor und sah den Gipfel dieser Stufen, und darauf den Großen Lunar erhaben auf seinem Thron.«

»Er saß in etwas, das sich mit einem Schein aus hell leuchtendem Blau vergleichen lässt. Dies und die Dunkelheit um ihn herum, vermittelten den Eindruck in einer blauschwarzen Leere zu schweben. Anfangs schien er eine kleine, selbstleuchtende Wolke zu sein, die auf ihrem düsteren Thron brütete, seine Hirnschale muss einen Durchmesser von mehreren Yards besitzen. Aus irgendeinem Grund, den ich nicht ergründen kann, strahlten hinter dem Thron, auf dem er saß, einige blaue Scheinwerfer hervor, und ihn umgab direkt ein Glorienschein. Um ihn herum, und klein und undeutlich in diesem Lichtschein, standen etliche persönliche Diener, die ihn trugen und stützten, und unterhalb von ihm standen seine klugen Untergebenen in einem großen Halbkreis in seinem Schatten, seine Erinnerungsträger, Vorrechner, Forscher und Diener, und all die angesehenen Insekten des lunaren Hofstaats. Noch tiefer standen Führer und Boten, und dann säumten Wächter die zahllosen Stufen des Throns nach unten, und an seinem Fuß wogte eine gewaltige Menge der niedriger gestellten Würdenträger des Mondes – riesengroß, mannigfaltig, undeutlich, während sie letztendlich in einer absoluten Schwärze verschwanden. Ihre Füße scharrten beständig auf dem steinigen Boden, während sich ihre Gliedmaßen mit einem raschelnden Murmeln bewegten.«

»Als ich die vorletzte Halle betrat, hob die Musik an und schwoll zu einem Klang von kaiserlicher Großartigkeit an, und die Schreie der Nachrichtenüberbringer erstarben …«

»Ich betrat die letzte und größte Halle …«

»Meine Prozession fächerte auf. Meine Führer und Wächter gingen nach rechts und links, und die drei Sänften, die mich, Phi-u und Tsi-puff trugen, bewegten sich über einen glänzend dunklen Boden bis zum Fuß der gigantischen Treppe. Dann begann ein ungeheures pochendes Brummen, das sich mit der Musik mischte. Die beiden Seleniten stiegen aus ihren Sänften, doch ich wurde geheißen, sitzen zu bleiben – ich vermute als besondere Ehre. Die Musik hörte auf, aber nicht dieses Brummen, und durch eine gleichzeitige Bewegung von zehntausend Respekt zollenden Köpfen wurde meine Aufmerksamkeit auf die von Licht umgebene höchste Intelligenz gelenkt, die über mir schwebte.«

»Als ich anfangs in den strahlenden Schein spähte, sah dieses vollkommene Gehirn sehr wie eine undurchsichtige, konturlose Blase aus, mit trüben, sacht wogenden Windungen, die sich sichtbar im Inneren bewegten. Dann sah man unter dieser enormen Masse und direkt über dem Rand des Throns mit einem Mal winzige elfenhafte Augen aus dem Lichtschein starren. Kein Gesicht, sondern Augen, als ob sie durch Löcher spähten. Zuerst konnte ich nicht mehr als diese zwei starrenden kleinen Augen sehen, und dann konnte ich den kleinen zwergwüchsigen Körper und seine insektenartig zusammengefügten Glieder ausmachen, die zusammengeschrumpft und weiß waren. Die Augen starrten mit einer seltsamen Eindringlichkeit auf mich herab, und der untere Teil der aufgeschwollenen Kugel war faltenreich. Untauglich aussehende kleine Handtentakel hielten diese Gestalt auf dem Thron im Gleichgewicht ...«

»Es war großartig. Es war bedauernswert. Man vergaß die Halle und die Menge.«

»Ich erklomm die Treppe ruckartig. Mir schien es, als ob sich diese über uns dunkel glühende Hirnschale über mir ausbreitete, und immer mehr ihres Gesamteinflusses geltend machte, als ich näherkam. Die Reihen der Diener und Helfer, die sich um ihren Herrn gruppierten, schienen zu schrumpfen und in der Nacht zu verblassen. Ich sah, dass schattenhafte Diener damit beschäftigt waren, jenes große Gehirn mit einem kühlenden Sprühnebel zu benetzen, und es tätschelten und stützten. Ich für meinen Teil, saß da, während ich mich an meiner schwankenden Sänfte festhielt und starrte auf den Großen Lunar, unfähig meinen Blick zur Seite zu wenden. Und als ich schließlich einen kleinen Treppenabsatz erreichte, der nur zehn Schritte vom Sitz an höchster Stelle entfernt war, erreichte die verwobene musikalische Pracht ihren Höhepunkt und verstummte, ich wurde gleichsam unverhüllt zurückgelassen, in jener unermesslichen Weite, unter dem unbewegt forschenden Blick des Großen Lunars.«

»Er prüfte den ersten Menschen, den er je gesehen hatte …«

»Mein Blick schweifte schließlich von seiner Größe zu den ameisenhaften Gestalten im blauen Nebel um ihn herum, und dann die Stufen hinab zu den Selenitenmassen, die sich zu Tausenden schweigend und erwartungsvoll auf dem Boden darunter drängten. Erneut stieg ein unangemessenes Entsetzen in mir auf … Und ging vorüber.«

»Nach der Pause folgte die Begrüßung. Mir wurde aus meiner Sänfte geholfen und ich stand verlegen da, während zwei schlanke Amtsträger eine Vielzahl von merkwürdigen und zweifelsohne stark symbolischen Gesten stellvertretend für mich vollführten. Die enzyklopädische Schar der Gelehrten, die mich bis zum Eingang der letzten Halle begleitet hatten, tauchte jetzt zwei Stufen über mir und rechts und links von mir auf, in Bereitschaft, wenn der Große Lunar sie brauchte, und Phi-us blasses Gehirn nahm einen Platz auf halbem Weg zum Thron hinauf ein, so dass er leicht mit uns beiden reden konnte, ohne dem Großen Lunar oder mir den Rücken zuzudrehen. Tsi-puff stand hinter ihm. Geschickte Führer näherten sich mir von der Seite, wobei sie das Gesicht auf die Präsenz gerichtet hatten. Ich setzte mich nach Art der Türken, und Phi-u und Tsi-puff knieten sich über mir nieder. Dann folgte eine Pause. Die Blicke des näherstehenden Hofstaats gingen von mir zum Großen Lunar und wieder zurück zu mir, und ein erwartungsvolles Zischen und Pfeifen ging durch die unsichtbaren Mengen unten und verstummte.«

»Das Brummen hörte auf.«

»Zum ersten und letzten Mal erfuhr ich, dass der Mond still war.«

»Ich wurde auf ein schwach keuchendes Geräusch aufmerksam. Der Große Lunar sprach mich an. Es war ähnlich einem Finger, den man auf einer Glasscheibe reibt.«

»Ich beobachtete ihn eine Zeitlang aufmerksam, und blickte dann zum aufmerksamen Phi-u. Zwischen diesen schlanken Wesen fühlte ich mich lächerlich dick, fleischig und robust, mein Kopf besaß einen Kiefer und schwarzes Haar. Mein Blick ging zurück zum Großen Lunar. Er war verstummt, seine Diener waren fleißig, und seine glänzende äußere Form funkelte und rann aufgrund des kühlenden Sprühnebels.«

»Phi-u dachte eine Weile nach. Er beratschlagte sich mit Tsi-puff. Dann begann er in erkennbarem Englisch zu piepsen – zuerst ein wenig nervös, so dass er nicht sehr gut zu verstehen war.«

»›M'm – der Große Lunar – wünscht zu sagen – er nimmt an, Sie sind – m'm – Menschen – dass Sie ein Mensch vom Planeten Erde sind. Er wünscht zu sagen, dass er Sie willkommen heißt – Sie begrüßt – und wünscht zu erfahren – erfahren, wenn ich das Wort gebrauchen darf – den Zustand Ihrer Welt und den Grund warum Sie in diese gekommen sind.‹«

»Er hielt inne. Ich wollte gerade antworten, als er fortfuhr. Er erging sich in Bemerkungen, deren Absicht nicht ganz klar war, obwohl ich geneigt bin zu glauben, dass sie schmeichelhaft sein sollten. Er erzählte mir, dass die Erde für den Mond so viel bedeutete, wie die Sonne für die Erde, und dass die Seleniten es sehr wünschten, etwas über die Erde und die Menschen zu lernen. Dann nannte er, zweifellos ebenfalls aus Höflichkeit, die jeweilige Größe und den Durchmesser von Erde und Mond, und mit welchem fortwährenden Staunen und Mutmaßen die Seleniten unseren Planeten betrachtet hatten. Ich überlegte mit gesenktem Blick, und entschied mich zu antworten, dass sich auch die Menschen gefragt hatten, was im Mond liegen mochte, und dass sie ihn für tot erklärt hatten, und wenig mit der Pracht gerechnet hätten, die ich an jenem Tag gesehen hatte. Als Zeichen des Verständnisses ließ der Große Lunar seine langen blauen Lichtstrahlen auf verwirrende Weise kreisen, und durch die ganze Halle lief ein Flöten, Flüstern und Rascheln, in dem weitergetragen wurde, was ich gesagt hatte. Dann fuhr er fort Phi-u eine Reihe von Fragen zu stellen, die leichter zu beantworten waren.«

»Er verstand, wie er erklärte, dass wir auf der Oberfläche der Erde lebten, dass unsere Luft und unser Meer außerhalb der Kugel waren, wobei er letzteres tatsächlich bereits von seinen Astronomieexperten wusste. Er war sehr begierig darauf, ausführlichere Informationen über diesen, wie er es nannte, Sachverhalt, zu bekommen, denn aufgrund der Festigkeit der Erde war man zu der Einstellung übergegangen, sie als unbewohnbar zu betrachten. Er bemühte sich zuerst die Temperaturgegensätze zu verstehen, denen wir Erdwesen ausgesetzt waren, und er war sehr an meiner anschaulichen Darstellung von Wolken und Regen interessiert. Seiner Vorstellungskraft kam die Tatsache zu Hilfe, dass die Mondatmosphäre in den äußeren Galerien der Nachtseite nicht selten sehr neblig ist. Er schien geneigt sich zu wundern, dass wir das Sonnenlicht nicht zu intensiv für unsere Augen fanden, und ihn interessierte mein Erklärungsversuch, dass der Himmel durch die Lichtbrechung zu einer bläulichen Farbe gemäßigt war, doch ich zweifle, ob er es wirklich verstand. Ich erklärte, wie die Iris des menschlichen Auges die Pupille zusammenziehen kann und den empfindlichen inneren Aufbau vor übermäßigem Sonnenlicht schützt, und ich durfte mich der Präsenz bis auf wenige Schritte nähern, damit er diesen Aufbau sehen konnte. Dies führte zu einem Vergleich der Augen auf Mond und Erde. Erstere sind nicht nur übermäßig empfindlich gegen solches Licht, wie es die Menschen sehen können, aber sie können auch Hitze *wahrnehmen* und jeder Temperaturunterschied innerhalb des Mondes macht Gegenstände für sie sichtbar.«

»Die Iris war für den Großen Lunar ein ganz neues Organ. Eine Weile belustigte er sich damit, seine Strahlen in meinem Gesicht aufblitzen zu lassen und zu beobachten, wie sich meine Pupillen zusammenzogen. Infolgedessen war ich eine kurze Zeit geblendet und sah nichts ...«

»Aber trotz dieser Unannehmlichkeit fand ich in unmerklichem Grad etwas Beruhigendes in der Vernunft dieser Fragen und Antworten. Ich konnte meine Augen schließen, meine Antwort zurechtlegen und beinahe vergessen, dass der Große Lunar kein Gesicht hat ...«

»Als ich zu meinem eigentlichen Platz herabgestiegen war, fragte der Große Lunar, wie wir uns vor Hitze und Stürmen schützten, und ich erläuterte ihm die Kunst des Bauwesens und des Einrichtens. Hier verstrickten wir uns in Missverständnissen und gegensätzlichen Absichten, was größtenteils der Lockerheit meiner Aussagen geschuldet ist, wie ich zugeben muss. Lange Zeit hatte ich große Schwierigkeit ihm die Beschaffenheit eines Hauses verständlich zu machen. Für ihn und seine Selenitendiener schien es zweifellos die skurrilste Sache der Welt zu sein, dass Menschen Häuser errichteten, wenn sie doch in gegrabene Löcher steigen konnten, und eine zusätzliche

Schwierigkeit entstand durch meinen Versuch zu erklären, dass die Menschen ursprünglich ihre Heimstatt in Höhlen begonnen hatten, und dass sie jetzt ihre Eisenbahnen und viele Einrichtungen unter die Oberfläche verlegten. An dieser Stelle denke ich, dass mich ein Verlangen nach intellektueller Vollständigkeit verraten hat. Es gab ebenfalls ein beträchtliches Durcheinander aufgrund eines ebenso unklugen Versuchs meinerseits, etwas über Minen zu erklären. Nachdem dieses Thema schließlich unvollendet fallengelassen wurde, fragte der Große Lunar, was wir mit dem Inneren unseres Globus machten.«

»Eine Flut aus Zwitschern und Flöten fegte bis in die entferntesten Winkel jener großen Versammlung, als letzten Endes klar war, dass wir Menschen absolut nichts über den Inhalt der Welt wissen, auf der sich uralte Generationen unserer Vorfahren entwickelt hatten. Dreimal musste ich wiederholen, dass die Menschen von den ganzen 4000 Meilen, die zwischen der Erde und ihrem Mittelpunkt liegen, nur die Tiefe einer Meile kennen, und auch das nur sehr ungenau. Ich verstand, weshalb der Große Lunar fragte, warum ich zum Mond gekommen war, wenn wir doch unseren eigenen Planeten kaum angerührt hatten, aber er drängte mich zu diesem Zeitpunkt zu keiner Erklärung, da er zu sehr darauf bedacht war, die Einzelheiten dieser verrückten Umkehrung all seiner Ideen zu erfahren.«

»Er kehrte zur Wetterfrage zurück und ich versuchte ihm den beständig wechselnden Himmel, Schnee, Frost und Wirbelstürme zu erklären. ›Aber wenn die Nacht kommt‹, fragte er, ›ist es dann nicht kalt?‹«

»Ich erzählte ihm, dass es kälter als am Tag war.«

»›Und gefriert die Atmosphäre nicht?‹«

»Ich sagte ihm, dass es nicht so wäre, dass es niemals

kalt genug dafür war, weil unsere Nächte so kurz waren.«

»›Verflüssigt sie sich nicht einmal?‹«

»Ich wollte gerade mit ›Nein‹ antworten, aber dann fiel mir ein, das wenigstens ein Teil unserer Atmosphäre, der enthaltene Wasserdunst, manchmal flüssig wird und Tau bildet, und manchmal gefriert und Frost entsteht – ein Prozess, der vollkommen mit dem Gefrieren der gesamten Außenatmosphäre des Mondes während seiner längeren Nacht vergleichbar ist. Ich drückte mich in diesem Punkt deutlich aus, und von da an ging der Große Lunar dazu über, mit mir über den Schlaf zu sprechen. Denn das Schlafbedürfnis, das alle Wesen regelmäßig alle vierundzwanzig Stunden ereilt, ist auch Teil unseres irdischen Erbes. Auf dem Mond ruhen sie nur in seltenen Intervallen und nach bemerkenswerten Anstrengungen. Dann versuchte ich ihm die sanfte Pracht einer Sommernacht zu schildern, und ging zu einer Beschreibung jener Tiere über, die nachts umherstreifen und tagsüber schlafen. Ich erzählte ihm von Löwen und Tigern, und hier schienen wir in eine Sackgasse geraten zu sein. Denn außer in ihren Gewässern gibt es im Mond keine Geschöpfe, die nicht völlig domestiziert und seinem Willen unterworfen sind, und so ist es seit undenklicher Zeit gewesen. Sie haben abscheuliche Wasserwesen, aber keine teuflischen Bestien, und die Vorstellung, dass etwas starkes und großes ›draußen‹ in der Nacht existierte, ist für sie sehr schwierig ...«

[Die Aufzeichnung ist an dieser Stelle zu bruchstückhaft, um eine Lücke von vielleicht zwanzig oder mehr Wörtern niederzuschreiben.]

»Er sprach mit seinen Dienern, wie ich annehme, über die seltsame Oberflächlichkeit und die Unvernunft der Menschen, die auf der bloßen Oberfläche einer Welt leben, ein Geschöpf der Wellen und Winde und alle der

Risiken des Raumes, die sich nicht einmal verbünden können, um die wilden Tiere zu bezwingen, die Jagd auf seinesgleichen machen, und es doch wagen, auf einem anderen Planeten einzufallen. Währenddessen saß ich an der Seite und dachte nach, und dann erzählte ich ihm auf seinen Wunsch hin von den verschiedenen Menschenarten. Er löcherte mich mit Fragen. ›Und für alle Arten von Arbeit habt ihr dieselbe Art Mensch. Aber wer denkt? Wer regiert?‹«

»Ich gab ihm einen Abriss des demokratischen Systems.«

»Als ich damit fertig war, verlangte er nach einem kühlenden Sprühnebel auf seiner Stirn und bat mich dann, meine Erklärung zu wiederholen, weil er irgendetwas falsch verstanden hatte.«

»›Tun sie also keine unterschiedlichen Dinge?‹, fragte Phi-u.«

»Ich gab zu, dass einige Denker und einige Amtspersonen waren, einige gingen auf die Jagd, andere waren Handwerker, wieder andere Künstler und einige Arbeiter. ›Aber *alle* entscheiden‹, sagte ich.«

»›Und besitzen sie nicht verschiedene Gestalten, um an ihre unterschiedlichen Pflichten angepasst zu sein?‹«

»›Nichts, das man sehen kann‹, entgegnete ich, ›außer vielleicht der Kleidung. Ihre Gemüter weichen ein wenig voneinander ab‹, überlegte ich.«

»›Ihre Gemüter müssen sehr voneinander abweichen‹, sagte der Große Lunar, ›oder sie würden alle die gleichen Dinge tun wollen.‹«

»Um seinen Vorurteilen mehr entgegenzukommen, sagte ich, dass seine Vermutung richtig war. ›Es war alles im Gehirn verborgen‹, erklärte ich, ›aber es gab einen Unterschied. Wenn man vielleicht die Gemüter und Seelen der Menschen sehen könnte, dann wären sie so mannigfaltig und verschieden wie die Seleniten. Es gab große und kleine Menschen, Menschen die sich weit und breit ausstrecken können, Menschen, die schnell gehen konnten, geräuschvolle, alles ausposaunende Menschen, und Menschen, die sich erinnern können, ohne darüber nachzudenken …‹«

[Drei Worte des Berichts sind unartikuliert.]

»Er unterbrach mich, um mich an meine frühere Behauptung zu erinnern. ›Aber Sie sagen, alle Menschen entscheiden?‹, drängte er.«

»›Bis zu einem bestimmten Ausmaß‹, sagte ich und, so fürchte ich, hüllte ich sein Verständnis in einen noch dichteren Nebel.«

»Er fragte nach einer auffallenden Gegebenheit. ›Wollen Sie sagen‹, fragte er, ›dass es keinen Herrscher auf der Erde gibt?‹«

»Ich dachte an mehrere Leute, versicherte ihm aber schließlich, dass es keinen gebe. Ich erklärte, dass solche Alleinherrscher und Kaiser, mit denen wir es auf der Erde versucht hatten, gewöhnlich durch Trunksucht, Laster oder Gewalttaten ihr Ende gefunden hatten, und dass der große und einflussreiche Teil der Erdbevölkerung, zu dem ich gehörte – die Angelsachsen – nicht der Meinung war, es mit etwas in der Art erneut zu versuchen. Darüber war der Große Lunar noch mehr erstaunt.«

»›Aber wie bewahren sie überhaupt die Weisheit, die sie besitzen?‹, fragte er, und ich erklärte ihm, dass wir unsere begrenzten

[Ein Wort fehlt hier, vermutlich »Gehirne«.]

durch Bibliotheken unterstützten. Ich erklärte ihm, wie unsere Wissenschaft durch die geeinten Bemühungen unzähliger kleiner Menschen wuchs, und dazu machte er keine Bemerkung, außer, dass es offensichtlich wäre, dass wir trotz unserer sozialen Unzivilisiertheit vieles bewältigt hätten, sonst wären wir nicht auf den Mond gekommen. Mit Wissen wuchsen die Seleniten und veränderten sich, während die Menschheit ihr Wissen um sich herum einlagerte und Tiere blieben – wenn auch ausgerüstet. Er sagte dies …«

[Hier ist ein kurzes Stück des Berichts undeutlich.]

»Dann veranlasste er mich zu einer Beschreibung, wie wir uns auf der Erde fortbewegten, und ich schilderte ihm unsere Eisenbahnen und Schiffe. Eine Weile konnte er nicht verstehen, dass wir erst seit einhundert Jahren Dampf einsetzten, aber als er es verstand, war er ziemlich erstaunt. (Als Besonderheit möchte ich erwähnen, dass die Seleniten genau wie wir auf der Erde in Jahren rechnen, obwohl ich aus ihrem Zahlensystem nicht schlau werde. Das spielt allerdings keine Rolle, denn Phi-u versteht unseres.) Von diesem Punkt an, ging ich zu der Erzählung über, dass die Menschheit erst seit neun- oder zehntausend Jahren in Städten wohnt, und dass wir immer noch nicht in einer Bruderschaft vereint waren, sondern mehreren verschiedenen Regierungsformen unterstanden. Die verblüffte den Großen Lunar sehr, als es ihm klar gemacht wurde. Zuerst dachte er nur, dass wir uns auf administrative Bereiche beziehen.«

»›Unsere Staaten und Reiche sind immer noch roheste Skizzen der Ordnung, die eines Tages kommen wird‹, sagte ich und so kam ich dazu, ihm zu berichten …«

[Und dieser Stelle ist der Bericht auf einer Länge von wahrscheinlich dreißig oder vierzig Wörtern vollkommen unleserlich.]

»Der Große Lunar war sehr beeindruckt über die Torheit der Menschen, an der Unbequemlichkeit verschiedener Sprachen festzuhalten. ›Sie wollen kommunizieren und wollen es doch nicht‹, sagte er, und dann befragte er mich einen langen Zeitraum sehr genau über den Krieg.«

»Er war zunächst ratlos und ungläubig. ›Sie wollen sagen‹, fragte er auf der Suche nach Bestätigung, ›dass ihr über die Oberfläche eurer Welt lauft – dieser Welt, deren Reichtümer ihr gerade angefangen habt freizulegen – um euch gegenseitig zu töten, damit die Bestien euch fressen können?‹«

»Ich sagte ihm, das sei vollkommen korrekt.«

»Er bat um Einzelheiten, um seine Vorstellungskraft zu unterstützen.«

»›Aber werden nicht die Schiffe und eure armen kleinen Städte beschädigt?‹, fragte er, und ich stellte fest, dass ihn die Vergeudung von Besitz und Annehmlichkeiten beinahe genau so sehr zu beeindrucken schien, wie das Töten. ›Erzählen Sie mir mehr‹, bat der Große Lunar, ›lassen Sie mich Bilder sehen. Ich kann diese Dinge nicht verstehen.‹«

»Und so erzählte ich ihm eine Weile die Geschichte des Kriegs auf Erden, wenn auch etwas widerwillig.«

»Ich berichtete ihm von den ersten Befehlen und dem Zeremoniell des Krieges, von Warnungen und Ultimaten, und der Bereitstellung und dem Marschieren der Truppen. Ich vermittelte ihm eine Vorstellung von Manövern, Stellungen und Verbundgefechten. Ich erzählte von Belagerungen und Angriffen, vom Aushungern und von der Entbehrung in Schützengräben, und von Wachposten, die im Schnee erfrieren. Ich sprach von Niederlagen und Überraschungen, und von verzweifelten letzten Widerständen und schwacher Hoffnung, und der erbarmungslosen Verfolgung von Flüchtigen und den Toten auf dem Schlachtfeld. Ich erzählte auch von der Vergangenheit, von Invasionen und Blutbädern, von den Hunnen und Tartaren, und den Kriegen Mohammeds und den Kalifen, und von den Kreuzzügen. Und als ich fortfuhr und Phi-u übersetzte, gurrten und murmelten die Seleniten mit zunehmend verstärkter Regung.«

»Ich berichtete ihnen, dass ein Panzerschiff einen Schuss von einer Tonne Gewichtskraft zwölf Meilen weit feuern und 20 Fuß dickes Eisen durchschlagen konnte – und wie wir Torpedos unter Wasser steuern konnten. Ich sprach weiter und beschrieb ein Maxim-Maschinengewehr im Einsatz und was ich mir von der Schlacht bei Colenso vorstellen konnte. Der Große Lunar war so ungläubig, dass er die Übersetzung dessen, was ich gesagt hatte, unterbrach, um meine Bestätigung des Berichts einzuholen. Sie zweifelten vor allem an meiner Beschreibung der Männer, die jubelnd und frohlockend in die Schlacht zogen.«

»›Aber sicherlich mögen sie es nicht!‹, übersetzte Phi-u.«

»Ich versicherte ihnen, dass die Männer meiner Rasse die Schlacht als die glorreichste Lebenserfahrung betrachteten, woraufhin die ganze Versammlung starr vor Staunen war.«

»›Aber was nützt dieser Krieg?‹, fragte der Große Lunar, der an seinem Thema festhielt.«

»›Für eines ist es gut!‹, meinte ich, ›es dünnt die Bevölkerung aus!‹«

»›Aber warum sollte das notwendig sein – ?‹«

»Es folgte eine Pause, die kühlenden Sprühnebel benetzten seine Stirn, und dann sprach er erneut.«

[An dieser Stelle wird eine Reihe von Schwingungen, die sich bereits seit Cavors Beschreibung des Schweigens, das den ersten Worten des Großen Lunars vorausging, als verblüffende Störung erwiesen, den Bericht verwirrenderweise überlagern. Diese Schwingungen sind offensichtlich das Ergebnis einer Strahlung, die von einer Quelle auf dem Mond ausgeht, und ihre permanente Annäherung an die wechselnden Signale Cavors, weist merkwürdigerweise auf irgendeinen Anwender hin, der absichtlich versucht sie mit seiner Nachricht zu vermischen und unkenntlich zu machen. Zuerst sind sie schwach und regelmäßig, so dass wir in der Lage gewesen sind, mit ein wenig Sorgfalt und dem Verlust einiger weniger Wörter, Cavors Nachricht zu enträtseln, dann werden sie breit angelegter und größer, und dann plötzlich unregelmäßig, was den gleichen Effekt hat, als ob man über geschriebene Zeilen kritzelte. Lange Zeit kann man nichts ausmachen, außer dieser wie verrückt im Zickzack verlaufenden Spur, dann stoppt die Unterbrechung ziemlich abrupt, lässt ein paar klare Worte hindurch, setzt dann wieder ein und verbleibt für den Rest der Nachricht, wobei sie vollständig auslöscht, was Cavor zu übermitteln versucht. Warum, wenn es sich tatsächlich um eine bewusste Unterbrechung handelte, hätten es die Seleniten vorziehen sollen, Cavor weiterhin seine Nachricht, in glücklicher Unkenntnis über ihre Vernichtung der Aufzeichnung, übermitteln zu lassen, während es ganz klar in ihrer Macht lag und für sie viel einfacher und bequemer war, seine Berichte jederzeit einzustellen, ist ein Problem zu dem ich nichts beitragen kann. Es scheint sich so zugetragen zu haben, und das ist alles, was ich sagen kann. Dieser letzte Fetzen seiner Beschreibung des Großen Lunars beginnt mitten im Satz.]

» … befragte mich sehr genau zu meinem Geheimnis. Ich war nach kurzer Zeit in der Lage sie zu verstehen und endlich zu klären, was mir ein Rätsel war, seit ich erkannt hatte, wie umfassend ihre Wissenschaft war, wie es nämlich dazu kam, dass sie selbst niemals ›Cavorit‹ entdeckt haben. Ich fand heraus, dass sie es als theoretisches Material kannten, aber es immer als praktische Unmöglichkeit angesehen haben, weil es aus irgendeinem Grund kein Helium im Mond gibt, und Helium …«

[Über die letzten Buchstaben des Wortes »Helium« legt sich die Fortführung jener auslöschenden Spur. Beachten Sie das Wort »Geheimnis«, denn ganz allein darauf begründe ich meine Auslegung der folgenden Nachricht, der letzten Nachricht, die er uns jemals senden wird, wie sowohl Mr. Wendigee und ich jetzt glauben.]

KAPITEL 26

Die letzte Nachricht, die Cavor zur Erde sandte

Auf diese unbefriedigende Weise verstummt die vorletzte Nachricht Cavors. Man meint ihn dort weit weg in der blauen Dunkelheit zwischen seiner Vorrichtung zu sehen, wie er uns konzentriert bis zuletzt Nachrichten übermittelt, ohne sich des Vorhangs der Verwirrung bewusst zu sein, der zwischen uns fällt, auch ohne von den endgültigen Gefahren zu wissen, die sich da bereits an ihn herangeschlichen haben müssen. Sein verheerender Mangel eines gewöhnlichen gesunden Menschenverstandes hatte ihn gänzlich verraten. Er hatte vom Krieg gesprochen, von der ganzen Stärke und der irrationalen Gewalttätigkeit der Menschen, von ihren unersättlichen Angriffen, ihrer rastlosen Sinnlosigkeit von Zwietracht. Er hatte die ganze Mondwelt mit jenem Eindruck von unserer Rasse angefüllt, und dann, glaube ich, ist es klar, dass er das verhängnisvollste Zugeständnis machte, dass er allein über die Möglichkeit verfügte – zumindest für eine lange Zeit – damit andere Menschen den Mond erreichten. Die Richtung, die die kalte, unmenschliche Vernunft des Mondes einschlagen würde, scheint mir eindeutig genug zu sein, und eine Vermutung und dann vielleicht eine plötzliche scharfe Erkenntnis dessen, muss ihm in den Sinn gekommen sein. Man stelle ihn sich im Mond vor, mit der Reue ob der schwerwiegenden Unvorsichtigkeit, die in seinem Verstand heranwächst. Ich bin geneigt anzunehmen, dass der Große Lunar eine bestimmte Zeit über die neue Lage nachdachte, und während dieses ganzen Zeitraums mag Cavor sich so frei bewegt haben, wie er es von Anfang an getan hatte. Aber irgendwelche Hindernisse hinderten ihn daran, nach der Botschaft, die ich gerade vermittelt habe, wieder an seine elektromagnetische Vorrichtung zu gelangen. Einige Tage lang erhielten wir nichts. Vielleicht hatte er erneute Audienzen, und versuchte sich seinen vorherigen Zugeständnissen zu entziehen. Wer kann hoffen, das zu erraten?

Dann kam plötzlich, wie ein Schrei in der Nacht, dem die Stille folgte, die letzte Nachricht. Es ist das kürzeste Bruchstück, der abgehackte Anfang zweier Sätze.

Der erste lautete: »Ich war verrückt, den Großen Lunar wissen zu lassen – «

Dann folgte eine Unterbrechung, die vielleicht eine Minute lang dauerte. Man stelle sich eine Unterbrechung von außen vor. Vom Gerät abgewendet – ein furchtbares Zögern zwischen den Massen seines Aufbaus, die sich in jener dunklen, blau erleuchteten Höhle abzeichneten – ein plötzlicher Schritt zurück, voll einer Entschlossenheit, die zu spät kam. Dann kam, als ob es eilig übertragen worden wäre: »Cavorit, wie folgt gemacht: man nehme – «

Gefolgt von einem Wort, das ziemlich nichtssagend war, wie es dort stand: »nulos.«

Und das ist alles.

Es mag sein, dass er einen übereilten Versuch unternahm, das Wort »nutzlos« zu buchstabieren, als ihn sein Schicksal einholte. Was auch immer bei dieser Vorrichtung geschah, wir können es nicht sagen. Was auch immer es war, ich weiß, dass wir niemals eine weitere Nachricht vom Mond empfangen werden. Für meinen Teil ist mir ein lebhafter Traum zu Hilfe gekommen, und ich sehe, fast so deutlich, als ob ich es wirklich gesehen hätte, einen blau beleuchteten, schattenhaften und zerzausten Cavor, der sich im Griff jener Seleniteninsekten windet, immer verzweifelter und hoffnungsloser zappelt, während sie ihn bestürmen, wie er schreit, protestiert, vielleicht sogar am Ende kämpft und Schritt für Schritt zurückgedrängt wird, fort von jeglicher Ansprache oder einem Zeichen seiner Mitmenschen, auf ewig ins Unbekannte hinein – in die Dunkelheit, in jene Stille, die kein Ende hat …